W0310939

Et Shanghai demeure

Collection Démarches

Carte : Anne-Solange Muis, 2023

© Éditions Paulsen – Paris, 2023
Les éditions Paulsen sont une société
du groupe Paulsen Media.
www.editionspaulsen.com

MARIE-ASTRID PRACHE

Et Shanghai demeure

Paulsen

À Édouard,
sans qui rien n'aurait abouti.

«J’ai été, tel un fleuve,
Détournée de mon cours par un temps sans pitié.»
Anna Akhmatova

«Un poète doit laisser des traces de son passage,
non des preuves.
Seules les traces font rêver.»
René Char

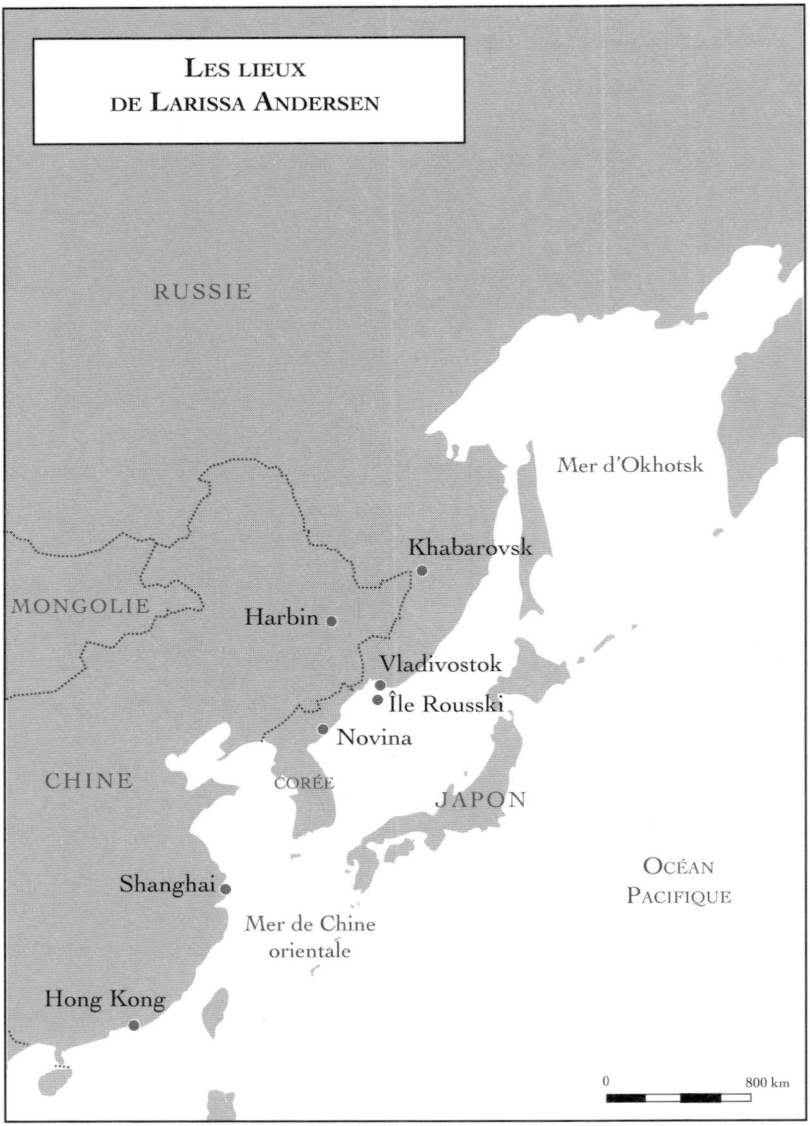
LES LIEUX
DE LARISSA ANDERSEN
RUSSIE
Mer d'Okhotsk
Khabarovsk
MONGOLIE
Harbin
Vladivostok
Île Rousski
Novina
CHINE
CORÉE
JAPON
OCÉAN
PACIFIQUE
Shanghai
Mer de Chine
orientale
Hong Kong
0
800 km

Apparition

Shanghai, juin 2018

Il s'est écoulé à peine une heure depuis la fin de la conférence. Une heure à converser avec une morte, une inconnue dont le visage ne me quitte pas.

Assise face aux fenêtres du bar, je regarde la nuit tomber, la pluie brouiller les lumières du Bund. Je l'imagine gonfler les eaux du fleuve Huangpu, tout proche, qui coulera vers le Yangzi et se jettera dans la mer de Chine. Dans une courbe semblable à celle du yin et du yang, le Huangpu sépare Shanghai en deux quartiers : Puxi à l'ouest, Pudong à l'est. Ville duale dans son tracé même, mutante, insaisissable. Pour atteindre l'équilibre, il faudrait se fondre à la jointure, cette ligne jaillie de deux opposés s'enroulant l'un dans l'autre. Est-ce à la portée d'un cœur humain ?

L'histoire me passionne, et j'ai choisi d'enseigner cette discipline au lycée. Celle de Shanghai me fascine depuis mon arrivée, il y a bientôt deux ans. J'étais venue ce soir écouter un écrivain parler de son essai consacré à deux figures mythiques du Shanghai des années

1930, deux gangsters prêts à tout pour tromper le destin. Partout, dans les livres, les conférences, dans les promenades guidées que j'ai pu faire, partout ces existences contrariées d'exilés venus ici pour changer de vie, fuir la misère ou faire fortune, cicatriser un cœur brisé ou chercher le grand amour, concrétiser des rêves et provoquer leur chance.

Dans le chaos de son architecture, l'intensité et la violence de son histoire, le patchwork d'influences, de cultures qui ont façonné son identité, je me demande toujours comment Shanghai tient encore debout ; comment, dans son hybridité même, cette ville a puisé sa force, son caractère unique.

Dans les méandres de ces destinées individuelles et de l'histoire collective, je reconnais le chantier de la mienne, et le chaos de ma vie me semble moins terrible.

À la fin de sa présentation, l'écrivain projette quelques photos de personnages ayant croisé la route de ses héros. Après plusieurs hommes, un visage a éclairé l'écran – une femme, enfin. Sur la photo en noir et blanc, les mains en arabesque autour du visage, des fleurs dans les cheveux, autour du cou, Larissa Andersen sourit. « Danseuse et poétesse », dit la légende. Comment peut-on danser et écrire en même temps ? Paradoxal, antinomique même, on ne peut danser sans s'ouvrir ni écrire sans se replier. La danse s'expose au regard, l'écriture cultive sa solitude. Cette tension, concentrée dans un même corps, me rappelle celle qui parcourt Shanghai, entre exhibition et secrets, entre ce qui se montre et ce qui s'éprouve.

Plus je regarde cette femme, plus j'ai l'impression que c'est moi qu'elle fixe de ses grands yeux, que c'est à moi et à moi seule qu'elle sourit.

Je me suis tue parce que
Je suis lasse de parler de moi.
À qui suis-je nécessaire ? À qui ?

Lus à haute voix, ses vers résonnent comme un cri d'impuissance. Ils évoquent la lassitude de vivre, une quête d'amour déçue. La beauté du visage bute sur l'abattement des mots. Malgré son talent, Larissa Andersen n'a laissé à la postérité qu'un seul recueil. Que s'est-il passé pour que la puissance des mots n'ait pas suffi ?

« Je me suis tue, me disait-elle dans son sourire. Et toi ? »

Moi aussi, je me suis tue, je ne fais que ça. Peut-être même vais-je en mourir, étouffée par tout ce qui aura été ravalé. Devant mon ex-mari, devant ma famille, devant mes amis, mes collègues, je me tiens muette. Mon cœur a déserté et le désir aussi, devant un corps qui ne sait plus s'abandonner.

Le visage de Larissa se dissipe lentement sous les gouttes de pluie. Elle est morte en France, à plus de cent ans. En notant son nom dans mon carnet, je remarque la trinité de lieux que nous avons en commun : Shanghai, la France, mais aussi la Russie, mon pays de cœur, dont j'ai appris la langue pendant mes études.

De France, j'ai fui un divorce, l'asphyxie des étiquettes, des attentes, le regard des autres sur ma façon de vivre, d'aimer, de rêver. *Désappartenir*. Couper les liens, quitter le sillon mal tracé, découvrir enfin qui je suis. Mais rien n'avance, je continue de trébucher dans ma vie comme sur les pavés disjoints des trottoirs, écœurée par l'odeur de pourriture qui suinte des murs, de ce fleuve aux eaux sales sur lequel il m'arrive de me pencher, perdue. Peut-être en faisais-tu autant. Mon passé s'accroche comme une peau de chagrin qu'il faudrait jeter à l'eau. Mais, sans lui, aujourd'hui, qui suis-je ?

Tes combats pourraient-ils éclairer les miens, Larissa ? Si je m'attache à tes pas, dans cette ville où tu as survécu à l'exil, à la guerre, à l'impossible amour ; si je m'attache à tes mots, arriverai-je à survivre à l'immense foutoir de ma vie ?

L'écrivain est parti, la foule s'est dispersée, le bar va bientôt fermer et je reste plantée là, devant l'ombre d'une femme que je tutoie sans connaître, devant la clarté que fait soudain une question : et si tu n'arrivais pas là par hasard ? Peut-être dois-je remonter le fil de ta vie pour m'ouvrir à une autre façon de vivre, d'aimer.

Je n'ai pas d'autre choix que de mettre mes pas dans les tiens.

Des Rouges et des Blancs

Khabarovsk, fin avril 1920

« PRENONS UN MOMENT avant de partir. »

Le ton de ton père est sans appel. Sans un mot, vous vous êtes assis, tous les trois, vos manteaux enfilés, sur les caisses et les ballots posés devant la porte. Avant de partir en voyage, la coutume veut que chaque membre de la famille interrompe ses activités quelques instants. Tes parents se tiennent la main, ton cœur tambourine dans le silence. Du haut de tes neuf ans, tu as compris que ce voyage sera long, personne ne sait quand vous reviendrez, pas même ton père. Les yeux mi-clos, ta mère a tourné son visage vers le coin des icônes, à présent vide. Elle pense à tes sœurs, deux petits bébés morts l'un après l'autre, avant ta naissance. « Où que soit ta maison, n'oublie jamais d'installer les icônes et de les vénérer. Dieu et les morts de la famille veilleront sur toi et ceux qui te sont chers », te répète-t-elle souvent. Mais qui pour veiller sur les lieux aimés et bientôt perdus ? Là où vous allez, trouverez-vous des glaces aussi délicieuses que celles achetées dans la grande rue de Khabarovsk, lors de vos promenades dominicales ? Tu aimerais emporter avec toi les grands chênes de Mongolie aux feuilles vert vif qui surplombent le fleuve Amour, la statue du gouverneur Mouraviov-Amourski dont l'imposante silhouette en bronze a veillé sur tes jeux d'enfant, et aussi le beau cheval de l'ataman cosaque Kalmykov qui paradait fièrement dans les rues.

Mais partir signifie aussi habiter une nouvelle maison où personne ne viendra arrêter ton père, un abri inconnu de ces hommes en uniforme qui ont fait irruption un matin dans votre appartement. Ils criaient « Voleur ! », « Parasite ! », saccageaient tout, menaçaient ton père avec leurs armes pour finalement l'emmener, les bras chargés de son sabre et de ses papiers.

— Des bolcheviques, a tenté d'expliquer ta mère quand ils sont partis. Ton père est un officier de l'armée impériale, un Blanc.

Sa voix chevrotait, ses yeux noyés de larmes évitaient les tiens.

— Eux, ce sont des Rouges, a-t-elle fini par murmurer avant de courir vers sa chambre.

Les mots ne voulaient rien dire, mais les mains tremblantes de ta mère, la panique sur son visage ne t'ont laissé aucun doute : ton père se trouvait en grand danger. Lors de vos visites à la prison, il se tenait droit derrière la grille. On le traitait comme un criminel. Il tentait de sourire, mais sa voix s'est brisée à l'heure de la séparation.

Bien plus tard, sa haute silhouette est apparue de nouveau sur le seuil de l'appartement, amaigrie mais bien vivante. Ta mère et toi pleuriez la mort du petit voisin, Kirill, abattu d'une balle dans la tête plus tôt dans l'après-midi. Après plusieurs heures passées à la cave pour se protéger des fusillades entre les bolcheviques et les Japonais, vous étiez les premiers en haut de l'escalier, deux enfants heureux de pousser la porte, de mettre le nez dehors, d'aller jouer enfin. Pour la première fois, la mort a pris visage : les boucles blondes de Kiriouchka dans les rais poussiéreux du soleil. Vous vous teniez sur le seuil, côte à côte. Il est tombé, tu es restée debout. À Kirill seul, le destin avait apposé cette tache rouge sur la tempe, dans un bruit de verre brisé. Mais ton père était rentré, vivant. Ce jour-là, tu as compris que le chagrin allait de pair avec la joie, la mort avec la vie. Ni toi, ni tes parents, ni ceux du petit Kirill ne pouvaient choisir ; il fallait tout vivre. Alors, dans la tristesse de ce départ précipité par la menace du retour des Rouges, tu veux imaginer la joie qui viendra, celle des découvertes, la mer entre autres, et cette île Rousski dont le nom t'évoque djinns et sirènes.

Tu voudrais plonger dans les yeux bleus de ton père, y puiser sa force, mais il les garde fermés, une main sur son sabre, sa casquette d'officier vissée sur la tête. « Vas-y, n'aie pas peur ! », aimerais-tu l'entendre dire au moment où il les ouvrira. Comme dans votre ancien jardin, quand tu inaugurais la balançoire construite pour toi. De nouveau, sentir des ailes te pousser dans le dos et la ferveur te rosir les joues. Dans un instant, glisser ta main dans la sienne et franchir le seuil vers l'inconnu, vers la mer. L'étymologie grecque de ton prénom, Larissa, signifie « oiseau des mers », t'ont déjà mille fois raconté tes parents. Entre ciel et eau, la mouette déploie ses ailes. Si l'inconnu ressemble à l'immensité, alors rien ne t'arrivera.

Voyant la mer pour la première fois,
Je suis tombée dans une extase joyeuse :
Comme si je revenais après maintes péripéties
Dans un lieu depuis longtemps familier. [...]
Un paradis pour les goélands et les sirènes !

S'arrimer quelque part

Shanghai, juillet 2018

ACCOMPAGNÉE PAR LA clameur des grillons, Wulumuqi Road bruisse d'activité. La touffeur de ce mois de juillet ne semble déranger personne. Canards et poulets pendent, tête en bas, derrière une vitrine. Un nuage de vapeur à l'huile s'échappe de l'échoppe du marchand de beignets. Accroupi, le cuisinier d'une cantine de rue trie des pousses de soja sur le trottoir. Du linge sèche à la vue de tous : petites culottes, soutiens-gorge, pyjamas, draps, enfilés sur des longues tiges de bambou installées à l'horizontale, entre le rebord des fenêtres et un support en fer haut de deux ou trois mètres, installé sur le trottoir. J'ai acheté quelques légumes et je marche au soleil depuis un moment. La tête me tourne. L'odeur verte, fuselée, de la coriandre jongle avec celle plus lourde du graillon. L'air saturé d'humidité laisse une pellicule grasse sur la peau. Un scooter remonte la rue en sens inverse et manque de percuter un vélo. À l'angle avec Wuyuan Road, assis sur ses talons, un éboueur trie des branches de bambou pour fabriquer un balai. Mes graines de tournesol à la main, je me souviens d'une journée similaire, quelques mois après mon arrivée à Shanghai.

La rue suait comme une étuve, des Chinois passaient, les yeux rivés sur leur téléphone, une vieille édentée souriait. Il me semblait être la seule à souffrir de la chaleur. La sueur dégoulinait dans mon dos, entre mes seins, sur mes yeux, brouillait mes repères. Je m'étais arrêtée près d'un éboueur occupé à la même tâche, et j'observais les énormes troncs des platanes, seules balises connues dans cette ruche urbaine. Ils m'emmenaient loin dans l'enfance, feuilles couleur de feu, plus larges que ma main, ramassées l'automne avec mon grand-père. Souvenirs douloureux aussi de ces routes du Sud bordées de platanes, grandes haies au dôme vert sous lesquelles il faisait bon rouler vite et aimer quand il en était encore temps. Les *faguo wutong* – littéralement « arbres français » – puisent leurs racines à la fin du XIXᵉ siècle, lorsqu'ils furent plantés là par des voyageurs venus de France. Un morceau de mon pays à l'autre bout du monde. Toujours accroupi, l'éboueur avait remis sa casquette après avoir craché, puis s'était levé d'un bond, une main fouillant dans sa poche, l'autre tenant son balai. Il s'éloignait, je devais le gêner. J'étais l'étrangère, celle qui ne peut se fondre dans la foule, toujours montrée du doigt par un enfant ou une personne âgée. Je n'étais pas d'ici, incapable de supporter le climat, femme aux yeux clairs, au corps trop suant, trop grand. La rue s'était mise à tanguer sous mes pieds, dans ma tête crépitaient des étoiles. J'étais sur le point de tomber quand quelqu'un m'avait donné une tape sur le coude. Quand j'étais revenue à moi, mes yeux s'étaient ouverts sur le visage raviné de l'éboueur. Il était parti d'un grand éclat de rire, me désignant le rebord du trottoir pour m'asseoir, fourrant au même moment dans ma main un sac en plastique contenant des graines de tournesol. Je m'étais mise à pleurer.

Depuis que je suis arrivée à Shanghai, j'ai déjà vécu quelques-uns de ces moments où tout m'échappe, où il me semble vivre à contretemps, à rebours d'une population dont je ne perçois rien – ni la langue ni les usages. Je me sens maladroite, empêchée, incapable de diriger ma vie dans le flux des autres. Après cet épisode, je m'étais promis d'apprendre à regarder, d'oublier mes certitudes et mes préjugés, de m'ancrer dans le présent. La route est encore longue. L'éboueur s'éloigne, son balai à la main, et je crache par terre les coques de mes graines comme je vois les locaux le faire. Je commence à me débrouiller, c'est déjà ça…

Mais, ces dernières semaines, penchée sur ta vie, j'ai la sensation, enfin, de m'arrimer quelque part. Des articles en russe parlent de toi. L'un d'entre eux est signé d'une journaliste de Vladivostok, Tamara Kaliberova. Elle semble t'avoir bien connue. J'ai imprimé l'article, je l'ai annoté. Il a été publié sur un blog consacré à la communauté russe de Shanghai, tenu par Mikhaïl D. En réponse à mon mail, il a accepté de me rencontrer pour me parler de toi. Rendez-vous est pris à son bureau sur Huangpu Road, à deux pas de la rivière Suzhou.

Le bus 71 file dans sa voie réservée. Son trajet suit la Yan'an, grosse artère surélevée qui va d'ouest en est, de Tianshan Road au quai du Bund. Autrefois, c'est sur ce quai, long d'un kilomètre et demi, que débarquaient les voyageurs. Selon les deux caractères qui composent son nom, 上海, Shanghai est la ville « au-dessus (*shang*) de la mer (*hai*) ». Pour moi, s'il est un endroit où Shanghai peut s'appréhender, c'est ici, au bord de l'eau. Elle a émergé lentement de la boue du Huangpu. Les eaux limoneuses du fleuve ont enrichi les terres alentour, et les premiers hommes se sont installés dans « la cité du banc de vase » dès le VIIe siècle, pêcheurs, mais aussi paysans attirés par cette terre fertile. Au XIXe siècle, les concessions britannique, américaine puis française la découpent et ouvrent un siècle de domination étrangère. Mais si Shanghai, dans son architecture, dans ses plans, dans sa façon d'être, porte encore les traces de cette présence occidentale, le fleuve Huangpu et la rivière Suzhou continuent de couler sans changer, impénétrables. L'eau forge son destin, imprègne son caractère. Cette ville aime le mouvement, est prompte à l'oubli. Rien ne dure, tout passe, semble me dire l'onde, comme elle l'a chuchoté à ceux qui m'ont précédée. Les courants emportent les infortunes, suturent les cœurs blessés. Shanghai, ville talisman, c'est ainsi que je la perçois, c'est pour cela que je m'y suis réfugiée.

Mikhaïl m'accueille avec gentillesse et curiosité. Il me parle de ta renommée en Extrême-Orient. Il t'a rencontrée et, là encore, tu as laissé une empreinte vive. Il répond aux questions quand il peut. Beaucoup d'angles morts subsistent, des traces effacées par la guerre, l'exil que même les plus passionnés n'arrivent pas à exhumer. Au moment de partir, il m'offre un livre, *Odna na mostou* (*Seule sur le pont*) paru en Russie en 2006. Poèmes, souvenirs, photos, extraits de correspondance, notes, ce livre porte ton nom, mais je devine qu'il n'aurait pas existé sans le travail acharné de Tamara, cette journaliste russe à qui tu as confié tes archives. Mikhaïl lui écrirait, il la connaissait bien. Quand je sors de son bureau, il fait nuit. Les arches métalliques du pont Waibaidu rougeoient dans l'obscurité. Adossée au parapet, j'observe les pêcheurs au bord de la rivière Suzhou. Silencieux, leurs lignes plongées dans l'eau noire, ils attendent. Ils espèrent du poisson, mais qui sait ? Ces eaux recèlent tant de secrets. Des corps de coolies jaunis par l'opium dans les années 1930 ; des Chinois coulés par les sentinelles japonaises du pont, quand il s'appelait encore Garden Bridge, au début des années 1940 ; des pistolets aux numéros de série limés, jetés là par des *taipan*, hommes d'affaires chinois, affolés par les directives communistes interdisant le port d'armes, au début des années 1950.

Qu'allais-je trouver au bout de ma ligne ? Je repense à l'article de Tamara, que j'ai lu et relu. De ses mots filtrent une fascination et un immense respect pour toi. Comment t'a-t-elle connue ? Qu'a-t-elle trouvé chez toi qui explique l'énergie colossale qu'elle déploie pour honorer ta mémoire et te faire, comme tu l'écris dans la préface, « revenir dans ton pays natal par tes vers » ? Ma main tâtonne dans mon sac et serre le livre. Ces écrits comme des fils, comme des traits d'union, remontent tous jusqu'à toi. Tamara m'aidera peut-être à les démêler.

Tu es née le 25 février 1911 à Khabarovsk, la plus grande ville de l'Extrême-Orient russe. Ton père vient d'une dynastie de soldats. En 1914, dès les premiers mois de la guerre, il est capturé par les Allemands et passe quatre ans dans un camp de prisonniers. De retour chez vous, à Khabarovsk, il est pris dans la tourmente de la guerre civile russe. À la suite de la révolution d'Octobre en 1917, contre-révolutionnaires et partisans de la Russie impériale, aidés de troupes étrangères, luttent contre l'Armée rouge et les révolutionnaires bolcheviques. Pendant cinq ans, les deux camps s'affrontent dans un chaos et une violence qui feront entre huit et dix millions de morts. En février 1920, les bolcheviques prennent Khabarovsk et jettent ton père en prison. Un mois plus tard, les Japonais, alliés des forces russes blanches, reprennent la ville, et ton père échappe de justesse à l'exécution. Pris sous le feu, les civils se terrent dans les caves pour éviter les balles perdues. Mais, devant la menace d'une reconquête de Khabarovsk par l'Armée rouge, les cadets de l'école militaire et leurs officiers encadrants fuient vers l'est, à Vladivostok, puis sur l'île Rousski. Ton père – qui leur enseigne l'anglais –, ta mère et toi êtes du voyage. Pendant que le monde s'agite et tressaute, à peine remis d'une guerre, et dont les convulsions annoncent déjà les prémices d'un second conflit mondial, une fillette de neuf ans danse avec les elfes sur une île du bout du monde, et ses nattes ondoient dans la lumière verte du soleil.

Le danger ? Qu'est-ce que cela ?
Après tout, il n'y a pas de repos dans la vie,
Sinon dans la mer, ou au creux de la forêt [...]
Sans inquiétude, je peux, dans la forêt,
Écouter comme la rivière chante,
Reconnaître avec quelle persévérance
Le pivert creuse sa maison.

Parler aux arbres

Île Rousski, été 1921

INDIFFÉRENTE AUX APPELS de Michka, de Katia, des autres qui, transis, courent se sécher sur la petite plage, tu restes absorbée par les remous de l'eau au passage de tes bras. « Les sirènes n'ont pas froid », te répètes-tu en accélérant le mouvement. Un jour, peut-être, tu resteras assez longtemps pour voir apparaître une nageoire à la place de tes jambes et l'opaque sous tes pieds n'aura plus de secrets. La mer. Quand tu l'as vue pour la première fois, il y a déjà un an, en arrivant à Vladivostok, tu as eu l'étrange sensation de l'avoir toujours connue. Cette peau scintillante offerte au soleil et étalée jusqu'au ciel, c'était la tienne.

La mer, le ciel, les arbres, l'île Rousski, ce paradis, ta nouvelle maison. Allongée sur un rocher plat au bord de l'eau, le corps encore secoué de tremblements, tu souris, aveuglée par le soleil de cette fin de matinée. Il suffit de garder les yeux fermés pour appartenir à l'immensité, à quelque chose qui te dépasse et te ravit, t'aspire et t'écrase, dont tu n'as encore que l'intuition, cette sensation physique de la beauté autour de toi. Les paumes à plat sur la roche, tes longues jambes de sauterelle dépliées, tu restes sourde aux cris des enfants qui quittent la plage. Bientôt, ils disparaissent derrière un buisson d'aubépine et te voilà enfin seule, au bord d'une journée toute neuve. Vers toi montent la fraîcheur et les senteurs marines de l'eau, du rivage arrive par bouffées le parfum citronné des pins. La roche même semble s'effriter sous le poids conjoint de ton corps et du soleil, agrégats de croûte et de poussière. Les yeux toujours fermés, ton corps a fondu dans la lumière fauve, dans la mousse blanche laissée par l'eau sur le sable, dans l'odeur des embruns sur ta peau. Avec la chaleur monte un sentiment de plénitude. La permanence de la nature, de ses cycles, t'apaise, restaure la sécurité perdue. Dans sa lenteur, dans son silence habité, tu t'ancres enfin quelque part. Plus de fusillades, d'attente angoissée tapie dans le noir d'une cave, de pleurs devant le cadavre d'un petit garçon, ton ami. Plus cette peur, qui te terrassait à chaque réveil, de lire sur le visage ravagé de ta mère que ton père ne reviendrait plus. Depuis ta naissance, tu vis dans l'angoisse de le perdre. Comme ces points noirs sous tes paupières closes – la guerre, la longue attente de son retour, les visites en prison, la fuite – dansent sans plus de menaces, bientôt consumés par le brasier que le soleil alimente. Sur cette île, les jours se déploient au rythme des saisons, dans une ivresse des sens presque douloureuse.

Dans quelques instants, il faudra te rhabiller, enfoncer ton chapeau sur tes cheveux encore humides et rejoindre la grande salle du déjeuner. Par-dessus l'invariable assiette de *kacha* et ragoût, observer l'air de rien les cadets, jeunes hommes aux visages d'enfants et aux mouvements raides qui se bousculent dans un grand bruit de bottes et de bois raclé quand sonne l'heure du rassemblement. L'après-midi, tu rejoindras la vieille Arménienne qui te donne des leçons dans sa cabane au fond des bois. Tout le long du sentier bordé de chênes, de buissons de ronces et d'aubépine, tu parles aux arbres et ils te répondent, des murmures portés par la brise. Tu aimes imiter le balancement des branches, le frissonnement argenté des peupliers, les ailes déployées des grands pins. Ton corps trouve soudain sa place, il se fait léger et souple, déverse dans des danses improvisées ce trop-plein de vie qui te fait pleurer et rire en même temps.

La veuve arménienne est une magicienne aux yeux sombres et à la peau ridée. Emmitouflée dans des châles hiver comme été, il lui suffit de parler pour qu'aussitôt palpitent autour d'elle djinns et sirènes, Baba Yaga et Vassilissa la très belle, des mers toujours bleues et de sombres forêts, lieux imaginaires et pourtant bien réels, par-delà la hutte en bois. Parfois, elle te prend la main, prédit des voyages et des hommes aux yeux très bleus, puis repart sur une leçon de grammaire. Dans les plis de sa paume, la peau est douce comme les coussinets d'un chat ; tu aimerais t'enrouler dans le ronronnement de sa voix. Elle semble n'avoir jamais vécu ailleurs, mais parle du monde avec l'assurance de l'initié. A-t-elle lu Victor Hugo, cet auteur français que ton père admire tant ? Tous les soirs de l'hiver dernier, il vous a lu à haute voix *Notre-Dame de Paris*. Ta mère cousait, tu buvais chaque phrase, côtoyais Esmeralda dans la cour des Miracles, sur le parvis de l'église, oubliant parfois de respirer, saisie par l'éblouissement des mots. Depuis, chaque jour, dans l'eau, sur les sentiers, tu es Esmeralda, l'enchanteresse dont la danse a le pouvoir de faire vivre et mourir. Mais tu ne parles de cette fascination à personne, consciente, sans réussir à le formuler clairement, de la sauvagerie d'Esmeralda, de son caractère indomptable. C'est en cela qu'elle t'attire, justement, dans cette liberté si loin de la féminité douce et docile de ta mère. Il y a là une flamboyance au parfum de soufre, un danger sournois, comme la brume accrochée aux branches qui se déchire en longs lambeaux gris à travers la plaine. Il faudrait poser des questions à la veuve, lui demander de te raconter quelque chose au sujet de l'amour, quelque chose d'intime. L'amour rend-il toujours malheureux ? En meurt-on vraiment ?

Si Victor Hugo a raison, si l'amour est comme un arbre, alors pourquoi en avoir peur ? Tendre les bras et l'enlacer, sentir des racines t'arrimer dans cette terre aimée, et ton cœur verdir et s'agrandir.

Cet endroit qu'on appelle maison

Shanghai, automne 2018

Ici, les Shanghaïens passent, sans transition, d'un hiver froid à un été étouffant. La seule chose qui persiste en toute saison, c'est l'humidité. Les feuilles se déploient d'un coup et elles tombent sans faire d'histoires. Cela m'arrange, je n'ai jamais aimé le printemps et l'automne, des transitions toujours décevantes. On espère le printemps beau et chaud, il ne l'est jamais. Il se dérobe, traîne avec lui les suées dans des vêtements trop chauds, des rêves qui tardent à éclore. Quant à l'automne, il sent les feuilles mortes, les rangements, la pluie et les premiers rhumes. Deux saisons qui m'accrochent l'âme, me plongent dans une profonde nostalgie.

Les Chinois, eux, associent l'automne aux retrouvailles familiales. Lors de la fête de la mi-automne, chacun retourne dans sa ville natale pour revoir les *jiaren*, « les gens de sa maison », l'occasion de grands repas arrosés, chez soi ou sur les tombes des ancêtres, à manger des gâteaux ronds comme la lune que tous contemplent en famille jusque tard dans la nuit.

Jia, la « maison » en mandarin, n'est d'ailleurs pas tant le lieu où l'on est né que l'endroit où l'on se sent chez soi. Après avoir lu et relu tes poèmes, tes textes et souvenirs, j'ai la conviction que ta maison ne se situe pas à Khabarovsk où tu es née, mais bien sur l'île Rousski, ton paradis d'enfance. Vous y restez un an et quelques mois avant de vous installer à Vladivostok, une période qui laisse de profonds sillons dans le cœur et l'âme de la petite fille, puis de la femme que tu deviens. Ballottée déjà d'un endroit à un autre par la guerre, l'exode, tu trouves sur cette île une nature encore vierge de toute empreinte humaine, soumise à la rudesse du climat mais qui tient bon, exulte au gré des saisons. Quand les adultes autour de toi s'agitent dans une inquiétude mal dissimulée, il me semble que tu trouves la stabilité, la sécurité dont tu as besoin non dans la discipline paternelle, non dans la douceur maternelle, mais dans la permanence des arbres, des rochers, du vent, de la mer.

Toutes tes notes, extraits de correspondance, souvenirs, poèmes écrits au sujet de ton enfance parlent de cet amour pour la nature, les arbres surtout. Une autre figure en émerge, celle de ton père. Et je ne peux m'empêcher de les accoler. Les longues absences paternelles et les menaces qui pèsent à plusieurs reprises sur sa vie te lient à lui d'un attachement inquiet, habité par la peur de le perdre. Tu l'admires, ce père, soldat, prisonnier, condamné à mort, qui a craint maintes fois de mourir sans cesser de rester droit, fidèle au serment prêté au tsar et à la patrie. Protecteur et aimant quand il est là, mais aussi autoritaire et exigeant, il te pousse à prendre des risques, à avoir confiance en toi, tout en souhaitant une fille unique à la hauteur de ses espérances, une fille qui le rende fier. Dans ce grand bonheur de le savoir à côté de toi sur l'île, tu dois redouter qu'il ne disparaisse de nouveau. Les arbres, eux, se tiennent là chaque jour, qu'il pleuve ou qu'il vente. Contre leur tronc, j'imagine une petite fille puisant force et stabilité.

En 2010, tu signes la préface des souvenirs de ton père sur la guerre 1914-18, des feuillets rédigés à Harbin dans les années 1930, qu'il t'avait fait promettre de publier et que tu n'arrivais pas à retrouver dans la valse de tes déménagements. En retraçant sa vie, tu écris « papa » et non « mon père ». Tu avais quatre-vingt-dix-neuf ans.

Les filles aimantes et sensibles sont-elles condamnées à porter le poids des ambitions, des exigences, des rêves paternels déçus ? Sont-elles toutes poreuses aux fragilités d'un père aimé, à sa vulnérabilité ?

Toute mon enfance, j'ai attendu, pour m'endormir, d'entendre le ronronnement particulier d'un moteur, le grincement d'un portail, signes tangibles, chaque soir, du retour de mon père qui travaillait loin de la maison. Je ne l'avais pas vu de la soirée, mais je le savais enfin là, accueilli par ma mère, et le reste n'avait plus aucune importance. Je serais une fille parfaite, digne de ses attentes, pour ne pas ajouter de soucis à l'inquiétude de sa vie. Et si écrire n'est pas un métier, si cette idée fixe l'irrite et l'inquiète, si rien de ce que je lui montre ne trouve grâce à ses yeux, alors je lui plairai en devenant ce qui pourra le rendre fier de moi, professeur, par exemple.

En repensant aux vœux que mon père formait pour mon avenir professionnel, je me remémore ses confidences, un soir, sur le rôle de son propre père dans l'orientation de sa carrière ; les regrets d'une vocation de photographe qui espérait la bénédiction paternelle pour se réaliser. Celle-ci ne vint jamais. Ce paradoxe est-il aussi surprenant que le choix de ton père, officier issu d'une lignée de militaires, ayant des idées bien arrêtées sur la place des hommes – et surtout celle des femmes – dans la société, de te lire à voix haute *Notre-Dame de Paris* alors que tu n'as pas dix ans et une sensibilité à fleur de peau ?

« Dans un vaste espace laissé libre entre la foule et le feu, une jeune fille dansait. Si cette jeune fille était un être humain, ou une fée, ou un ange, c'est ce que Gringoire, tout philosophe sceptique, tout poète ironique qu'il était, ne put décider dans le premier moment, tant il fut fasciné par cette éblouissante vision. »

Victor Hugo, *Notre-Dame de Paris*.

Un samovar pour seul bagage

Île Rousski, 25 octobre 1922

LA DOUCEUR DE cette journée d'automne sur l'île Rousski. Tes parents et toi avez quitté Vladivostok le matin même, deux valises à la main. Depuis quelques jours, tu as compris que l'évacuation était inévitable : les bolcheviques vont prendre la ville d'un moment à l'autre. Tu as aidé tes parents comme tu as pu. Vendre des objets, en entasser d'autres dans un garde-meubles. Vous viendrez les chercher quand tout ce chaos s'apaisera. Ton père ne parle pas beaucoup, ta mère souffre du cœur. L'ordre est arrivé de rejoindre les cadets sur l'île Rousski, en face de Vladivostok. L'embarquement se fera à la baie Novik.

Revoir une dernière fois ton île où tu as vécu presque deux ans avant de suivre ton père à Vladivostok. Tout poussait dans ce paradis perdu, des anémones, des violettes, des rêves aussi, par brassées. Accroupie sur une souche, allongée sur le sable, accrochée aux rochers, tu n'avais qu'à te baisser pour les cueillir. Tu connaissais la topographie magique de ton royaume sur le bout des pieds et des doigts. Tu dansais avec les arbres, au son d'une musique perçue par toi seule. Tu leur parlais : « Bonjour ! Comment allez-vous ? Vous permettez que je prenne votre main ? » Et la branche du bouleau tremblait et saluait la petite fille. Chaque arbre portait un nom, une personnalité.

« Le bouleau était l'être à la plus grande bonté. Le chêne, sévère et fort. Il fallait s'en approcher sur la pointe des pieds et vérifier son humeur du jour. »

Ton préféré ? Le tremble, « pour son caractère mutin, pour le frémissement perpétuel, ému, de ses feuilles argentées et brillantes... ». Tu as tout reconnu : les nuées d'oiseaux, les galets blancs, le grondement sourd du ressac, l'église en bois perchée sur la colline. Dans la lumière tiède de cette fin de journée, érables, chênes, noyers flamboient. Il n'y a qu'à tendre la main pour les caresser, comme le pelage d'un chien fidèle, y enfoncer la tête et ne plus bouger. La plage est noire de monde. Et la mer obstruée par des dizaines de navires. D'après ton père, il y en a vingt-cinq. L'ordre est donné d'embarquer. Tu serres contre toi ta poupée préférée – offerte par ton père à son retour d'Allemagne, après sa longue captivité – ta mère a saisi ton autre main et la serre si fort que tu ne sens plus tes doigts. La foule s'agglutine.

— Les bateaux sont surchargés, laissez vos valises ! crie un soldat.

Ta poupée t'est arrachée, vos sacs abandonnés sur la plage. Seul le samovar familial atterrit avec vous sur le pont. Enroulé dans une des robes en velours de ta mère, il n'a pas attiré l'attention des soldats sur la passerelle. Un cadet a moins de chances avec sa contrebasse qu'il est obligé de laisser tomber dans l'eau.

Les mouettes continuent de pousser des cris aigus qui résonnent dans le silence. Le bateau glisse lentement, les côtes effilochées de ton île se détachent, puis Vladivostok disparaît dans la brume. Effroi. Tous ces adultes qui se taisent, les yeux rivés sur un bout de terre. Les mots du capitaine flottent, butent sur des esprits lents à comprendre : « C'est maintenant que nous voyons pour la dernière fois notre patrie et lui disons adieu. »

À la terre évanouie devant tes yeux, aux frontières incertaines, aux hommes inquiets qui ne savent où se fixer, tu opposes la haute silhouette des arbres à l'ombre desquels tu t'es sentie une, rassemblée, heureuse, au contact desquels tu as connu la joie pure « qui survit au malheur, ne craint pas les villes. La joie prise pour de la tristesse tant elle est tranquille et profonde ». Ces mêmes arbres, ta seule patrie, enracinés sur l'île quand on t'en arrache. À défaut de poupée, tu serres le samovar contre toi. Le velours vert sous tes doigts, tu sondes la nuit qui vient. Les étoiles s'allument une à une. Elles sont des milliers dans un ciel infini. Si tu t'arrimes à elles, n'ouvriront-elles pas les portes de la nuit ? Comme sur la carte de Noël accrochée au-dessus de ton lit. Ni les trois anges dans leurs habits dorés, ni leurs trompettes ne chassaient ta peur. Tu t'apaisais en les regardant voler dans le ciel bleu nuit, le bleu nuit du saphir, des profondeurs. Les étoiles, le ciel, la mer t'enveloppent d'obscur et te bercent. Le nez dans la robe, tu cherches l'odeur de ta mère, qui se détache du tissu par filaments sucrés.

J'ai mon refuge –
Tout près des étoiles, tout près du mystère…
Les étoiles offrent beaucoup,
À ceux qui ne demandent pas : donne-moi !

Quelle femme es-tu ?

Shanghai, automne 2018

Le livre donné par Mikhaïl constitue un trésor dont je n'ai pas les clés. Des tranches de vie se superposent sans que je parvienne à les assembler. Quelques photos émaillent les pages, que l'absence de couleur place hors du temps. Le noir et blanc, comme la cendre sur Pompéi, a figé l'instant, le tremblé d'un mouvement, la fraîcheur d'un sourire. J'imagine qu'il suffit de retirer cette fine pellicule pour faire jaillir la couleur, de nouveau laisser le temps tout oxyder. Sur l'une d'elles, prise au début des années 1920, tu te tiens debout, le dos droit, robe noire à col blanc, tes mains sur un guéridon. Un visage déjà parfait, à l'ovale bien dessiné, le nez un peu retroussé. Deux nattes se devinent dans le dos. Tu n'as pas encore dix ans, et pourtant tu fixes l'objectif avec sérieux, avec gravité, même. Tes yeux hypnotisent déjà, immenses, taillés pour embrasser à la fois le réel et l'imaginaire, couleur de la haute mer. Tu sembles voir ce que les adultes ne perçoivent plus. Je scrute tes yeux d'enfant, de jeune fille, de femme, puis de vieille dame, des yeux « qui brillent au travers d'un étang sombre et éclairent la vie silencieuse et secrète de ses habitants », écrivait le chanteur et écrivain russe Alexandre Vertinski en mai 1940, dans un article à ton sujet.

Contactée par Mikhaïl, Tamara m'a envoyé un mail, nous nous sommes parlé au téléphone. Journaliste, elle s'est spécialisée sur l'émigration russe dans le Pacifique. Comme toi, elle est née à Khabarovsk, en Sibérie. Comme moi, une photo l'a poussée vers toi. Une photo d'identité trouvée par hasard dans les archives de Khabarovsk au début des années 2000. Quand elle a compris que tu vivais encore, en France, elle n'a pas hésité, s'est empressée de trouver l'argent nécessaire pour le voyage. Une fin d'après-midi d'automne, elle est venue sonner à ta porte. Chaque été, jusqu'à ta mort douze ans plus tard, elle passait deux semaines en France chez toi pour classer tes souvenirs, te convaincre de les publier et ainsi, par tes mots, te permettre à toi, l'exilée, l'apatride, de revenir dans ton pays.

Un matin, je suis passée devant les tourelles de la villa Moller sur Shaanxi South Road, ancienne avenue du Roi-Albert. Achevé en 1936, la légende dit que ce manoir serait le fruit d'un rêve, celui d'une des filles d'Eric Moller, riche homme d'affaires suédois. Inspirée par ses nombreuses lectures des contes d'Andersen, elle rêve puis dessine son château de conte de fées que son père – qui ne peut rien lui refuser – entreprend de faire construire. Il faudra sept ans pour en achever la construction. Mais les Japonais envahissent la ville un an à peine après la fin des travaux, et la famille Moller est contrainte de fuir. Transformé en hôtel quatre étoiles, le conte de fées s'achète aujourd'hui à bon prix et brille le soir sous des projecteurs violets.

Pensais-tu à cette histoire en passant à vélo devant le chantier pour te rendre au Lyceum Theatre ? Ton père à toi se trouvait sans argent, sans château bien sûr, et sans patrie. Il n'exauçait pas les rêves, il s'en méfiait, il avait une idée précise de ce que devait être une jeune fille et, si tu avais fait des bêtises, il aurait préféré que tu sois morte. Tu as grandi à l'ombre de ce père aux moustaches fournies, aux yeux bleus comme toi, aux convictions gravées dans le marbre.

Aujourd'hui, il repose en France, dans un cimetière d'une ville de Haute-Loire, en grand uniforme. Il aurait aimé retourner en Russie, mais le colonel Andersen n'était pas le bienvenu, même mort, dans son pays natal. La plaque funéraire mentionne bien le colonel Nikolaï Andersen. Or, son nom de famille – et le tien donc –, est Aderson, nom figurant sur tous les papiers officiels de l'armée. L'un de tes bisaïeuls serait arrivé en Russie de Scandinavie. Tu ne lui as pas fait construire un château, mais, par une pirouette dont tu as le secret, tu réussis l'impossible : lui donner le nom que tu t'es choisi, Andersen. Ton père n'exauçait pas tes rêves, mais tu lui as laissé les tiens pour l'éternité. Plus tard, à Shanghai, ton nom de scène sera Anders, « différemment » en allemand. Coïncidence ? Adopter un autre nom, n'est-ce pas affirmer son souhait d'emprunter un chemin différent ?

Andersen pour Ian Christian Andersen. Tu aimais les histoires de ce conteur danois. Elles parlent de découverte de soi, d'innocence et d'indigence, de courage et de persévérance, d'amour non partagé et de sacrifice. Ses contes ne sont pas les plus gais, mais les plus réalistes. En m'y replongeant, j'ai découvert la véritable histoire de la Petite Sirène. Elle préfère mourir plutôt que de prendre le risque de tuer celui qu'elle aime et de rendre malheureuse celle qu'il va épouser.

Penchée sur mon exemplaire de *Seule sur le pont*, je lis les préfaces, les poèmes, la correspondance, les souvenirs. Tes vers m'accrochent l'âme. Pas de grandes phrases, pas de coups d'éclat, mais un doux chuchotement du cœur, une intimité immédiate. Les sentiers, les chemins, les routes, les rives. À pied, en bateau, en avion. En pensée. Tes poèmes esquissent une carte où les frontières sont abolies, où l'on monte toujours plus haut, à la rencontre du soleil, de la mer, de l'infinie liberté. Une carte dont les chemins s'emmêlent parfois, en quête d'un chez-soi que seuls tes rêves et tes mots arrivent à fixer.

Mais quelque chose m'intrigue : la femme évoquée dans les préfaces n'épouse pas totalement celle que je devine en creux dans les poèmes et les lettres. La première endosse l'habit de la poétesse reconnue, de la danseuse célèbre, de la muse et de l'épouse. Sous les mots de la seconde, je découvre une femme qui aime et souffre d'aimer. Poème après poème, tu t'adresses aux hommes aimés, aux hommes qui t'aiment. « Il », « lui », « pour toi »,

« à toi », parfois des initiales, plus rarement un prénom, un patronyme.

Pourquoi cette dissonance ? Qui étaient ces hommes dont il n'est fait aucune mention dans les préfaces ? A-t-on pensé à préserver ta réputation ? Quelles conclusions hâtives pourrait-on en tirer ? Un homme qui a beaucoup de succès auprès des femmes est un séducteur ; une femme qui a le même succès auprès des hommes ne peut être qu'une putain.

À la fin de *Seule sur le pont* se trouvent les critiques élogieuses d'Alexandre Vertinski en 1940, à la sortie de ton premier et unique recueil : *Dans les prairies terrestres*. Convaincu de ton talent, le célèbre chansonnier russe a beaucoup œuvré à sa publication. Ta poésie ? « Simple. Forte. Parcimonieuse. » Plus loin : « Larissa Andersen s'écrit. Elle écrit sur elle. [...] Seul l'amour pèse sur ses ailes terrestres. Ce même amour qui se donne aux gens, comme une croix, comme un châtiment. »

Oui, c'est cela. L'amour, comme un vent puissant, gonfle tes poèmes, donne l'élan ou fait contrepoids. Le vent vient du sud, danse autour des corps, appelle à la jouissance, s'enivre de parfum, d'émotions, de superflu. Le vent souffle aussi du nord, un aquilon âpre sur des paysages de neige et de silence, un vent qui recentre sur l'essentiel. Brise ou tempête, il déferle sur toi sans relâche.

Ce vent vient interroger mon rapport au féminin, au désir, à l'amour, aux hommes. Ce vent souffle sur une blessure mal refermée, dissimulée à tous, une blessure que moi-même je refuse de voir. Mais la douleur revient par vagues, brise l'élan, empêche l'abandon. J'ai peur des hommes, de leur volonté qui a tant pesé sur moi. Si je creuse ce mouvement qui me pousse vers toi – est-ce juste de la curiosité pour une belle femme à la vie intense ? –, je trouve la stupeur, qui ne me quitte pas quand je suis avec toi, devant cette vie offerte, devant une femme qui a réussi à se donner sans se perdre. Je vois, encore de manière confuse, que les points de bascule de ta vie sont liés aux hommes aimés, père, amants, maris, ces hommes que je fuis sans réussir à vivre loin d'eux.

Comment être heureuse malgré l'échec, le manque, le désamour ? Comment persister à vouloir aimer ? Peut-on être femme sans aimer ? Je ressasse ces considérations tout en questionnant Tamara sur des aspects plus prosaïques de ta vie dans une tentative de reconstituer le cours de ton existence et d'établir un lien.

En réponse, Tamara m'invite à passer quelques jours chez elle, à Vladivostok. Elle pourrait me montrer des lieux que tu as aimés, des photographies, des robes de scène et d'autres archives. Un soir de février 2019, après de longs échanges, des dates proposées puis décalées, des frayeurs de visa, je m'envole enfin, profitant des congés du nouvel an chinois.

Vladivostok

Vladivostok, février 2019

DEVANT LA CATHÉDRALE de la Transfiguration se dresse une croix, qui semble perdue sur la grande place des Combattants de la Révolution.

— La croix du souvenir, m'explique Tamara. Quelle tristesse de la voir abandonnée ici ! Elle se dressait sur le promontoire de Pospelov, sur l'île Rousski. Avec les constructions liées au sommet de l'APEC (Coopération économique Asie-Pacifique), que l'île Rousski a accueilli en 2012, ils l'ont démontée, et cela fait dix ans que la municipalité ne sait pas où la réinstaller. Quelle honte, quand même, reprend-elle en tapant des pieds sur le sol pour se réchauffer. Vous savez, cette croix a une portée symbolique. Il s'agit du premier mémorial érigé en Russie en faveur de la réconciliation.

Elle est émue. Je veux être sûre de comprendre.

— La réconciliation des contre-révolutionnaires et des bolcheviques ?

— Oui. Cette guerre civile a ravagé le pays et marqué les esprits, surtout ici. Vous vous rendez compte ? Vladivostok est restée aux mains des contre-révolutionnaires cinq ans de plus que le reste du pays ! La prise de la ville par les bolcheviques, le 25 octobre 1922, marque la fin de la guerre civile russe.

Nous nous approchons pour lire le texte sur la plaque.

Repentir et Union.
En souvenir de nos compatriotes, jetés dans le gouffre de la guerre civile de 1917 à 1922.

Ceux qui ont fui et ceux qui sont restés.

Tamara fait le tour de la croix et m'invite à examiner une autre plaque, vissée au verso de la première.

— Regardez, la date est inscrite sur la plaque, avec le nom des navires partis ce jour-là vers le port de Wonsan, en Corée du Nord.

Le *Baïkal*, le *Nadejni*, l'*Eldorado*, le *Pouchkar*, le *Lieutenant Didimov*... Je les compte, il y en avait vingt-cinq.

— Au départ de l'île Rousski, les cadets de Khabarovsk et les officiers encadrants avaient été répartis sur deux bateaux, le *Voevoda* et le *Vzrivatiel*, raconte Tamara. Larissa et sa famille se trouvaient sur l'un des deux. Arrivés en Corée, au port de Wonsan, les parents de Larissa ont décidé de se rendre en Chine, à Harbin, et prennent le train. Les cadets sont alors répartis sur les deux bateaux initiaux et un troisième, le *Lieutenant Didimov*. Direction : Shanghai. Le lendemain du départ, le *Lieutenant Didimov* s'abîme en mer, pris dans une tempête. Il n'y a aucun survivant.

Tamara et moi marchons en silence sur la place déserte. Seul un chat vient se frotter contre nos jambes. Je suis arrivée la veille, un 25 février, jour de ton anniversaire. Tamara est venue me chercher à l'aéroport, petite femme aux yeux verts et au visage doux. Avais-je fait exprès pour la date ? Non, bien sûr que non, un hasard de calendrier. J'avais tellement changé les dates de ce séjour à cause d'impératifs professionnels, de problèmes de visa. Comme tous les Russes que je connais, Tamara ne croit pas au hasard. Dans le hall d'accueil, elle m'a jaugée, respirée. Pouvait-elle partager avec une inconnue la femme qui avait tant marqué sa vie ? Elle a pris cette coïncidence pour un signe. Larissa, de là où elle était, approuvait ma venue.

Tamara ne m'a pas tout de suite parlé de tes carnets intimes. Nous avions trois jours pour nous apprivoiser. Sous un grand ciel bleu, les rues de Vladivostok m'enchantent. Emmitouflée dans une doudoune et une grosse écharpe, la tête couverte d'un bonnet, je me souviens de mon année d'études à Moscou. Les amourettes de fac, les soirées au foyer d'étudiants, la bouteille de vodka qui passait de bouche en bouche, les chants et la guitare. J'ai tout retrouvé : les babouchkas en fichus et bottes fourrées, rondes et dodues comme un *vatrouchka* – ce gâteau russe au fromage blanc typique –, les immeubles décatis, les cages d'escalier aux murs blanc et vert zébrés de fils électriques, les salades *olivié* avec de la mayonnaise, le bortsch fumant, le thé toujours brûlant, et la langue russe, chantante, caressante, qui ronronne dans ma gorge comme un chat heureux. J'ai les joues et le cœur rougis par cette chaleur que les Russes dégagent en ouvrant les bras. Après la politesse chinoise tout en retenue, ces accolades, ces embrassades, ce besoin de contact me ravissent.

Vladivostok, la ville « qui domine l'Orient », ville refuge, ville terminus, ville de marins, ville interdite. Base navale de la flotte russe du Pacifique, elle est fermée aux étrangers et aux non-résidents pendant plus de trente ans par les Soviétiques. Tamara se souvient des laissez-passer nécessaires pour y séjourner quand elle était plus jeune. Elle répond à mes questions lors de nos trajets à pied, dans le bus 31 qui va de mon hôtel à chez elle, ou au restaurant-cantine *Republik* où nous avons pris nos habitudes. Elle a voué sa vie à défendre ta mémoire, celle que tu surnommais affectueusement « ta fée venue de Russie ». Il est encore trop tôt pour lui demander le pourquoi de ce dévouement, ce qu'elle a cherché et peut-être trouvé en toi.

Le deuxième jour, elle m'emmène sur l'île Rousski, ton île. Tu n'y es jamais retournée depuis ce jour d'octobre 1922, et c'est peut-être mieux ainsi. L'endroit, où tu avais fait provision de mer, de fleurs, d'arbres, de soleil pour tenir ta vie entière, évoque une décharge laissée à l'abandon : routes défoncées, collines pelées, envahies de ronces et de mauvaises herbes, détritus partout.

La plage où tu te baignais est défigurée par une structure en béton facilitant le déchargement des bateaux. L'église en haut de la colline, la plus vieille de Vladivostok, a été rasée par les Rouges juste après votre départ. Les casernes des cadets tombent en ruine. Où trouver les arbres devenus ours quand venait l'ombre du soir ? Debout face à la mer, bercée par le cri des mouettes, je repense à une interview de Nabokov où il parlait d'exil. Il en voulait aux Soviétiques, non d'avoir perdu des biens matériels, mais de lui avoir volé les lieux de son enfance. Sur ton île, le paradis d'enfance a disparu, seul le ciel n'a pas changé. Me sont revenues par bouffées ces longues attentes de fille, allongée sur le sable ou sur un transat, à attendre la vie comme un spectacle qui commence, des papillons au ventre et des rêves plein la tête.

Le troisième jour, Tamara pose sur la table de sa cuisine quelques carnets, recouverts de tissu aux couleurs passées. Sur les deux premiers, je lis : *Victory popular diary 1946*, *Compco desk diary 1947*. En bas à droite d'un autre, aux spirales abîmées et à la couverture cartonnée illustrée de fleurs, figure l'inscription « 1940-1941 ». Tes journaux intimes. Je pensais qu'ils avaient tous disparu. La plupart de ces carnets étaient perdus, mais il en restait une dizaine que tu voulais détruire. Tamara t'avait convaincue de ne pas le faire, promettant de ne les lire qu'après ta mort. En les feuilletant, quelque chose se noue en moi. Tes mots brûlent, font sortir de recoins oubliés un amas peu ragoûtant, semblable aux pelotes de réjection, qui m'étouffe.

Je suis saisie d'émotion de voir, soixante-dix ans plus tôt, une femme coucher sur le papier les peurs, réflexions, émois qui m'agitent aujourd'hui. Un peu plus tard, dans la voiture, je n'écoute pas Tamara me raconter l'histoire de la ville, je suis avec toi. Ai-je le droit de lire ces journaux ? Pourquoi mon cœur bat-il si fort en y pensant ? J'ai peur et je suis fascinée. Si le but de mon voyage à Vladivostok ne m'apparaissait pas clairement en prenant mon billet d'avion, il devient soudain limpide. Après avoir lu tes poèmes et tes lettres, ces journaux m'offrent ton ombre, la part secrète, dérobée au regard, indispensable pour te reconstituer tout entière. Il me faut ces pages, je ne peux pas rentrer à Shanghai sans les avoir lues.

J'ai besoin de comprendre d'où vient cette lumière qui éclaire tes poèmes de l'intérieur, comme l'eau des lacs de montagne, lumineuse au creux des à-pics.

Comment, alors que les pages de tes journaux révèlent des combats qui ressemblent aux miens, as-tu réussi à rester honnête avec toi-même, à l'os de tes désirs, de la vie autour de toi ? Je veux poser côte à côte ces journaux et ce poème, trouvé à la fin du recueil *Seule sur le pont*, qui m'obsède et suscite, à ma grande honte, une certaine jalousie. J'aurais voulu l'avoir écrit moi-même et je doute d'en être jamais capable. Il parle d'une femme profondément libre, celle que j'aimerais devenir un jour, délivrée de ce sentiment d'échec, d'empêchement, d'inachèvement, de peur aussi, lié à mon divorce – et avant ça au premier amour échappé, aux autres, mal aimés certainement. Pouvais-je encore cesser de passer à côté de ma vie ? L'amour trompé pouvait-il guérir, l'amour perdu renaître ?

J'ai dansé, écrit des vers.
J'ai péché, pardonné d'autres péchés.
J'ai pris pitié des hommes et des bêtes,
Et peut-être même suis-je devenue meilleure.
Au printemps, j'ai erré dans les prés,
J'ai étreint des arbres dans la neige,
Navigué sur des mers lointaines,
Et j'ai pleuré – parfois en vain.
Mais la rivière ne rebrousse pas son cours –
Des larmes plein les yeux, j'ai souri à nouveau.
Pour la mer, pour les forêts, pour les champs
Je te suis reconnaissante, Terre.
Pour la joie des plaisirs quotidiens,
Pour les amis, les agapes, les rires…
Et pour ce silence, cette tristesse
Qui entraînent vers l'immensité lointaine.
Seulement voilà : j'ai oublié ceux
Que je n'ai pas écoutés, à côté de qui je suis passée,
Force Sainte, couvre de ton ombre
Ceux que j'ai si mal aimés…

Vivre ailleurs

Harbin, 1923

VOTRE NOUVEAU CHEZ-VOUS se trouve loin du centre, au bout de la rue Sadovaya, un appartement partagé avec une autre famille d'émigrés. C'est minuscule, mais, tu as du mal à le croire, vous allez enfin pouvoir vous installer. Fini les foyers, les cagibis, les lits étroits, les pleurs de votre voisine de chambre, une jeune veuve et son bébé. Pas de valises à déballer, tout a été laissé ou vendu en fuyant Vladivostok. Le samovar seul sera le témoin de votre vie passée. Habiles de leurs mains, tes parents auront tôt fait de rendre ces deux pièces confortables et accueillantes. Ton père a troqué son uniforme pour un autre, tu le trouves moins beau, mais il a retrouvé le sourire. Il travaille maintenant au sein de la Compagnie des chemins de fer de l'Est.

Devant eux, tu te réjouis, mais le vide au cœur pèse lourd. Comment t'enraciner dans ce lieu où tout est nouveau ? Par quoi remplacer le grondement de la mer, les cris des martinets qui se jettent de la falaise, les senteurs d'humus après la pluie, l'odeur des aiguilles de pin, leur doux cliquetis quand elles tombent sur le tapis des feuilles ? Oui, par quoi ? Ici, tu ne sens rien, tu ne vois rien que du gris, de la poussière, des yeux cernés. Devant l'immeuble, dans la grande cour, trône une balançoire. Tu t'accroches à elle comme une mouette aux ailes coupées, les yeux rivés sur les promesses du ciel.

Douze ans. À toi les nattes et les uniformes de collégienne à col claudine. En classe, les heures gouttent avec lenteur. Les cours de géographie, en particulier, t'assomment. Pourquoi ânonner ces villes russes poussiéreuses, synonymes d'ennui, de guerre ? Pourquoi ne pas voyager plus loin, Manille, l'Espagne, la France, Paris ? Oh oui, le Paris de *Notre-Dame de Paris*, celui d'Esmeralda, la bohémienne ivre de danse et de grand air, qui rend les hommes apostats et fous. Comme une libellule, tu aimerais t'accrocher deux ailes dans le dos, t'envoler, sauter d'une feuille à une autre, danser sur l'écume des vagues, te laisser porter par le vent… Une mouche vrombit contre la vitre. Pourquoi ne comprend-elle pas que la fenêtre est ouverte ? Qu'il suffit de fixer ce tesson de verre, là, de l'autre côté de la rue, qui étincelle sous le soleil, pour disparaître dans des contrées lointaines. Tu apprends à garder les yeux ouverts sans voir, à écouter avec des oreilles qui n'entendent plus. L'ennui des salles de classe appelle les mots. Quand tu ne peux pas évoluer librement, courir, danser, il te reste l'imagination. La réalité disparaît et te voilà happée par un monde aussi tangible que le cahier entre tes mains. Dans cette absence, les mots, les sons jaillissent, qu'il reste à fixer sur le papier.

C'est un monde dont tu parles peu, surtout à tes parents. Ton père espère te voir embrasser la carrière de juriste à laquelle il se destinait avant de se tourner vers l'armée. La danse, la poésie ? Des niaiseries. Ta mère veut ton bonheur et s'inquiète de te voir si sensible, si émotive. Trop belle. Esmeralda n'est-elle pas morte d'avoir été trop désirée ? Quand ton père relit *Notre-Dame de Paris* à ta demande, elle lève la tête de son ouvrage et t'observe. Son unique fille, sa rescapée. Avant toi, son ventre a grossi deux fois. Deux petites vies qui n'ont pas pris.

Comme la mousse sur une pierre, ta mère aime l'ombre, la tiédeur d'une maison. La beauté, la vigueur, le savoir, la sécurité, elle les puise auprès de ton père. Il est sa boussole, elle est son abri. Elle sait transformer chaque nouveau logement en nid douillet au gré de ses affectations, coudre des habits, des rideaux, des nappes, rendre votre vie quotidienne plus belle, plus chaude. Si c'était possible, elle aimerait ne jamais vivre séparée de vous deux. Pourtant, elle l'a été plusieurs fois, et son cœur en a souffert. Elle le sent, il ne tiendra pas longtemps. Elle repense à ces quatre années d'attente, 1914-1918, l'attente d'une guerre, entrecoupée de rares billets venus du camp de prisonniers près de Lodz, où se trouvait ton père. Et puis, il y a ce jour terrible où elle a cru t'avoir perdue. Une gare bondée, des soldats, un train à prendre. Ton père n'est pas là, vous êtes toutes les deux, elle te porte dans un panier, tu dois avoir deux, trois ans. Pour t'éviter la cohue, elle pose le panier sur le quai, te demande de ne pas bouger : « Je reviens. Je monte juste dans le wagon pour voir s'il y a de la place et je reviens te chercher. Ne bouge pas ! » Le train va bientôt partir, et tout d'un coup, une marée humaine s'abat sur le wagon. Tous veulent monter dans le train. On se bouscule, on joue des coudes, on se laisse porter par la foule. Ta mère lutte à contrecourant, étouffe, recule, hurle : « Ma fille est dehors, laissez-moi sortir ! » Peine perdue. Le train s'ébranle. Tu es assise dans ton panier sur le quai, perdue dans la foule. Coincée, acculée, ta mère a baissé la fenêtre et hurle comme une folle. Personne n'entend. Il y a trop d'agitation, trop de monde, trop d'angoisse, qui se soucie d'une mère à l'agonie ? Tout d'un coup, des mains t'ont saisie, des bras t'ont portée et des jambes ont couru. Un homme, « cet homme », dira toujours ta mère en parlant de lui, rattrape le wagon, te hisse et te fait glisser à travers la vitre baissée. Il porte un uniforme. Rouge ? Blanc ? Peu importe. Tous les jours, ta mère prie la Mère de Dieu d'épargner « cet homme ». Et de t'épargner aussi. Peut-être, une fois là-haut, pourrait-elle aussi veiller sur toi ? Elle ne demande rien pour elle-même, juste que son cœur tienne encore un peu.

Une chaîne de femmes

Shanghai, février 2019

Le dernier jour à Vladivostok, alors que je viens d'arriver chez elle, Tamara me donne les clés de son appartement et, enfilant son manteau, me lance :

—J'ai des choses à faire ce matin, nous nous retrouverons pour le déjeuner. J'ai posé dans la cuisine les journaux de Larissa, ceux de ses années shanghaïennes. Scannez ce que vous pouvez, je vous fais confiance.

Et elle part, me laissant seule chez elle avec ces carnets, derniers vestiges d'une femme qui a profondément marqué sa vie. Et réciproquement, puisque tu lui confies tes archives, la couches sur ton testament. En la nommant exécutrice testamentaire, tu l'adoptes, elle fait désormais partie de ta famille. Je passe la journée dans ce petit appartement encore en travaux, où les cartons contenant tes affaires – livres, lettres, journaux, albums photos – s'empilent, empiétant allégrement sur le quotidien de Tamara. Trois jours à Vladivostok, trois jours à la questionner, essayer de comprendre le culte qu'elle te voue. Dans son travail journalistique pour restaurer le souvenir d'une histoire qui n'a pas permis à des milliers de Russes de retourner chez eux, Tamara a croisé le chemin de très nombreux exilés, vivants ou morts, mais seul ton visage s'est distingué. Une simple photo en noir et blanc d'abord, puis le choc de votre première rencontre à Yssingeaux. Quand j'imagine ce qu'elle a dû surmonter pour venir en France la première fois, elle qui ne parle pas français, qui vit très modestement, je prends la mesure de l'étrange magnétisme que tu exerces.

À part la date et le lieu de naissance, rien ne vous relie, toi l'émigrée, fille d'un officier du tsar, et Tamara, pur produit de l'ère soviétique. Pourtant, à ta mort, elle s'est sentie orpheline, perdue dans un vide que ni sa mère, ni sa sœur, ni même son fils n'ont pu combler. Ce sont ses propres mots. S'approcher de toi, vivre sous ton ombre, n'est-ce pas toucher du doigt une Russie qu'elle n'a jamais connue ? Tu incarnes tout ce que le communisme a éradiqué dans la vie quotidienne de Tamara : la distinction, la liberté, l'histoire, la beauté bien sûr, à commencer par celle de ce portrait qui la pousse vers toi. Aussi et surtout une façon d'être au monde, non pas dans la pensée collective, la délation, la contrainte, mais centrée sur une meilleure connaissance de soi, dénuée de jugements.

Dans ton caractère fait pour la joie, dans le roman qu'est ta vie, peut-être Tamara a-t-elle trouvé aussi un baume pour apaiser les douleurs de la sienne ? Je la sais divorcée, un fils à charge aujourd'hui grand, un modeste salaire de journaliste, elle n'a rien voulu me dire de plus. Au gré de nos conversations, de ma découverte de son immense travail pour retracer l'histoire de l'émigration russe dans le Pacifique, il me semble aussi qu'elle est en quête de racines, celles-là mêmes que le régime soviétique avait arrachées comme entrave à la construction communiste. Des racines pour elle, des racines pour toi. Après avoir organisé une exposition sur ta vie, Tamara rêve désormais d'ouvrir un musée, d'y exposer tes robes, des objets t'ayant appartenu, tes journaux. Elle voudrait permettre à d'autres de succomber à ton charme. Comme un fil, tu relierais les Russes d'aujourd'hui à leur passé disparu, celui qui leur a été volé. Dernier point d'ancrage avant l'exil, la ville de Vladivostok deviendrait terre d'accueil, lieu de mémoire.

Depuis mon retour de Vladivostok, je suis accrochée à ces centaines de pages manuscrites comme un naufragé à sa planche de salut. Tes mots s'agrippent à moi, ils ne me lâchent plus. Je découvre une femme en proie à des désirs contraires, celle que je suis venue chercher, celle qui me ressemble. Nous avons le même âge, toutes les deux, à soixante-dix ans d'écart. En 1933, émigrée russe, tu as choisi Shanghai pour être libre, dans l'attente de l'homme aimé. Pour tenir tête à Shanghai, défaire mes liens, ne faut-il pas quelqu'un d'aussi libre que toi ?

En dehors de ces heures volées passées à te traduire du russe au français, mon quotidien de professeur me raccroche à une réalité. Mes collègues me taquinent gentiment, certains d'avoir en face d'eux une jeune célibataire à sortir. On veut me présenter un ami, savoir si je suis disponible ce week-end et celui d'après. Je me méfie du désir, du mien particulièrement. Il a toujours mené à des catastrophes, me rend aveugle ou possessive. Je ne leur dirai jamais que j'ai déjà été mariée, que, depuis, le désir d'un homme, ses tentatives d'approche, ses mains sur moi, son regard, son visage trop proche me jettent à la figure, encore et encore, la laideur des gestes et des mots quand l'amour s'est délavé, quand ne reste que l'envie de faire mal.

L'enseignement dans le secondaire m'a sauvée. J'aime avoir en face de moi ces jeunes entre deux eaux, gardant de l'enfance le besoin d'une mère qui console et encourage ; imitant de l'adulte la fanfaronnade ou l'air blasé. À l'heure de la récréation, je les observe dans la cour. Quelques couples se forment, gauches, sous le regard des autres, imitant les gestes de l'amour sans les vivre encore. Parfois, un éclat dans les yeux et cet élan premier, irrépressible, qui fait vibrer l'espace autour d'eux d'un désir aussi neuf qu'une promesse. Leurs baisers maladroits, moites comme la paume de leurs mains, me donnent envie d'espérer. De cet âge, j'aimerais retrouver les longues plages intérieures, rêves à profusion au ras des paupières closes, qui mangent le présent et l'emportent encore sur le raté, l'échec, la brisure. Mais, depuis mon divorce, j'ai surtout renoué avec ses tourments, gaucherie du corps qui ne sait pas habiter l'espace, qui redoute son propre reflet. Je n'ai plus quinze mais trente-cinq ans, et j'ai peur que le feu ne me quitte.

« Ceux que j'ai si mal aimés », écris-tu.

J'aime tes fêlures, Larissa, elles apaisent les miennes. Plus je te lis, plus je comprends que l'existence dont tu rêvais à quinze ans, à vingt ans, n'a pas été celle de ta vieillesse. L'exil, la séparation, le déracinement. Je voudrais savoir comment tu as fait pour nouer les fils rompus, habiter l'absence, chasser les regrets.

En octobre 1922, tu es arrivée à Harbin par le train, avec le samovar et la robe verte de ta mère. Avec les milliers de Russes qui ont glissé de Vladivostok à Harbin, d'Harbin à Shanghai, de Shanghai à *on ne sait où*. La toile du monde est rouge sang, impossible de s'agripper quelque part.

Qui connaît Harbin, l'Atlantide russe au nord de la Chine, le « Paris de l'Orient » avant que ce titre revienne à Shanghai ? Aujourd'hui, la ville tire sa renommée du plus grand festival mondial de sculpture sur glace, qui attire chaque hiver des milliers de visiteurs. À ton époque, elle vit au rythme du chemin de fer. Avec le traité sino-russe de 1894 et la construction du chemin de fer de l'Est chinois, une petite colonie russe, majoritairement de confession juive, s'y installe, soulagée d'échapper à l'antisémitisme russe. La ville se développe, attire architectes, industriels, scientifiques, journalistes, artistes. Une deuxième vague d'environ deux cent mille émigrés déferle à partir de 1917, fuyant les bolcheviques. Ceux-là n'ont pas choisi l'exil. Ils envient le confort de ceux qui ont fait le voyage avant eux et n'ont pas l'intention de s'installer durablement en Chine. Les bolcheviques ne vont-ils pas être renversés très vite ? Les exilés de la deuxième vague espèrent pouvoir bientôt rentrer au pays. Tes parents sont de ceux-là.

Mais leurs enfants, toi, la jeune génération, grandissent et rêvent d'ailleurs. À l'initiative de son secrétaire, Alexis Alexeievitch Gryzov (qui se fait appeler Atchahir), de jeunes poètes et écrivains se retrouvent dans les locaux de l'Union chrétienne de la jeunesse (UCJ) au bout de ta rue. Il s'agit de l'équivalent russe des YMCA, mouvement pour la jeunesse interdit depuis 1918 par les bolcheviques, qui renaît sous l'impulsion des émigrés russes d'Harbin. Atchahir souhaite recréer un îlot de culture russe en Chine, préserver ce qui est désormais censuré, une activité jugée bourgeoise : la poésie. Si Anna Akhmatova, muselée, résiste à domicile, Atchahir propose une autre forme d'opposition : « Le destin ne nous a pas brisés, ne nous a pas voûtés, ne nous a pas courbés jusqu'au sol. Et si notre patrie nous a chassés, nous la répandrons dans le monde entier », par les mots justement.

Ces jeunes artistes vont devenir les amis de toujours. Alors que vous serez dispersés aux quatre coins du monde, vos lettres continueront de vous lier les uns aux autres. « Un pour tous et tous pour un », n'est-ce pas ce qui est écrit sur la banderole au-dessus de vos têtes, sur cette photo prise en 1924, reproduite dans *Seule sur le pont* ?

Alors que nous attendons l'addition, à la fin de notre dernier repas, Tamara m'a demandé de but en blanc ce que je voulais faire de toi. T'écrire, ai-je répondu sans réfléchir. Tamara m'a encouragée dans un sourire : Allez-y !

Tu m'apprendrais à m'abandonner, je t'aiderais à t'enraciner. Renouer avec mon rêve d'enfance, affronter mes peurs pour te porter en terre, dans le terreau des mots, ceux que tu aurais dû écrire, ceux qui diraient qui tu as été pour que la chaîne humaine qui part de toi ne se brise pas.

Des ailes de libellule

Harbin, fin des années 1920

La danse, la poésie. Ces deux ailes te sortent du corps, du cœur comme une poussée pubertaire. À quinze ans, tu portes des chandails tricotés, tes cheveux épais coiffés en une longue natte. Harbin, l'abri de jeunesse, perd de son attrait à mesure que tu grandis. Une jolie boîte où s'empilent des souvenirs, toujours les mêmes, et dont le couvercle ne ferme plus. Après-midi au bord des lacs gelés à patiner, orchestres sous la voûte des grands arbres du parc, premiers bals, confidences adolescentes échangées sur les bancs à proximité du grand magasin *Tchourina*. Tes parents, leurs amis se satisfont de ce temps réglé, de ces aiguilles inlassablement tournées vers les mêmes activités, les mêmes lieux, les mêmes personnes, dans l'attente que le Grand Horloger remonte enfin l'époque et leur permettent de retrouver leur vie d'avant.

Avancer. Fuir. Marcher à grandes enjambées comme ces élégantes sur les trottoirs de la rue Kitaïskaya. Sous leurs jupes, elles portent des bas fins et des bottines à talons.

Certaines osent des robes qui dévoilent les chevilles et des coiffures courtes. Elles ne portent plus de corsets, et leurs lèvres rouges murmurent à la jeune fille, à la femme en devenir que le désir se mûrit, qu'il goutte avec lenteur de ces heures d'ennui à rêver de quoi sera fait demain, à attendre le Chevalier Bonheur, celui de ton premier poème publié qui, visière relevée, viendra à ta rencontre quand les pommiers refleuriront.

Au cercle littéraire La Jeune Tchouraevka – ainsi nommé en hommage à la saga de l'écrivain Georges Grebenstchikoff, *Les Tchouraev*, consacrée à une famille paysanne de Sibérie transplantée dans une grande ville –, chacun jette ses mots dans la marmite commune qui bouillonne de rêves, d'impatiences, de déceptions aussi. Beaucoup ne veulent plus attendre, enragent de tourner en rond dans cette incertitude, cette absence d'horizons. Il leur faut des actes pour entrer enfin dans la vie, la vraie, qui ne peut être cette attente molle, presque lâche, de leurs aînés. S'impliquer en politique, partir loin, le plus loin possible pour avoir enfin le sentiment d'exister. Sérieuse, penchée sur les grandes tables de bois des locaux de l'UCJ, tu goûtes l'odeur de gomina des cheveux lustrés, celle de l'encre et de la cire, la senteur mêlée des eaux de Cologne bon marché et de la sueur qui mouille parfois les chemises et les fronts de tes compagnons, des hommes principalement. Entre vous s'est instaurée une franche camaraderie autour de la poésie, que des regards ardents traversent parfois pour se poser sur ton visage pâle aux traits réguliers, aux grands yeux bleus.

Les mots coulent en toi, ils deviennent racines pour les tempêtes de demain, ils remplacent celles du pays perdu, de la maison abandonnée. Dans tes premiers poèmes, tu écris les herbes hautes qui sentent la menthe, l'été vert, le soleil, le vol des martinets, le jasmin qui enivre comme les rêves, le secret des saisons dans les profondeurs du bois. En toi couve une énergie, un désir sur le point d'éclore. Peut-être les mots pourront-ils fixer ce qui disparaît. Faire surgir ce que tu espères, l'amour par exemple ? Le journal *Roubiej* édite l'un de tes poèmes où tu parles de « la passion qui s'épanouit comme une fleur vermeille ». Aussitôt, des connaissances de tes parents viennent sonner chez toi et se désoler de ta décadence précoce. Cela ne plaît pas à ton père. Pour la première fois, tu n'en as cure. Vite, écrire, apprendre à discipliner l'inspiration, à structurer le poème, goûter la peur et l'extase de lire ses textes en public.

La danse apprivoise ce corps qui s'étire, s'étoffe, semble irrigué d'une sève nouvelle. En cachette, tu cours à l'appartement de Lydia Karlovna Drozdova. Ancienne ballerine du théâtre impérial et élève de l'école Petipa, elle a remarqué ta souplesse, ta faculté à habiter l'espace, et accepte de t'enseigner à titre gracieux les bases du ballet classique et quelques éléments d'acrobatie. À cause de tes mines dramatiques, elle t'a surnommée Sarah Bernhardt et rit de te voir te précipiter sous son lit à chaque coup de sonnette.

Sur un bout de papier, tu dessines une jeune fille. Quelques coups de crayon, un elfe dont le profil se détache sur un disque : soleil, lune ? Assise seule, en haut d'une montagne, les bras enserrent les jambes repliées, le visage est pensif. Dans le dos : deux ailes de libellule.

Les soirs de mai, penchée sur le portillon du jardin, tu attends.

Le sentier attend, le portillon aussi, s'étiolant –
Il est temps de sortir – plonger dans l'obscurité…
Comme un lingot de platine sous un voile de brume,
L'image de la lune glisse,
La pénombre embaume le parfum des lilas.
Somnolents, les peupliers chuchotent…
La terre exaltée songe
Aux folles découvertes de l'été.

Pourquoi danser ?

Shanghai, mars 2019

Hypnotisée par le spectacle, je n'ose pas bouger. Sur la scène, séparée du public par des voilages, une vieille dame chinoise se tient assise, très droite. Elle lit son histoire, la survie de sa famille à Shanghai, de 1957 à 1976. Au-dessus de sa tête, la traduction anglaise défile sur un écran. Quand elle se tait, la musique s'élève et deux danseuses font leur apparition. Leurs mouvements donnent corps aux mots, laissent jaillir l'émotion longtemps contenue. Je pleure sans pouvoir m'arrêter. Elles dansent l'humiliation, le bonheur piétiné, les larmes, les coups, la dignité, la force, le courage de se souvenir, de dire. Ce spectacle me coupe le souffle. Aujourd'hui encore, en Chine, il est préférable de taire les outrages subis pendant le Grand Bond en avant ou la révolution culturelle. Depuis son accession au pouvoir, Xi Jinping veille à ce que le culte de Mao ne souffre d'aucune ombre, et tâche de s'inscrire dans sa lignée. Comment cette représentation a-t-elle pu passer la censure ?

Les deux danseuses ont des visages identiques. Sont-elles sœurs ? Leurs yeux bleus me font penser aux tiens. Leurs mouvements me révèlent ce que tes photos en noir et blanc ne peuvent montrer : un corps habité. Comment faites-vous pour échapper à la pesanteur d'être femme ? Cette inquiétude qui me colle à la peau depuis l'enfance, les oreilles farcies des mises en garde de mes parents pour qui éduquer des filles relève du chemin de croix. Je suis une fille, c'est-à-dire une peur, et mon corps sera toujours le lieu de ma vulnérabilité. J'ai eu peur de tomber, de me faire mal, de déchirer mes robes, puis peur de ces seins qui poussaient, de ces hanches qui s'arrondissaient. J'étais fautive si mes courbes me valaient des regards de convoitise. Je traînais ma grande taille comme un fardeau, et, avec elle, la terreur de me faire remarquer ou de paraître hautaine si je me tenais droite. Vite, creuser les épaules, se tasser à la hauteur des autres, ne pas éveiller le désir des hommes par un décolleté trop échancré, une jupe trop courte, camoufler le plus possible ces attributs féminins encombrants. Alors danser…

Vers l'âge de douze, treize ans, j'adorais regarder les films des années 1950, la grande époque des studios de Hollywood. On m'avait offert une encyclopédie du cinéma américain. Penchée sur les affiches, je passais des heures à repasser au crayon courbes, bouches et décolletés. Silhouettes décalquées que je peignais ensuite, m'appliquant à reproduire aussi fidèlement que possible ces femmes auxquelles je rêvais de ressembler un jour. Avoir la sensualité de Rita Hayworth, l'assurance de Katharine Hepburn, la souplesse de Cyd Charisse.

Devant la grâce de ces deux danseuses, je crois que je pleure aussi sur moi, sur ce corps contre lequel je lutte encore. Je dois les revoir, vous vous chauffez au même feu sacré.

Quelques jours après le spectacle, je les retrouve dans un café de Pudong, au bout de la ligne 7. Maria et Nadejda sont jumelles, russes. Quand elles parlent, leurs mots se jettent les uns contre les autres dans un débit fiévreux. Je souris. J'aime leur vitalité, leur impatience. Comme toi, la passion couve depuis la petite enfance, la danse devient le fil au bout duquel s'accroche un destin.

Elles ont fui l'alcoolisme, la misère, et sont arrivées à Shanghai à dix-sept ans. Elles évoquent leurs espoirs, immenses, à la hauteur de la ville qui les a accueillies. Elles parlent, surtout Maria. Même quand elles ne disent rien, leurs yeux continuent pour elles. Ils sont très bleus, plus clairs que les tiens. Elles racontent les premières années, les jalousies, les commérages. Elles énumèrent les petits boulots alimentaires : les salons automobiles, les lancements de produits, les défilés de mode. Dans les interstices, elles glissent ce qui nourrit leur passion : les cours de danse multiculturels, les projets montés avec d'autres danseurs, les rencontres. Elles dansent le plus souvent à deux. L'une est le reflet de l'autre. Sur scène, elles sont identiques. Dans la vie, on ne peut pas les confondre. Je leur parle de toi, t'imagine assise parmi nous.

Aucune de vous trois ne vient d'une famille d'artistes. Au contraire même, la danse suscite l'opprobre. Une danseuse, n'est-ce pas toujours une femme aux mœurs légères, qui s'exhibe devant des inconnus ? Tes parents ne veulent pas en entendre parler. D'où vous vient alors ce besoin de danser malgré tout, cette certitude que la danse permettra la pleine expansion de vos vies ?

« Le désir de danser vient d'un besoin éternel de l'homme à exprimer ses sentiments. Bien sûr, et comme dans tout art, il faut de la technique. Mais seulement dans le but d'exprimer plus pleinement encore ses sentiments. […] La danse reste morte s'il n'y a pas le feu, la chaleur de l'âme », as-tu noté dans tes souvenirs. Les deux sœurs ne te contrediraient pas.

Larissa, Nadejda, Maria. Sous mes yeux, vous virevoltez toutes ensemble, petites filles, adolescentes, jeunes femmes. Vous dansez pour oublier un père alcoolique, une mère absente, l'exil forcé, les espoirs déçus, le trou paumé, l'angoisse d'une bouche à nourrir. Vous dansez avec le vent dans vos cheveux, la mer au bout des doigts, des braises sous les pieds. Vous dansez l'attente, les rêves. Vous dansez comme vous respirez, comme vous espérez aimer.

Le moment d'aimer vraiment

Corée, été 1933

DEPUIS MARS DE cette année, le nouveau chancelier de l'Allemagne, Adolf Hitler, a les pleins pouvoirs. Une étape de plus vers l'instauration du système totalitaire nazi. En juillet, seul son parti est autorisé en Allemagne.

Le 31 mai, la trêve de Tanggu instaure un cessez-le-feu entre la Chine et le Japon. Après deux ans de conflit dans le Nord, le gouvernement chinois entérine l'occupation japonaise en Mandchourie. Il s'agit d'un court et humiliant répit avant la reprise des hostilités en 1937, car l'appétit du Japon pour les terres chinoises ne faiblit pas.

Au début de l'été 1933, tu fuis Harbin et tu voyages en train vers la Corée. Passer l'été au nord de la Corée, dans la famille de Victoria Iankovskaïa, que tu surnommes Ora, tu en rêves depuis votre rencontre au cercle littéraire. Lors de vos réunions, ses yeux ont tout de suite accroché les tiens. Son incapacité à rester en place, son mutisme, sa brusquerie parfois, déroutent tous les autres poètes. Pas toi. Dans son regard, dans ses poèmes, tu as perçu le fracas de l'eau sur les rochers, le crépitement des flammes sur les bûches, l'odeur résineuse des aiguilles de pin, le tigre à l'affût. En Sibérie orientale, en Mandchourie, et maintenant en Corée, tout le monde connaît les Iankovski, des chasseurs de père en fils, dont les trophées ornent les musées du monde entier.

Toutes sortes de rumeurs circulent à leur sujet : ne vivent-ils pas en autarcie complète, se nourrissant exclusivement de viande de tigre et de vodka ? Leur domaine de Novina, niché près des sources chaudes d'Ompo, au nord de la Corée, ne se dresse-t-il pas au bord d'une falaise, soutenu par la force d'un seul arbre gigantesque qui pousse à l'intérieur ?

Comme ta famille, celle d'Ora a fui la Sibérie en 1922. Mais le clan Iankovski, comme un chêne vigoureux, a su s'enraciner ailleurs, quand tes parents espèrent encore l'impossible retour. Tu voudrais comprendre à quelle source s'alimente son énergie, sa singularité, voir le terreau d'où jaillit sa poésie.

Quand elle est de passage à Harbin, vous prolongez les rencontres littéraires par des soirées à discuter dans l'appartement de ses parents. Ora est la cadette d'une fratrie de cinq enfants. L'aînée, Livia – que tout le monde appelle Mouza –, travaille à Shanghai, elle est mariée et mère d'un petit garçon. Après Victoria, trois garçons, Valéri, Arseni et Iouri, vivent en Corée comme elle, et travaillent dans l'entreprise familiale. Chasse, élevage de rennes, plantations de ginseng, location de datchas pour des villégiatures d'été ou d'hiver ; les deux aînés gagnent leur vie quand le dernier, treize ans, qui parle déjà anglais, japonais et coréen en plus du russe, n'est encore qu'un collégien.

Quand Ora parle de ses frères, ses yeux s'allument et son débit se fait plus rapide. Elle ne leur trouve aucun défaut : ils sont beaux, courageux, forts. Ils dansent, jouent au tennis et montent à cheval avec la même aisance, et, bien sûr, ce sont des chasseurs hors pair. Sangliers, tigres, rennes, ours, le tableau de chasse inclut aussi les plus jolies vacancières venues en villégiature dans les datchas construites par les Iankovski, soit à Novina, dans les montagnes, soit à Loukomorié, à quelques kilomètres de là, en bord de mer. Quand elle n'est pas à Harbin, Ora habite à Loukomorié, dont elle a la charge. D'autres t'ont raconté la cour d'hommes qui l'entoure là-bas, artistes, poètes, attirés par la force de cette silhouette robuste et bronzée, par l'exotisme des tenues, sarafanes en coton, bikini, foulard sur la tête, poignets chargés de bracelets. Du visage qu'encadrent des cheveux coupés au carré et une frange couvrant le front, on retient les yeux bleus soulignés de khôl, plantés dans ceux de ses interlocuteurs comme le couteau dans la bête à achever.

Valéri a ton âge, vingt-deux ans, et Arseni dix-neuf. L'un des deux viendra te chercher à la gare.

La tête appuyée contre la vitre du train, tes yeux vont d'arbre en arbre, de maison en maison. Les champs de Mandchourie s'étirent sous un ciel morne, aussi triste que le salon de tes parents, rue Sadovaya. Ta mère, penchée sur la table, sous la lumière de la grosse lampe, coud en silence. Ton père lit dans le fauteuil, sa main gauche triturant sa moustache. Du tissu partout, aux fenêtres, sur la table, sur le guéridon, sur les étagères. Du tissu pour recouvrir, pour dissimuler, pour étouffer. Quoi ? La vérité. Les Soviétiques ne sont pas près de laisser le pouvoir. Le rêve d'un retour au pays s'estompe et, avec lui, l'espoir de vieillir chez soi. Pendant ses insomnies, ta mère pleure. Ton père s'enferme dans de longs silences, ponctués de colères soudaines. La dernière a eu lieu en avril et concernait Iouri Saprykine, *alias* Georges Granine. Lui aussi membre du cercle La Jeune Tchouraevka, il t'écrit des poèmes enflammés, te voue un amour exalté. Tu l'aimes comme un frère, mais cela ne lui suffit pas. Ton père gronde :

— Ce jeune homme n'a pas tenté de se suicider comme ça ! Il n'a pas dix-neuf ans ! Dis-moi la vérité, Larissa ! Quelle est ta part de responsabilité dans tout ça ? As-tu rompu une promesse que tu lui avais faite ? Je ne permettrai pas que ma fille se conduise comme une dévergondée ! Jusqu'où êtes-vous allés ?

— Nikolaï ! l'interrompt ta mère, le visage blême. S'il te plaît !

— Voilà où cela mène d'écrire des vers ! Et la danse, encore !

Ton père a jeté son journal et s'est approché, menaçant.

Non, tu n'as rien promis à Georges, et c'est précisément parce que tu as voulu t'éloigner qu'il a tenté de mettre fin à ses jours dans cette chambre d'hôtel. Tu as tellement pleuré. Tu lui as fait promettre de ne plus jamais recommencer.

Après la visite d'Alexeï Alexeievitch Atchahir, ton père s'est calmé. L'ancien cosaque a su trouver les mots pour apaiser l'ancien officier. Atchahir vous connaît, Georges et toi. Il a évoqué le caractère instable du jeune homme, a tenté de te rassurer :

— Ne vous en faites pas, Lara, tout cela passera ! C'est l'âge, la neurasthénie. Vous devriez partir vous reposer cet été.

Quelques semaines plus tard, l'invitation de Victoria tombe à pic. Tes parents, inquiets de ne pas connaître les Iankovski, ont fini par céder. Et te voilà enfin à bord du train.

À la fenêtre, le paysage change. Vert, vallonné, entrecoupé de tunnels et d'éblouissements. Oublier, oublier, oublier, martèlent les roues. Oublier les lettres de Georges Granine. Depuis sa sortie de l'hôpital, chaque jour, il t'écrit, fait peser sur toi son salut. « Ma Joconde mystérieuse », « Toi qui es le mal et l'innocence ». Comme les tissus de ta mère, son amour t'étouffe, tu ne sais pas quoi faire. Plus ton silence s'étend, plus se durcit le ton de ses lettres. Il dresse le portrait d'une Larissa insensible « aux yeux qui ne pleurent pas ». Cette muse cruelle ne te ressemble pas, est-ce pour mieux jouer avec la mort qu'il l'idolâtre ? « Si tu reviens, alors je survivrai peut-être. » Tu as peur de ses obsessions, de ses conversations sinistres, tu veux vivre.

Le train serpente dans une vallée, longe des monts couverts de forêts. Puis des plaines où s'étendent des cultures de maïs, pommes de terre, soja. De drôles de maisons aux toits de chaume s'agglutinent ou s'effilochent le long d'une rivière. Tu y es presque.

À la descente du train, Ora et son frère Valéri viennent t'accueillir. Est-ce le soleil après l'ombre du wagon, ces deux yeux qui étincellent sur un visage bronzé ou l'évidence, tout simplement ? Tu chancelles. Valéri te prend la main, sourit.

« Vous avez le nez en trompette. »

Étrange façon de lancer les présentations. Quel idiot ! Ton nez. Si joliment dessiné quand tu es apparue de profil, à la porte du wagon. Aussi mutin que le museau des faons de l'élevage, et certainement aussi doux. Valéri a frissonné comme l'adolescent qu'il n'est plus, et ce tremblement involontaire persiste tandis qu'il t'aide à descendre du wagon puis à porter tes bagages. Plus tard, au volant de la vieille Chevrolet, en route vers Novina, il n'a pas besoin de tourner la tête vers toi pour te saisir tout entière. En quelques minutes, démarche, port de tête, sourire, éclat des yeux, courbe des cils se sont imprimés en lui sans effort. Il pense à la biche dont tu as la grâce et la volonté. Tout devrait réveiller son instinct de prédateur, mais quelque chose l'empêche d'agir avec toi comme avec les autres. La route zigzague entre les arbres et les rochers. Parfois, la vue se dégage et révèle un vallon feuillu aux mille nuances de vert, ou des champs de soja et de haricots.

L'odeur résineuse des pins emplit les narines et le bord de la route se tapisse de petites fleurs bordeaux, d'iris violets et de lys jaunes. À l'arrière de la voiture, Victoria reste silencieuse comme à son habitude, absorbée dans le paysage. Cette attention ramassée, cette présence ouverte aux odeurs de mousse, aux cris des oiseaux, aux respirations des chênes, frênes, noyers, mélèzes, tilleuls dans lesquels la voiture s'enfonce peu à peu, Valéri la perçoit aussi chez toi, citadine venue d'Harbin. Il te sent chez toi, là, au milieu de nulle part, et il n'en revient pas. Tu n'as pas la sophistication de Véra la Blanche, celle qu'il a aimée les trois années précédentes, ni l'expérience de Natalia, cette femme mûre qui a fait son initiation. Des tigresses, toutes deux malheureuses en mariage. Non, il émane de toi un parfum grave et pur qui appelle une promesse, et Valéri s'en veut d'en être si troublé.

« Ta vie d'homme sera jalonnée de femmes, mon fils. Des aventures avec des femmes mariées, soit. Mais ne t'avise pas de séduire une jeune fille si tu n'as pas la ferme intention de l'épouser ! Il y aura toujours assez de séducteurs, de scélérats et d'hommes volages sur terre sans que mes fils en fassent partie, tiens-le-toi pour dit ! »

Au moment d'arriver sur le plateau, avec d'un côté le terrain de tennis, de l'autre celui de volley-ball, juste devant le porche d'entrée de Novina, cette mise en garde de son père – alors qu'il venait d'avoir quinze ans – lui est revenue en tête, et il comprend soudain qu'il n'est plus temps de jouer. Le moment est venu d'aimer vraiment.

Un excès de yin

Shanghai, mars 2019

Je me suis réveillée en sursaut, le souffle court, sidérée. De la rue montent les premiers bruits du matin. Le « bip-bip » du camion poubelle, les sonnettes des vélos, quelques oiseaux. Dans mon lit comme dans mon rêve, je reste pétrifiée.

Toujours le même cauchemar. Dans une maison, je cours, quelqu'un à mes trousses. Au bout d'une immense échelle dirigée vers le toit, une porte, seule sortie possible. Je monte, je monte sans fin, une main d'homme tente d'agripper mon pardessus, je me débats. Arrivée en haut, je me cramponne à la porte. J'appuie de tout mon poids sur la poignée, mais rien n'y fait : je suis bloquée. De l'autre côté, le ciel, des arbres et un oiseau qui chante. Une joyeuse effervescence. Personne n'entend mon cri. Derrière moi, des pas font trembler l'échelle, un souffle effleure ma nuque.

Je me réveille toujours au même moment, affolée, perdue. L'homme n'a pas de visage, mais sa présence m'est familière, mon ex-mari peut-être ? Le plus terrible dans ce rêve, ce n'est pas tant l'homme qui me poursuit que cette sensation d'être empêchée. Combien de portes va-t-il falloir ouvrir avant de retrouver un semblant de liberté, avant d'oser être moi-même ?

En rentrant à vélo de mon rendez-vous chez l'acupuncteur, malgré l'air froid et la voûte des branches nues au-dessus de ma tête, je sens le printemps arriver. Sur le pas d'une porte, un vieillard en chaise roulante a le visage tourné vers les rayons du soleil comme un tournesol flétri. Pour les aérer, les couettes sont de sortie et pavoisent porches et allées, obligeant les passants à baisser la tête. Sur fond de brume, le soleil chauffe mes mains sur le guidon, donne aux troncs des platanes un éclat presque blanc. Est-ce ma discussion avec le docteur Cheng sur la philosophie taoïste qui me rend si perméable à ce qui m'entoure ?

— Vous souffrez d'un excès d'énergie yin, m'a-t-elle dit.

Et de m'expliquer, dans un anglais simplifié, les deux énergies issues de la philosophie du Tao : le yin, le féminin, la douceur, l'eau, la lune, qui se complète avec le yang, l'action, le masculin, le soleil ; et la nécessité de trouver un point d'équilibre entre les deux pour atteindre l'harmonie, et ce dans tous les domaines de la vie, de l'alimentation à l'acte sexuel, où chaque partenaire se nourrit de l'énergie complémentaire de l'autre.

Un excès de yin, qu'est-ce que cela veut dire ? Comment peut-on en avoir trop quand tout autour, la société, la famille, et même l'histoire dont j'ai hérité ne cessent de louer les vertus féminines que sont la douceur, la patience, l'obéissance, le dévouement ? Un excès ? Oui, je crois bien que j'en crève.

N'est-ce pas cet empêchement, cet enfermement des femmes dans le faible de leur sexe que tu mets au jour dans cet extrait de journal qui date de la fin juin 1943 ?

« Il me semble que je veux des aventures audacieuses comme celles des garçons quand ils jouent aux Indiens et aux pirates, mais comme cette issue n'existe pas, tout se termine de la même façon [...]. » Tu te retrouves empêtrée dans des histoires amoureuses sans issue qui te fatiguent au point d'espérer devenir yogi ou ermite.

L'action s'associe au masculin, toujours, depuis la préhistoire où les hommes partaient chasser quand les femmes restaient cantonnées à la cueillette. La première fois que tu m'es apparue, tu étais citée non pas pour ce que tu avais fait mais bien pour celle que tu étais : une femme belle et désirée.

Plus loin dans le même passage de juin 1943, tu ajoutes que le sexe ne t'apporte pas cette « énergie nécessaire », et d'ailleurs, ajoutes-tu, « qu'est-ce que le sexe, de toute façon ? Une énergie qu'il nous revient de diriger ». D'où te venait cette intuition pour parler du sexe en ces termes ?

Durant le peu de temps qu'a duré mon mariage, son sexe planté en moi, je ne sentais rien, comme un immense blanc, un vide. Et, très vite, tout était ma faute. Alors oui, de quel yang parle-t-on ?

Sur Wukang Road, devant le même porche en bois, un couple de mariés se fait photographier. La mariée porte une robe sans manches et piétine l'asphalte de ses talons pour se réchauffer. Derrière eux, le même manège, sans cesse répété : quelques assistants empressés portent un bouquet, une mallette de maquillage, des chaussures de rechange. Devant, un photographe mitraille et crie des ordres, toujours les mêmes : « Serre-la plus fort », « Regarde-le », « Penche-toi plus », « Souriez ! », et les couples obéissent, dociles. Dans leurs robes rouges, blanches, parfois noires, les mariées déambulent comme des meringues fatiguées. Parfois, elles peinent à dissimuler un bâillement d'ennui. Quand la séance photo s'achève, chacun retourne à son téléphone, et toute la troupe se dirige vers le lieu du shooting suivant. Il paraît que ces séances s'organisent plusieurs semaines, voire plusieurs mois avant la cérémonie. Des agences fournissent une offre « clé en main » : robes, photographe, maquilleur, retouches photo. Le jour du mariage, la projection est le point d'orgue d'une cérémonie millimétrée.

Je les observe, lui dans un costume beige trop étroit, elle dans une robe rehaussée de strass et de perles. Feront-ils l'amour avec l'intention de régénérer le Tao de leur partenaire ? L'idée me fait sourire. Des textes chinois ancestraux à la jeunesse d'aujourd'hui, que reste-t-il du savoir des Anciens ? « Ces couples s'aiment-ils vraiment ? », ai-je demandé un jour à Léa, qui m'enseigne le mandarin. « Là n'est pas la question », m'a-t-elle répondu. En Chine, les affaires matrimoniales sont le fruit de savants calculs.

L'argent, avant l'amour, dicte sa loi. Beaucoup de ces jeunes viennent de se rencontrer, ont cédé à la pression familiale, à la pression culturelle d'un pays imprégné de pensée bouddhiste et confucianiste. Désirer, c'est souffrir, avancent les premiers. Les confucianistes, quant à eux, asseyent la filiation du père au fils et la suprématie de la famille au détriment du bonheur individuel. Le caractère *hao*, qui veut dire « bien », n'est-il pas l'association du caractère « femme » et du caractère « fils » ? Le rôle d'une femme, avant toute autre chose, c'est d'assurer une lignée.

Quand j'ai évoqué avec Léa le parc des célibataires sur la place du Peuple, elle s'est contentée de sourire. Tous les week-ends, des parents s'y retrouvent dans l'espoir de dénicher le conjoint idéal pour leur enfant. Des milliers de petites annonces, collées sur des parapluies, ou posées à même le sol, détaillent la date de naissance, la taille, le poids, les études, le salaire de leur candidat au mariage, le tout accompagné d'une photo. Les parents s'entendent, se donnent rendez-vous, demandent à rencontrer le fils ou la fille, négocient la dot. Les enfants, de jeunes adultes dans la vingtaine, n'ont pas le choix. Passé vingt-sept ans, la pression devient insoutenable pour une fille. On la désigne par le terme peu flatteur de *sheng nu*, « les restes ».

— Ces filles deviennent trop intelligentes pour les garçons qui en ont peur, et trop vieilles pour avoir des enfants. C'est en tout cas la croyance populaire, m'a expliqué Léa.

À trente-quatre ans, ses parents ne l'importunent plus à ce sujet, mais ses amis continuent de lui organiser des rendez-vous avec des garçons, tous plus ennuyeux les uns que les autres. Elle ne désespère pas d'épouser un homme dont elle serait amoureuse.

—Si, à quarante ans, je ne suis toujours pas mariée, j'épouserai qui voudra de moi, un divorcé probablement. J'espère déjà avec des enfants... Je n'ai pas envie d'en avoir avec un homme que je n'aimerai pas.

—Pourquoi te forcer à épouser quelqu'un que tu n'aimes pas ? Après tout, tu as le droit de n'être l'épouse de personne, non ?

—Je ne pourrais pas supporter les commentaires désobligeants de ma famille, de mes amis... C'est trop dur de vivre seule en Chine.

« Comme c'est dur d'avoir une femme en soi », avais-tu noté dans ton journal de 1949. Ce n'est pas moi qui vais te contredire.

Novina

Corée, été 1933

Tu es terrestre malgré toi, accident du hasard.
Ta destinée –
Être une princesse de contes de fées…
De là ta douleur
Tu te caches derrière la poétesse.

Ces vers, que Victoria t'a dédiés il y a quelques mois, te font sourire. Serait-ce *vraiment* possible que le prince se tienne là, que la poésie, par l'entremise de Victoria, t'ait menée jusqu'à lui ?

Le chemin cahote sous les roues de la voiture et serpente dans la montagne. Comme tes pensées, il lézarde dans un vallon, repart à l'assaut d'un mont, glisse sur le versant, franchit de justesse un pont et repart, laissant derrière lui la rivière et ses eaux chantantes. Installée au volant, tu essaies de te concentrer, en vain.

Deux semaines déjà depuis ton arrivée, et le temps s'accélère. Il dévale le long des jours, avec l'impétuosité des cascades qui entourent la propriété des Iankovski. Plus qu'une propriété, c'est un village constitué de datchas en bois et d'espaces communs construits en pierre. Le long des sentiers se croisent des membres du clan Iankovski, les gens qui travaillent avec eux et des estivants, comme toi. Ora t'a installée dans son cabanon. Ici, les arbres ont retrouvé leur forme d'ours, celle des crépuscules de l'île Rousski, rien ne peut te rendre plus heureuse.

Le premier soir, après avoir entendu sonner le gong, tu as suivi Ora dans l'obscurité, les oreilles emplies du rugissement de la cascade en contrebas. D'autres silhouettes se pressaient avec vous dans la même direction, le dîner était servi. Dans l'immense salle à manger, le couvert était mis sur deux grandes tables installées en T. Harengs fumés, beignets à la viande et au caviar, bortsch servi dans des assiettes creuses, pièces de gibier accompagnées de légumes, chacun se servait jusqu'à satiété dans un joyeux brouhaha. Abrutie par le voyage, la chaleur et le bruit, tu as mangé en silence, légèrement en retrait. Perdus dans la valse des plats, des mains qui les saisissent, des têtes qui tournent dans un mouvement incessant, tes yeux se sont posés sur l'immobile dans la pièce : les peaux de bêtes, trophées, fusils et sabres accrochés aux murs. Une tête de tigre, tous crocs dehors, faisait face à l'arme qui avait peut-être servi à l'abattre. Sa peau, accrochée plus loin, prenait la poussière. Quelle beauté dans ces dépouilles inertes ?

Ce tigre aurait dû avoir pour mausolée la terre si âprement défendue de son vivant. Il y avait quelque chose de gênant dans ce cycle millénaire interrompu, cette contemplation d'une mort domestiquée, travestie.

Après le dîner, Ora t'a emmenée au salon, elle voulait te présenter à ses parents qui rentraient tout juste d'un séjour pour affaires à Cheongju. Sur le seuil, ton cœur a fait un bond, saisi. Ce salon n'était-il pas plutôt la grotte d'un géant aux manières délicates ? Dans la roche contre laquelle la maison s'érige, deux murs avaient été creusés, l'un orné d'une gigantesque cheminée taillée dans la pierre brute. Très haut au-dessus de ta tête, les poutres noircies du plafond portaient l'empreinte des flambées hivernales. Le long des murs, des banquettes en bois croulaient sous des coussins aux couleurs vives. Tout autour, fauteuils, chaises, guéridon, sculptés dans des troncs d'arbres et des souches, ajoutaient à l'enchantement du lieu. Tu venais d'entrer dans un conte, un royaume façonné à la force du poignet, par-delà les instabilités politiques et les contraintes de la nature, aux dimensions d'un rêve à nul autre pareil.

Iouri Mikhaïlovitch Iankovski se tenait devant la cheminée, en grande discussion avec un petit groupe d'hommes parmi lesquels tu as reconnu Valéri. La lumière des lampes à huile faisait danser les bois du trophée de cerf au-dessus d'eux, et les ombres s'étiraient jusqu'au plafond. À leur droite, assise sur un sofa, la maîtresse de maison les écoutait, la main posée sur un curieux traversin en peau de bête. Pas très grand, les épaules carrées, les cheveux bouclés à peine gris, la peau tannée, la moustache fournie,

Iouri Mikhaïlovitch dégageait un charisme que confirmait l'attitude respectueuse de ceux qui l'entouraient. Sous la broussaille de ses sourcils noirs perçaient des yeux très bleus, extraordinairement vifs. Il n'était pas beau, mais les années et l'expérience l'avaient rendu très séduisant. Il s'est tourné vers toi.

— Et voilà une poétesse venue d'Harbin ! a-t-il lancé à la cantonade en guise de présentations. Une amie d'Ora. Ici, a-t-il poursuivi en te regardant, les rimes sont acceptées quand on a gagné le droit de les composer !

Iouri sourit aux exclamations de sa fille indignée. Sa mère intervint d'une voix douce mais ferme :

— Ora nous a beaucoup parlé de vous. Soyez la bienvenue.

Le grand air et les aspérités de la vie n'avaient pas eu sur Margarita Mikhaïlovna le même effet que sur son mari : elle semblait prématurément vieillie. Ses cinq grossesses avaient empâté un corps qu'elle habillait toujours avec soin. Ses mains étaient abîmées par le froid et les mille travaux du quotidien. C'était une forte personnalité, aussi à l'aise au théâtre qu'à l'étable, et une mère adorée de ses enfants, Ora en particulier qui s'est assise à côté d'elle. Pour imiter ton amie, tu en as fait autant et soudain tu t'es figée. Le traversin s'était redressé d'un coup et braquait sur toi deux yeux jaunes. Ses oreilles étaient surmontées d'une touffe de poils noirs. Un lynx ! D'une tape sur la tête, la maîtresse de maison l'a fait descendre sur le tapis, et Valéri s'est approché.

— N'aie pas peur, Minet est apprivoisé, il ne te fera pas de mal, dit-il, accroupi pour caresser le lynx.

Après quelques instants, il a relevé la tête vers toi et a ajouté :

— Mais la vie sauvage pourrait reprendre le dessus, son instinct réveillé sous l'effet de la peur, du danger, de l'odeur du sang…

Valéri t'observait, à la recherche de l'effroi qu'il avait deviné dans tes yeux quelques secondes plus tôt. Mais tu souriais, la peur déjà loin ; c'était à n'y rien comprendre.

— Si jamais il s'avisait de nous attaquer, il faudrait l'abattre, conclut-il en se relevant.

A-t-on décidé chez les Iankovski de soumettre toute forme de sauvagerie ? Faut-il vraiment tout apprivoiser ? t'es-tu demandé en voyant disparaître la silhouette de Valéri.

Sans bruit, le lynx s'était tapi sous un fauteuil.

Depuis ce premier soir, la valse des activités ne faiblit pas et, comme un papillon de nuit, tu te consumes à la lumière d'une seule lampe : Valéri.

Sur le siège passager, il ne dit rien, les yeux rivés sur la route, les mains posées sur ses cuisses. Sans tourner la tête, tu devines son sourire au coin des lèvres. « Je vais lui montrer ! », penses-tu en évitant de justesse le pin qui s'est dressé au détour d'un virage. Depuis ton arrivée, les deux frères de Victoria mettent beaucoup de zèle à t'apprendre la conduite, mais aussi l'équitation, le tir. Valéri, Arseni. L'un est blond aux yeux bleus, l'autre châtain aux yeux gris. Tous les deux grands, avec une carrure de chasseurs, comme leur père et leur grand-père. Ils rivalisent de pitreries pour te faire rire, te séduire. Arseni est plus policé que son grand frère, plus fin. Il met des cravates, porte des chemises à la mode. Valéri, plus sauvage, reste en retrait, t'observe à distance. Arseni veut partir vivre ailleurs, dans une grande ville. Valéri appartient à ces forêts, à ces cascades, à ce soleil. Quand il approche, ton cœur tremble, tes pensées se figent. Tu voudrais fuir, tu restes clouée sur place. Tu esquives son regard qui rend tes yeux aveugles. Sa présence irradie en toi comme une douleur, tour à tour brûlante ou glacée, qui t'oppresse autant qu'elle t'exalte. Ton corps frissonne, te trahit. Tu envies le chien qu'il caresse, la crosse du fusil qu'il tient dans ses mains, ce volant même qui connaît la douceur de ses paumes. D'habitude, c'est lui qui conduit pour aller à la gare, cela te laisse tout le loisir d'observer ses mains. Il émane d'elles une force qui te rassure. Il pourrait foncer dans le ravin sans éveiller aucune crainte, tu es prête à le suivre au bout du monde. Et lui ? Quand il t'a proposé de prendre le volant, tout à l'heure, tu y as vu un défi. Si tu ramènes la voiture à bon port, peut-être t'embrassera-t-il à l'arrivée ? Voilà une série de virages serrés, et tu t'engages trop vite. Les pneus crissent sur le gravier, la voiture dérape, tu lâches le volant, fermes les yeux.

La voiture s'est encastrée si profondément dans le fossé qu'il faut atteler un bœuf à une charrette pour la sortir de là. Valéri et le paysan coréen arrivé à la rescousse poussent, tirent, hèlent. Tu restes au bord de la route, les mains à la gorge, muette, terrifiée. Jamais plus tu ne prendras le volant, tu vas le promettre à Valéri, lui demander pardon. Mais le voici qui revient vers toi, sans un mot, il te prend le bras, t'entraîne vers la voiture. Il ouvre la portière côté conducteur, se tourne vers toi: «Lalka, assieds-toi.»

Il a parlé doucement, mais son ton ne souffre aucun refus. Tu es stupéfaite, reprends ta place derrière le volant et lui la sienne, à tes côtés.

Après le dîner, dans la grande salle de Novina, au moment où tous poussent les bancs et les tables pour danser, au moment où Victoria se met au piano, Valéri t'entraîne dehors. Il fait nuit noire, mais il connaît chaque arbre, chaque pierre. En courant, vous descendez le sentier qui mène à la rivière, traversez le pont suspendu, remontez le chemin. Il se dirige vers la cascade. Son grondement résonne déjà en vous, épouse le battement de vos deux cœurs, crie l'aveu que vos lèvres n'ont pas encore formulé. Essoufflés, vous tournez à gauche, sortez du bois, débouchez sur le promontoire au-dessus de la chute d'eau. La lune brille, ronde, étincelante. Sous vos pieds, un ruban d'argent ondule et tressaute, s'éparpille et tinte. Les grandes dalles de pierre sont encore chaudes du soleil de la journée. Pas un seul mot. Un baiser. Et c'est toi la première qui avances tes lèvres.

Jour après jour, pieds nus dans le pré,
Je foule les herbes douces

Pour, le soir venu, le long du chemin sombre,
Me blottir contre ton épaule.
Je ne laisserai à personne cette joie,
Je ne la donnerai pas à septembre,
Dans le mois d'août accablé, qui fond,
Avec l'été vert, je me consume.

Premier amour

Shanghai, mars 2019

La philosophie taoïste accorde la même importance au sentiment amoureux qu'à l'orgasme. L'énergie du cœur y a toute sa place. Ignare que je suis, je me demande si le premier amour n'émet pas une énergie encore plus forte que tous les suivants, s'il y en a. Je pense à cela en regardant encore et encore les quelques photos de ton séjour en Corée, dans le recueil *Seule sur le pont*. Ton journal de l'année 1933 a disparu, comme beaucoup d'autres, laissés en Corée où tu les pensais à l'abri. J'aurais aimé découvrir avec tes mots ta rencontre avec Valéri. Peut-être as-tu été aussi laconique que dans tes souvenirs où ce fameux été 1933 se voit résumé en une phrase : « Je suis arrivée à Shanghai de Corée, où j'ai passé un été merveilleux, avec la mer, avec les forêts, avec une poésie de différentes sortes. » Sur les photos, votre bonheur éclate. On l'entend mugir comme l'eau des cascades, il éclabousse comme le soleil sur vos visages ; il est vert, bleu, blanc, comme les arbres, comme vos yeux, comme les chemises de Valéri. À regarder cette photo où vous posez, en costume de bain, adossés à la roche, ce premier amour vous marque comme un sceau. Pourtant il n'en reste aucune trace, ni dans les textes écrits à ton sujet ni dans tes souvenirs.

Certainement, les pages de tes journaux disparus des années 1930 bruissaient de cet amour tout neuf, mais, quand tu écris tes mémoires, le temps a passé, les gens autour de toi savent ce qu'il s'est passé cet été-là. Beaucoup plus tard, d'autres ont évoqué ta vie amoureuse, la contenant dans l'espace clos de tes mariages, lui donnant un aspect lisse, rassurant.

Une femme amoureuse fait peur. Parce qu'elle s'échappe, elle fuit –les diktats, l'éducation, les bonnes manières, ses propres peurs–, elle aime et tout le reste lui est égal. Avec Valéri, tu es prête à toutes les ruptures, toutes les larmes, tous les sacrifices pourvu qu'il ne reste que l'amour, l'élan. Je m'immisce dans cet été, capital entre tous, et le souvenir d'un autre été resurgit, net, frémissant, avec cette beauté douce-amère des choses disparues.

Une route du sud de la France qui file droit entre les platanes, les clignotements verts du soleil à travers la voûte, le bruit des conversations et la chaleur de son corps pressé contre le mien, dans cette voiture pleine de jeunes vacanciers. Une amie d'enfance m'avait invitée à passer quelques jours dans la maison de ses grands-parents avec ses camarades de fac. Je ne connaissais personne, j'avais accepté pour dire au revoir à ce lieu que j'aimais. La grand-mère de mon amie étant décédée, sa maison serait bientôt mise en vente. Plus jeune, j'y avais souvent séjourné et je gardais des souvenirs émus des petits déjeuners sur la terrasse face au large, des papiers peints défraîchis et des romans d'Agatha Christie dévorés à l'ombre du pin centenaire derrière la maison.

Pour tout dire, je redoutais ces vacances en meute. J'avais la désagréable impression d'en être sans en faire partie, j'étais frustrée de ne pas pouvoir communier pleinement à la gaieté collective, à cette promiscuité potache où chacun semblait trouver sa place avec aisance. Une autre pièce rapportée du groupe, un grand type à lunettes, semblait s'intégrer sans effort. Les autres filles riaient à ses blagues et se montraient sensibles à ses attentions. Les garçons redoutaient sa repartie. Il m'intimidait. Et puis, au fil des jours, la peur s'est muée en autre chose, un coup au ventre quand il entrait dans une pièce, des bouffées de chaleur quand il m'écoutait. Nous nous parlions peu, mais il m'observait, je le sentais. Il s'était proposé de me déposer à la gare le jour de mon départ tandis que les autres, fatigués d'une journée à la plage, jouaient aux cartes autour d'un verre. Le trajet s'était passé en silence. Je ne savais comment lancer une conversation anodine quand une seule pensée me préoccupait : comment combler le vide de son absence ? Alors, au moment de lui dire au revoir devant mon wagon, incapable de lui parler, de lui demander une adresse, un numéro de téléphone, galvanisée par la peur de ne plus jamais le revoir, j'ai pris les devants et je l'ai embrassé.

En vous voyant, Valéri et toi, si heureux dans la beauté de ces monts de Corée, votre amour naissant a tonné, aussi fort que la douleur qui viendrait, je le pressentais. L'espace d'un instant, j'ai voulu refermer le livre sur ces photos, espérant qu'ainsi la vie vous oublierait, vous laisserait paisiblement enlacés contre la roche.

Lors de mon séjour à Vladivostok, je pose de nombreuses questions à votre sujet. Tamara et moi sommes assises dans sa cuisine baignée de soleil, des photos étalées sur la table. De la fenêtre, on aperçoit quelques navires de guerre dans le port.

— Il faut d'abord comprendre d'où vient cette famille et comment ils vivaient. Les Iankovski ont laissé leur empreinte dans l'histoire de l'Extrême-Orient russe, me raconte Tamara.

Elle verse du thé dans nos tasses et remonte avec moi les branches de l'arbre généalogique des Iankovski.

Mikhaïl Ivanovitch Iankovski, le grand-père, est un noble polonais, que les Russes ont déporté en Sibérie après sa participation à l'insurrection polonaise de 1863. À la naissance du futur tsar Nicolas II, les Russes le gracient mais lui interdisent de retourner chez lui. Il prend part à une expédition en Extrême-Orient, puis devient responsable de la mine d'or sur l'île d'Askold. Après son mariage, il s'installe dans la baie de l'Amour, sur une presqu'île inhabitée, et construit une propriété, Sidemi. Raids de pillards mandchous, attaques de tigres, de loups, il semblerait que Mikhaïl Ivanovitch Iankovski ait survécu à tout. Il s'est ensuite consacré à l'ornithologie et à l'entomologie, et a alimenté en trophées et peaux les musées du monde entier.

Tamara saisit une photo sur la table.

— Son fils, Iouri Mikhaïlovitch, le père de Valéri, celui que vous voyez là, dit-elle en me tendant la photo, reprend le domaine et le fait fructifier jusqu'en octobre 1922. Avec l'avancée des bolcheviques, il décide de tout abandonner et de s'établir avec sa famille au nord de la Corée. Ils relancent alors les élevages de rennes, de pur-sang et les plantations de ginseng.

Tamara m'explique que Iouri développe par la même occasion les safaris et la location des datchas. Les Iankovski et leurs employés s'occupent des repas, organisent des spectacles, des récitals de poésie, des excursions. Personne ne reçoit de salaire. Les bénéfices sont mis dans un pot commun où chacun se sert suivant ses besoins.

J'écoute d'une oreille distraite, absorbée par d'autres photos sur lesquelles on vous voit tous les deux dans des paysages grandioses : cascades, immenses rochers, forêts. Adam et Ève au jardin d'Éden, l'été d'avant la chute. Après un silence ponctué par le cri des mouettes, je murmure :

— Que s'est-il passé en Corée ? C'est curieux que Larissa n'ait rien écrit sur ce fameux été. Pourquoi Valéri ne l'a-t-il pas gardée près de lui ?

— Ce n'était pas leur destin, répond Tamara avec un sourire triste. Larissa m'a beaucoup répété cette phrase.

Après un silence, elle reprend :

— Vous savez, je suis souvent allée voir Valéri Iourévitch Iankovski… Il était déjà vieux et vivait à l'est de Moscou avec sa dernière femme, Irina. Un homme hors du commun que j'ai eu l'occasion d'interviewer plusieurs fois. Je lui rendais visite quand j'allais à Moscou, et je lui transmettais parfois des cadeaux de la part de Larissa, que je voyais l'été, chez elle, en France.

— Vous devriez lire les souvenirs de Valéri Iourévitch, continue Tamara. Il a laissé des écrits remarquables sur sa famille, sur sa jeunesse en Corée. Il évoque Larissa dans un passage. Lisez aussi ceci.

Elle me tend un petit livre à la couverture verte, *Les Fleurs de bouleau*.

— Je viens de le faire éditer. Il s'agit de poèmes et de textes en prose écrits par Larissa, tous inédits. Lisez « Les Fleurs de bouleau », dont j'ai repris le titre pour le recueil. Vous comprendrez ce qu'elle a vécu à Shanghai de 1934 à la fin des années 1940.

— Elle est arrivée à Shanghai en 1933, non ?

— C'est vrai, mais cette année ne compte pas, elle attendait. Tout s'espérait encore.

Tuer la mouette

Quelque part en mer, entre la Corée et Shanghai, octobre 1933

DEBOUT DERRIÈRE LE parapet, tu tentes de deviner la ville qui s'approche, de la sentir. Shanghai. Les souvenirs de l'été chez les Iankovski bruissent et s'emmêlent, battent au rythme de l'eau sur la coque du bateau.

— Lala ! Tu es là ?

La voix de Valéri. Enfin, il s'avise de chercher de ce côté de la forêt. Qu'il cherche donc encore un peu ! Pour lui faire payer ses sourires à cette actrice, et leur valse d'hier soir. Qu'elle était belle, ses boucles blondes sur les épaules et sa robe fourreau fendue. Valéri, en veste noire et pantalon blanc, la serrait contre lui et ils tournoyaient sous la grosse lampe en papier de riz. Les bancs de la salle à manger avaient été poussés le long des murs, et tous ceux qui ne dansaient pas les admiraient.

Ce matin, Valéri recommence son manège, s'empresse auprès d'elle, un sourire aux lèvres. Il tient là un excellent moyen d'exciter ta jalousie et ne s'en prive pas. Alors tu disparais. Comme tu le faisais enfant, sur ton île. Te voilà sur les plus hautes branches d'un pin. Entre le bleu du ciel et le vert des frondaisons, pourrais-tu construire ta maison ? Dans l'odeur résineuse du pin, dans la voix de l'homme aimé qui t'appelle.

Mais il y a ses parents. Quelque chose chez toi ne leur plaît pas, tu le sens. Leur regard s'attarde, jauge, désapprouve. Pourtant, rien dans leur attitude ne permet de deviner leurs réserves, le ton reste jovial. Tu en viens à éviter Margarita Mikhaïlovna, ses remarques insistantes sur l'importance du travail, la nécessité d'avoir les pieds sur terre. Si Valéri les a, pourquoi ne pourrais-tu garder la tête en l'air ?

— Lala !

La voix se fait plus proche, plus pressante. D'instinct, il a choisi la forêt pour te retrouver. Douce musique de ses pas, les feuilles mortes craquent dans le silence. Ton cœur bat, affolé et ravi, petit oiseau pris au piège. En équilibre sur ta branche, tu t'es mise à chanter. Le chasseur lève enfin la tête, sourit.

— Lala, enfin ! Qu'est-ce que tu fais là-haut ? Descends, descends, tu vas tomber !

Sans répondre, tu finis ton chant, puis, de branche en branche, tu glisses jusque dans ses bras.

— Viens donc t'entraîner à tirer au lieu de te casser le cou dans les arbres !

— Tu sais bien que je déteste ça. Pourquoi tuer des animaux ? C'est du meurtre, je ne…

Il pose un doigt sur ta bouche, t'embrasse.

— Sais-tu ce que veut dire *Nenouni* ? *Nenouni atiri* ? *Nenouni sonja* ?

— C'est comme ça que les Coréens appellent ta famille, non ?

— Oui. Ils appellent mon père *Nenouni atiri*, qui veut dire « fils de Nenouni », et mes frères et sœurs et moi sommes *Nenouni sonja*, « les petits-enfants de Nenouni ».

— Et que veut dire *Nenouni* ?

— On peut le traduire par « quatre yeux ». C'est le surnom qui a été donné à mon grand-père en hommage à son coup de fusil. Tigres, pillards, il ne ratait jamais sa cible, c'était une légende. Je ne serais pas là si lui et ma grand-mère Olga n'avaient pas su manier un fusil ! Quand nous sommes arrivés ici, les tigres et les léopards attaquaient sans cesse.

Tu te souviens des discussions avec Ora à Harbin. Elle affirmait que, avant l'âge de dix ans, ses frères, sa sœur et elle savaient monter à cheval et manier un fusil. Cela ne t'étonne plus.

— Ora m'a dit qu'elle admirait beaucoup cette grand-mère. Il paraît qu'elle a réussi à repousser des bandits alors qu'elle était seule avec ses deux enfants et que ton grand-père était parti en voyage ?

— Oui, c'est elle. Ma grand-mère Olga venait d'une famille bouriate de Vladivostok, très modeste. Très tôt, elle a appris à se débrouiller avec peu.

Le sentier sur lequel vous marchez sort bientôt du bois et débouche sur un terre-plein dégagé, en haut d'une colline. La brise apporte les senteurs résineuses des pins tout proches. Se débrouiller avec peu. Tes parents aussi se débrouillent avec peu, tous les Russes exilés se débrouillent avec peu, comment faire autrement ? Mais, chez les Iankovski, les privations ne rognent pas sur leur liberté, on dirait qu'elles l'augmentent. Quand tes parents, leurs amis subissent, s'accommodent, se ratatinent chaque jour un peu plus dans l'attente du retour au pays, dans la nostalgie d'un passé devenu idyllique, la famille de Valéri prend un nouveau départ, et aucun obstacle ne semble altérer leur enthousiasme.

— Tu te souviens du jour où tu as quitté le pays ? Tu avais quel âge ? demandes-tu.

— Si je m'en souviens ! J'avais onze ans, s'exclame-t-il, et son pas ralentit. C'était le jour de l'anniversaire de Mouza. On s'est tous entassés dans trois immenses barges remorquées par un brise-glace. On était une cinquantaine, sans compter le bétail. Direction : le port de Seishin, au nord de la Corée. J'avais peur, bien sûr. Les chevaux hennissaient, les vaches meuglaient, terrifiés par le roulis. Mais Papa-Tigre se tenait debout, tourné vers la mer. Il n'avait pas peur, en tout cas il ne le montrait pas. Je ne l'ai pas quitté des yeux pendant la traversée.

« Papa-Tigre ». Le surnom donné par ses enfants à Iouri Mikhaïlovitch. Tu sens toute l'affection et l'immense admiration d'un fils pour son père. Le premier fils, tant attendu après deux filles. Si la mère de Valéri est l'âme de Novina, son père en est le cœur battant.

— Tiens, on va se mettre ici, dit Valéri. Ne bouge pas, je vais installer les cibles.

Il revient, s'allonge sur le ventre, cale sa carabine, penche la tête, vise. Outre l'amour des forêts et des montagnes, vous avez aussi en commun une enfance volée par les Rouges. Odeurs, lieux, objets – bang ! Des moments pulvérisés, comme ces pommes de pin.

— À toi ! lance-t-il en se relevant. Rappelle-toi ce que je t'ai dit la dernière fois. Prends ton temps, ne ferme pas les yeux, retiens ton souffle quand tu vises.

Bang, bang. Disparus, tes souvenirs d'enfance. Tu relèves la tête, Valéri sourit. Il t'aide à te redresser et t'emmène au bord du talus.

— Tes parents n'ont jamais eu l'intention de rentrer chez eux ? Retrouver ce qu'ils avaient laissé, reprendre leur vie d'avant ?

— Non.

Il s'est arrêté. Sous vos pieds, en contrebas, l'eau du torrent gronde. Il s'allonge de nouveau, aux aguets. Tu en fais autant.

— Ils avaient la responsabilité de tous ceux qui les avaient suivis lors du départ : enfants, famille élargie, employés. Ils ont fait de la Corée leur nouvelle patrie.

Pas question de s'établir en ville. Ils vivraient comme ils avaient toujours vécu : dans la forêt, avec des armes, à la force de leurs bras, à la sueur de leur front.

— Ils ont choisi de vivre libres, ajoute-t-il à voix basse.

Valéri désigne un rocher, à droite du torrent.

— Tu vois la mouette ?

L'oiseau, blanc sur noir, immobile, se chauffe au soleil.

— Elle est à toi.

Il se tourne vers toi et ses yeux bleus étincellent.

— C'est un défi ?

— Si on veut.

Tu places la carabine contre ton épaule. Est-ce un rite d'initiation ? Les battements de ton cœur cognent jusque sur l'herbe, rendent tes gestes lents et gauches.

« L'oiseau s'envolera peut-être ? Que pensera Valéri si je le manque ? Il est persuadé que je vais rater, ou refuser de tirer. Si je veux être acceptée dans son clan, je dois tirer, tuer la mouette, mourir. »

Vas-tu vraiment tirer ? Tout se dérobe à lui. Ce que tu décideras de faire dans quelques secondes, les pensées qui t'animent à cet instant. Cela rend Valéri fou autant que cela l'enchante. Peut-on être aussi belle et aussi indifférente à l'effet qu'on fait sur les autres, sur les hommes en particulier ?

Natalia, ses lèvres rouges et ses yeux de charbon, Véra la Blanche dans sa robe en satin, ses cheveux blond cendré soigneusement coiffés, sa peau douce comme celles des pêches, soignée par mille onguents et des heures devant le miroir. Toutes les femmes qu'il a aimées se prêtaient au jeu d'une frivolité charmante, œillades et moues appuyées, elles maîtrisaient la séduction comme une danse où chaque pas s'anticipe, un langage codé qu'il a déchiffré dans leurs bras, dans l'odeur sophistiquée de leurs parfums. Véra l'a initié au mah-jong, à l'anglais qu'elle parlait avec son mari suisse. Pendant longtemps, Valéri a été charmé par ses manières aristocratiques, mais jamais elle ne l'a dérouté. D'instinct, il sentait venir les crises de jalousie, le jour où elle l'accompagnerait à la chasse, celui où elle ne viendrait pas, ses élans de tendresse et ses crises de larmes. Elle jouait une partition qu'il pensait universelle. Pauvre idiot !

Tu n'es rien de tout cela, femme de silence qui aime la forêt et les animaux, non pour lui faire plaisir mais parce que tu es faite du même bois que lui. S'il ne peut prédire aucune de tes réactions, il se sent lié à toi par cette porosité commune au vivant, cette vibration qui court d'une peau à l'autre. S'il avance le bras et touche le tien, c'est sa peau qu'il effleure en caressant la tienne. Pour une fois, il voudrait que la mouette vive pour étirer les secondes, son corps contre le tien, contre la terre, dans la tension qui précède le tir. T'aimer sans faire de bruit, sans paroles, t'aimer comme on part chasser dans l'épaisseur de la nuit.

Pour la première fois de sa vie, Valéri ne sait pas quoi faire.

Le coup est parti et tu fermes les yeux. Trop tard pour revenir en arrière.

— Touché ! Une vraie chasseresse, ma Diane !

Le ton est admiratif. Tu l'as étonné, il ne t'en croyait pas capable. Sans répondre, tu te lèves, tu jettes la carabine et tu pars en courant, honteuse d'avoir sur la conscience la mort de l'oiseau innocent. Pour le bonheur, solaire, douloureux, de l'entendre t'appeler « ma Diane », tu as consenti à un geste qui bafoue tous tes principes.

Sur ce bateau, la honte t'écrase encore à l'idée d'avoir abattu cet oiseau. Tu te souviens de tout, chaque instant de cet été magique. Les promenades à cheval pour faire fuir les corneilles, les leçons de conduite, de tir, les feux de camp sous le ciel étoilé, les brassées de fleurs déposées sur l'autel du dieu Pan, le grondement des cascades, les yeux jaunes du lynx apprivoisé, les virées à Loukomorié. Tu entends ton cœur battre, une palpitation sourde qui semble venir des entrailles de la terre, qui va tout faire éclater. La Corée. Valéri. C'est au brasier incandescent de cet été-là que tu t'alimenteras pour le restant de tes jours.

Shanghai n'est qu'une étape, une attente. Quand la tante de Valéri, Angelina Mikhaïlovna Kitchigina, la sœur de sa mère, a évoqué son foyer pour étudiants, tu n'as pas hésité. « Emmenez-moi avec vous ! » Pas question de rentrer à Harbin, de retrouver le salon aux murs couverts de tissus, les moustaches paternelles, les yeux fous amoureux de Granine. Non, il faut une ville inconnue, bruyante, dans laquelle tu n'es personne. Là, tu pourras dérober à tous ton bonheur. Il ne sera ni terni par l'inquiétude de ton père ni taillé en pièces par la jalousie de l'amoureux éconduit. Là, tu pourras éprouver cette liberté neuve que les Iankovski ont fait germer en toi, là tu pourras tromper le destin, attendre que Valéri te demande en mariage.

Tu frissonnes. Au début de l'automne, tu arrives à Shanghai en vêtements d'été, et les talons de tes escarpins sont cassés. Tu n'en possèdes pas d'autres.

Les jours, les semaines sont identiques
Des lambeaux de rêves ont réchauffé le cœur…
Soudain, alarmé par une nouvelle inespérée,
Le jour prend son essor, comme une lance sonore :
– Le bonheur ? – Silence…
À pas de loup, il faut s'en approcher,
Les dents serrées, tous feux éteints,
Car il le sait, le bonheur,
Que tous le poursuivent sans fin.

L'attente

Shanghai, printemps 2019

SOUS LA PLUME de Valéri, la Corée s'anime. Dans ses souvenirs qui s'égrènent sur plusieurs livres, il évoque la mouette tirée, la voiture versée dans le fossé, le premier baiser. Il parle de ses conquêtes féminines, des morsures de serpent et des inondations, de sa nounou japonaise et des virées à la nage entre amis. Depuis le bateau d'un pêcheur coréen, on embrasse du regard l'azur de la mer du Japon et les monts verts de la côte. Dans ses mots rugit un amour inconditionnel pour cette terre qui a façonné sa vie, la même vibration parcourt tes poèmes. J'aurais aimé me rendre là-bas, voir si votre amour a laissé des traces quelque part, l'écho d'un soupir dans les sous-bois, si cet Éden porte votre empreinte comme vous portez la sienne en vous jusqu'à la fin.

Si je ne peux me rendre en Corée du Nord, je retrouve la pension d'Angelina Mikhaïlovna Kitchigina à Shanghai, qui n'a pas été détruite. C'est un bâtiment de briques rouges et de colonnades blanches, au 220 de Nanchang

Road, l'ancienne route Vallon, en plein cœur de l'ancienne concession française. Une dame en blouse blanche surgit à l'entrée pour me fourrer une brochure dans les mains : ta première maison à Shanghai abrite aujourd'hui une clinique de médecine traditionnelle chinoise. Devant la grille, les platanes ont poussé et leurs branches arrivent jusqu'au toit. Plus loin dans la rue, les feuilles forment un dais sombre au-dessus des cafés et des boutiques de vêtements. Les scooters vont et viennent sur la chaussée étroite. Sur le trottoir, je slalome entre les deux-roues et les troncs penchés des platanes. Je finis par m'adosser à l'un d'eux. Les yeux fermés, j'entends des talons qui me frôlent, l'écho de tes pas sur l'asphalte, ceux d'une jeune femme amoureuse.

Si Valéri hésite encore, affolé par l'importance du pas à faire, inquiet de la réaction de ses parents, je sais que tu sais. C'est lui. Tu sais depuis ta descente du train et t'impatientes devant la lenteur masculine. Toi la première, tu l'as embrassé. Valéri l'écrit lui-même dans ses souvenirs. Étourdie par ton désir qui a consumé l'été, te voici à traîner le manque par les rues de Shanghai, assommer l'absence dans la répétition du quotidien.

Chaque matin, marcher jusqu'à la route Cardinal-Mercier – aujourd'hui Maoming Road –, au siège du journal russe *Projector.* Tante Angelina t'a dégoté à la rédaction un emploi de secrétaire. Tu t'astreins à la routine. Chaque fin d'après-midi, tu empruntes le même chemin pour rentrer. Plus rien n'existe que ce sablier d'heures, jours, semaines, qui t'éloigne de Valéri, de votre amour. Ses lettres sont rares, hésitantes. Contre qui, contre quoi dois-tu lutter ? Tu ne sais pas. S'il doute, peut-être faut-il lui laisser le temps de la réflexion, ne plus lui écrire. Du silence surgira l'élan. L'attente s'éternise dans une nuit que les enveloppes bleues venues de Corée n'éclairent plus. Valéri, lui aussi, a cessé d'écrire. Le Chevalier Bonheur a désormais un nom et un visage, mais il n'est toujours pas là.

Autour de moi adossée à ce platane, alors que je m'arrime au lieu de ton attente, la vie s'éparpille, crépite. J'essaie de me représenter à travers tes yeux le spectacle étourdissant de la rue. Les *rickshaws* tirés par des coolies aux côtes saillantes et aux yeux brûlés par l'opium ; les élégantes venues faire des emplettes route Cardinal-Mercier ; les mains tendues des mendiants et le tintement des pièces dans leur bol vide ; le chapeau de paille pointu des policiers annamites et tonkinois, déplacés d'Indochine par les Français pour s'occuper de la circulation à Shanghai. Il me semble percevoir les harangues des vendeurs de rue, l'odeur des étals : patates douces rôties, riz fermenté, œufs cuits dans du thé noir, beignets frits, marrons chauds, pommes d'amour, dattes fourrées au nougat, soupe aux nouilles.

L'eau sale, jetée par une vendeuse, gicle sur les pavés disjoints du trottoir, éclabousse mes pieds. « Qui attend et croit obtiendra », disent les mères, les grands-mères. Attendre, oui. Les femmes n'avaient pas d'autre choix. Ta mère a attendu le retour de ton père, la fin de la guerre, la fin de l'exil, et maintenant ton retour à Harbin. L'attente, toujours, de la bonne épouse, de l'exilée, de la mère dont on n'a plus besoin. Tu romps avec ton enfance en arrivant à Shanghai, mais c'est pour mieux renouer avec la servitude des femmes, prisonnières des hommes, de leur bon vouloir, de leurs hésitations.

Entre ton époque et la mienne, les femmes ont gagné des droits, conquis leur liberté. Virginia Woolf, les deux Simone – de Beauvoir et Veil – ont écrit et lutté pour cela. Mais, dans l'aube amoureuse, je me suis trouvée, comme toi, prête à tous les supplices. L'homme que j'aime accepte un premier contrat de travail aux États-Unis, six mois et un océan nous séparent, un éloignement pour mûrir, m'avait-il dit. Il n'est pas revenu. En amour, l'attente mène toujours à des catastrophes.

La pluie me surprend dans la rue, à peine annoncée par un coup de vent. Elle s'abat avec fracas sur les scooters, les arbres, les pavés, étouffe les bruits par son staccato impatient. Des branches craquent, lourdes de feuilles ruisselantes d'eau. Sous mes pieds, des rigoles déferlent déjà vers les égouts. Je fais des bonds pour éviter les flaques et cherche un café où me réfugier, tes vers dans la tête :

Peut-être, au rendez-vous
Sous la lune, il n'est pas venu,
Peut-être, quelque chose en moi
L'attend encore…

Un silence à faire éclater le cœur

Shanghai, octobre 1934

TU ES ENCORE en retard. Il n'est pas 17 heures et l'obscurité enveloppe déjà la rue d'un brouillard humide. Depuis ton retour de Corée, la sollicitude de tante Angelina Mikhaïlovna te poisse le cœur. Comme tous ceux qui vous ont vus l'été précédent, Valéri et toi, elle espérait une bonne nouvelle : Valéri a fait sa demande, il épouse Larissa ! C'est pour cela que tu t'étais approchée de l'été à pas de loup.

Une voile, une voile ! Désormais, je cesserai
De tendre la main vers la fenêtre chaque matin.
À l'aube, dans une brume rosée,
Une voile bleue brille. [...]
Et les fleurs, et les arbres, et les oiseaux -
Tous me parlent de nos retrouvailles !
Rien ne pourrait me rendre plus heureuse
Je ne sais que t'offrir de précieux -
Ne veux-tu pas prendre ces brindilles
Et ce carnet froissé ?

Mais il n'a rien dit.

Après un rapide passage à Harbin pour embrasser tes parents, te voici de retour à Shanghai, dans un silence à faire éclater le cœur. La tante de Valéri ne te pose aucune question, mais elle sait. Bien sûr, tu peux rester autant que tu veux chez elle, qu'importe si tu ne paies pas le loyer. Pauvre, pauvre Lalia ! Les mots roucoulent dans sa gorge, s'étalent sur son corsage, collent. Il ne faut pas pleurer, pas maintenant. Tu sais ce que tu lui dois. Que ferais-tu sans cette maison de la route Vallon ? Il faudrait retourner à Harbin tête basse, expliquer que les bureaux du journal *Projector* ont brûlé, que tu n'as plus de travail, que tu as faim, que Valéri n'a rien demandé. Il faudrait reprendre ta place entre ton père et ta mère, te charger du fardeau de leurs attentes. Il n'en est pas question. Tu te presses le long de la route Vallon pour échapper à cela. Si tu décroches ce rôle, tu auras un petit salaire, trois fois rien, mais quand même quelque chose. Tu paieras tante Angelina plus tard. Sa maison est bruyante, on y croise de tout : poètes, artistes, étudiants, affairistes plus ou moins louches, même un boxeur. Tous sont des amis d'amis, vont et viennent dans une joyeuse pagaille. Le téléphone sonne sans cesse, on boit, on chante, on danse à toute heure du jour et de la nuit. « La maison folle », c'est ainsi que l'appellent tes amis russes. Mais tu t'es accoutumée au bruit et, quoi qu'on en dise, l'extravagance d'Angelina Mikhaïlovna te plaît. Tu admires sa volubilité, son énergie, son mépris du qu'en-dira-t-on, sa ténacité. À l'époque bénie de son mariage avec l'oncle de Valéri, on raconte qu'elle promenait en laisse un léopard des neiges dans les rues de Vladivostok. Veuve, elle s'est remariée, mais, très vite, subvient seule aux besoins de sa famille. La voilà qui trouve un appareil de massage unique, suit une formation et ouvre son propre salon. Les clients affluent, notamment de riches Chinois, leurs épouses et leurs concubines. Cela la met à l'abri du besoin et lui permet de louer cette maison au cœur de la concession française, à deux pas du jardin français et de l'avenue Joffre – la « Petite Russie » –, où les panneaux publicitaires en cyrillique en côtoient d'autres en mandarin et en français.

Depuis ton arrivée il y a un an, tante Angelina t'a prise sous son aile, a occupé la place laissée vacante par ta mère, restée à Harbin. À l'angle avec la route Cardinal-Mercier, une jeune femme sort d'un immeuble tout juste construit, appelé Astrid, et disparaît dans une voiture. Est-elle, comme toi, « amoureuse de ce qui n'existe pas » ? Tu viens de terminer ton texte « Les fleurs de bouleau ». Cette femme qui souhaite « seulement ce qui n'existe pas et n'existera jamais dans sa vie », c'est toi. Comme l'amour partagé, la chaleur d'une maison, les monts bleus de Corée, ces fleurs de bouleau ne peuvent éclore qu'en songe, chimères bien réelles, qui habillent le vide, donnent le courage de se lever jour après jour, dans l'aube grise et froide. Tu as écrit pour survivre, sauver du néant l'amour déçu, atténuer la question qui taraude comme un soleil sans crépuscule : « Si l'amour existe, alors pourquoi passe-t-il ? »

Route Cardinal-Mercier, tu te sens étrangère à la foule. Des femmes sortent des boutiques, les bras chargés de sacs : les dernières robes de Paris, une fourrure à l'approche de l'hiver. À l'entrée du Cathay Mansions, des chauffeurs attendent, portières ouvertes. De l'autre côté de la rue, la façade du Cercle sportif français brille déjà dans l'ombre du soir. Un couple te dépasse, puis traverse. Au bras de l'homme, la femme rit. Ses boucles d'oreilles scintillent quand elle bouge la tête, elle tient le bas de sa robe dans une main. Bientôt, elle dansera sur le parquet flottant de la salle de bal. Il paraît qu'il repose sur des ressorts pour faciliter les mouvements des danseurs. Que t'importe ! Ta place à toi est dehors, parmi les autres exilés, ceux qui n'ont pas le sou. Le bruit, la chaleur, tout t'incommode. Les mendiants s'agrippent aux manches pour réclamer une petite pièce ; les klaxons de voitures, de bicyclettes, les cris des vendeurs à la sauvette résonnent dans ta tête, saturent tes pensées. Et que dire de cette odeur ? Même le parfum des femmes devant toi n'arrive pas à la couvrir : relents de vase qui suintent des rigoles sous les pieds, d'huile frite qui monte des étals, de putréfaction, aussi, comme si les murs de la ville se nourrissaient des cadavres jetés dans le Huangpu, coulés au fond de la rivière Suzhou.

Arrivée devant le Lyceum Theatre, tu montes à l'étage, tremblante. Une amie t'a parlé d'une danseuse malade, on cherche une remplaçante à la dernière minute, la première du spectacle aura lieu dans quelques jours. Pendant l'essai, tu t'emmêles les pieds, bouscules le baryton qui tombe. La répétition finie, alors que tu t'apprêtes à partir, au désespoir, l'une des danseuses s'approche. Au calme, elle te montre les mouvements encore une fois. Rien n'est perdu.

Shanghai pile, Shanghai face

Shanghai, printemps 2019

À L'ANGLE DE CHANGLE et de Maoming Road se dresse le Lyceum Theatre. Ses trois fenêtres en ogive surveillent l'intersection. Arrêtée au feu rouge, je prends le temps d'admirer le bâtiment. Sur d'anciennes photos, il paraît plus imposant. Aujourd'hui, les platanes surplombent l'édifice de style classique, et les immeubles voisins l'observent de haut. Mais on aperçoit toujours le mot « Theatre » sur la corniche de la fenêtre centrale.

À mon arrivée, je ne pensais pas trouver de vieux bâtiments. Shanghai, pour moi, se définissait dans un vertige vertical, des tours et des grues qui n'en finissent pas de pousser, de tourner. J'avais tort. Dans les rues du quartier de Xuhui, au cœur de la ville, dissimulées derrière les feuilles de platane et les grilles rouillées, ou au contraire offertes à la vue de ceux qui lèvent la tête, des maisons, des immeubles de toutes tailles et de tous styles défient le temps. Entrées blanchies par la poussière incrustée, façades lézardées, motif Art déco sur une rampe d'escalier ou sur un carrelage, fenêtres en vitrail, ces traces témoignent d'un siècle parmi les plus intenses et les plus violents que la Chine ait connus. Ces bâtiments t'ont regardée vivre, construits pour la plupart entre 1920 et 1940. Quand tu débarques à Shanghai avec tes talons cassés, tu as devant toi le « Paris de l'Orient », la cinquième ville la plus peuplée au monde, dont les gratte-ciel rappellent ceux de New York. Trois quartiers la divisent – la vieille cité chinoise, la concession internationale et la concession française – afin de satisfaire l'appétit vorace des Occidentaux.

Je découvre le système des concessions qui confère à Shanghai un caractère unique. À la suite de la première guerre de l'opium en 1842, les Anglais victorieux ont imposé à la dynastie Qing l'ouverture au commerce international de quatre ports chinois, avec le droit d'y installer des consulats étrangers. Les Américains s'engouffrent dans la brèche, puis les Français. Shanghai, le village de pêcheurs sur les bords du Huangpu, voit là une occasion de prospérer. Elle le paiera plus tard. Ville chinoise, mais pas de la même étoffe que les autres, ville de sang-mêlé.

Le long des trottoirs, dans les dancings et les clubs, se croise une foule cosmopolite brassant plus de cinquante nationalités différentes. Le statut d'extraterritorialité dont profitent les concessions française et internationale attire les têtes brûlées, les révolutionnaires, les bandits. Certains s'étourdissent dans un tourbillon de plaisirs et d'excès tandis que d'autres voient leur destin brisé par un revers de fortune. On y adore un dieu unique : l'argent, sur lequel s'étend l'ombre de la pègre shanghaïenne.

Shanghai pile. Shanghai face. Dans la première, qui t'est inaccessible, on se déplace en Buick, en Rolls-Royce ou en Citroën, conduites par des chauffeurs en gants blancs. On habite dans de grandes villas sur Bubbling Well Road, ou dans des immeubles aux lignes modernistes, tout juste construits par des architectes européens. Chez soi, on profite de l'eau chaude, du gaz et du téléphone. On aime prendre le *tiffin* au lobby de l'hôtel Cathay, parier sur une course de lévriers au Canidrome dans la concession française, ou sur une course hippique au champ de courses dans la concession internationale. S'accouder au long bar du Shanghai Club, avec vue sur le Bund si l'on est Anglais, valser dans l'immense salle de bal du Cercle sportif si l'on est français, nager dans la piscine du Columbia Country Club si l'on est Américain. Les Chinois aisés réservent une table au Paramount ou au Vienna Garden, cheveux gominés et longues *qipao* cintrées, pour danser sur les airs jazzy de Jimmy Dorsey ou d'Artie Shaw. Tous suivent la dernière mode de Paris, de Londres, de New York. Les manteaux de fourrure se font sur mesure chez Klebanoff, chez Soskin, avenue Joffre ou sur Bubbling Well Road. La plupart des Occidentaux vivent dans ce Shanghai-ci, confits dans leur supposée supériorité, avec les lignes de front chinoises pour principal sujet de conversation.

Tout ce luxe côtoie la misère. Shanghai face, celui des aventuriers ruinés et des fumeurs d'opium, celui de milliers de Chinois arrivés de la province pour fuir les conflits qui ravagent leurs villages. Les mendiants peuplent les rues, courent après les *rickshaws* aux abords des grands hôtels en criant : « *No Mama, no Papa, no Whisky Soda!* » Un homme raconte avoir vu une limousine s'arrêter et un riche Chinois se pencher pour vomir son repas. Aussitôt, des hordes surgissent et lèchent le vomi étalé par terre. « Shanghai était alors le paradis des riches et l'enfer des pauvres », écrit dans ses souvenirs Joseph Shieh, Chinois, ancien inspecteur de police de la concession française.

Et toi, et les presque trente mille Russes qui vivent là dans les années 1930 ? Au gré de mes recherches, je découvre qu'ils ne sont pas les bienvenus, même si les nuits de Shanghai leur doivent beaucoup. Certains sont devenus célèbres, comme le chanteur Alexandre Vertinski ou le musicien Oleg Lundstrem et son orchestre de jazz, tous deux tes amis. La bonne société vient applaudir les Russes au Lyceum – le quartier général des artistes russes dans la ville – à l'Orchestre municipal ou sur les scènes de divers cabarets, clubs et dancings, mais on ne sait qu'en faire.

Shanghai héberge la plus importante communauté de réfugiés russes après Paris et Harbin. Issus de la classe moyenne, diplômés d'études supérieures pour la plupart mais ne parlant ni anglais ni chinois, ils peinent à trouver un travail. Les hommes deviennent barmans, portiers, gardes du corps, vigiles. Les femmes sont couturières, vendeuses, esthéticiennes. Beaucoup de jeunes femmes, mères de famille et veuves, se prostituent. Quand le mari est mort, quand les enfants sont petits, quand on ne possède aucune formation, quand on ne parle ni anglais ni chinois, quand on a faim, vendre son corps devient le seul moyen de subsister. Tes journaux des années 1930 ont disparu, mais tu as dû les voir, ces cadavres retrouvés dans les rues de la concession internationale, morts de faim et de maladies. En 1935, année pourtant calme, près de six mille cadavres sont jetés dans des fosses communes. Au Del Monte, au Casanova, au Paramount, au Majestic, les femmes russes dansent, longues silhouettes moulées dans des robes de soirée fanées, peau blanche, cheveux et yeux clairs, visages tristes. La plupart du temps, elles sont payées à la commission, sur les verres bus par leurs cavaliers, sur les tickets de danse vendus, on consent parfois à leur verser un maigre salaire. Certaines arrondissent leurs fins de mois dans le lit de leurs clients. Les jeunes Chinois en sont fous, les prennent comme maîtresses, comme concubines. Certains finissent par les épouser.

Pour couronner le tout, toi et tous ces émigrés russes n'êtes même pas les citoyens de votre pays. Depuis 1921, le nouveau régime soviétique a révoqué la nationalité de tous ses exilés politiques. « Apatride », voilà ce qui est indiqué sur vos papiers d'identification.

De tous ces destins contrariés, il reste quelques bâtiments, comme ce Lyceum Theatre. Là où des générations d'hommes ont disparu, ils se tiennent encore debout, lourds de toutes les vies qu'ils ont abritées. Le Shanghai des années 1930, l'occupation japonaise, l'arrivée des communistes, la révolution culturelle, l'ouverture et la croissance économique, la frénésie d'une mégapole au rayonnement mondial, ils ont survécu à tout. Et, même détruits, il me semble que leur empreinte persiste à fertiliser la terre sur laquelle s'élancent aujourd'hui complexes résidentiels flambant neufs et centres commerciaux luxueux.

Lors d'un cours de chinois, Léa m'a expliqué la querelle de clocher entre Pékin et Shanghai. Pékin est surnommée *didu*, la « ville impériale », car les empereurs y habitaient. On a donné à Shanghai un surnom équivalent, ce sera *modu*, la « ville magique ». Assurément, elle l'était. Elle l'est toujours.

Parmi la multitude des adresses où tu as résidé, ce théâtre reste un point fixe, un port d'attache. « Envers et contre tout, je danserai ! », t'es-tu écriée dans ta chambre, le soir de cette première répétition au théâtre. Oui, tu vas danser, pendant les dix-huit années qui vont suivre. Tu vas danser dans cette opérette, mais aussi dans des centaines d'autres, programmées par le Lyceum dont tu intègres le corps de ballet. Chaque matin, tu montes au troisième étage pour suivre les cours d'une ancienne ballerine russe émigrée, Evguénia Pavlovna Baranova. La danse devient ton métier, « devient souvent la vie même », écris-tu dans tes souvenirs.

Il est 21 heures et je rejoins quelques amis dans un bar. Sur Changle Road, les chiffonniers se rassemblent avec le butin de la journée. Les femmes trient, les hommes chargent d'énormes ballots sur leurs triporteurs rouillés. Cris, harangues, rires parfois animent ces ombres noires qui s'agitent sous la faible lueur des réverbères. Cartons pliés, plastiques, tissus, journaux, électroménager, tout est trié, empilé, ficelé. En passant près d'eux, je vois les mains aux ongles noirs, les paupières gonflées de fatigue, les bâillements étouffés. Ce sont les fantômes de Shanghai, population «flottante» sans permis de résidence, condamnés à une vie de forçats pour quelques yuans envoyés à la famille restée en province. Ils sont debout depuis 5 heures du matin et doivent encore livrer à un centre de tri le fruit d'une journée de ramassage. Ensuite, ils regagneront une chambre insalubre dans une banlieue lointaine. L'accélération d'une Lamborghini jaune citron dans la rue déserte me fait sursauter. Shanghai pile, Shanghai face, rien n'a changé.

Un mariage pour abri

Shanghai, 24 mai 1935

SOIR DE TES noces. Ton mari dort à côté de toi, fatigué, repu. Bien sûr, le Paramount t'a donné ta soirée. Tu as trouvé un travail d'ouvreuse dans ce dancing à la mode ; les cachets du Lyceum ne suffisent pas. Tu te réjouissais à l'idée de te coucher tôt, pour une fois, mais le sommeil se dérobe. À ton annulaire, un corps étranger, froid. Ce matin, vous avez oublié les alliances… En route vers l'église sur Broadway Road, tu as aperçu une échoppe qui vendait de tout. Le propriétaire vous a fait de grands sourires édentés, et déniché deux anneaux en laiton pour accrocher les stores, la plus petite taille. Ils feraient l'affaire. Tu as cousu ta robe de mariée toi-même, avec du tissu de satin blanc offert par tante Angelina. Une coupe simple, encolure ronde, sans col, manches courtes. Pas de dentelles, pas de voile, un simple ruban de satin blanc passé dans tes cheveux bruns. Et quelques branches de lys. Tout à l'heure, chez elle, en t'aidant à passer ta robe par-dessus ton chignon bas, tante Angelina insistait, voulait te prêter un bijou. Tu lui dois tant et pourtant sa sollicitude te donne envie de hurler.

—Ma colombe, tu es magnifique ! a-t-elle dit en te caressant la joue. Oh, j'aurais tant aimé…

Elle n'a pas fini sa phrase, s'est baissée pour lisser la robe dans le dos.

Tu as compris.

—Es-tu bien sûre de ton choix ? a-t-elle avancé sans te regarder. N'est-ce pas un peu précipité ? Loin de moi l'idée de… critiquer. Mais ne faut-il pas laisser du temps au temps ?

—Tiotinka, s'il vous plaît !

Tu l'as coupée sans ménagement.

—Vous ne trouvez pas que j'ai assez attendu ? Je ne vais pas laisser passer un homme qui veut faire mon bonheur et m'épouser.

—Bien sûr, bien sûr, ne te fâche pas, a murmuré tante Angelina en prenant tes mains dans les siennes. Que Dieu te bénisse, mon enfant.

Elle a fait le signe de la croix au-dessus de ta tête et t'a embrassée.

Mikhaïl n'est pas Valéri, ne le sera jamais. Tu ne comprends toujours pas ce qui t'a poussée vers lui, ce matin de janvier, sur le pont du Garden Bridge. Il y avait cet homme et ses paniers de bambou qui volaient en l'air de chaque côté de la palanche. Le bras levé de Mikhaïl pour protéger la femme qui l'accompagnait. Tu as remarqué sa haute taille, son empressement un peu gauche à ramasser le sac tombé à terre. En passant près d'eux, tu as compris qu'ils étaient russes. Et son regard noir a croisé le tien. Mikhaïl n'a rien à voir avec Valéri. Grand, mince, des études à l'Institut de Technologie d'Harbin, les cheveux drus, les mains longues et délicates. C'est un citadin, et puisque les monts de Corée te sont à jamais fermés, peut-être t'aidera-t-il à vivre dans cette jungle urbaine ? Une présence masculine pour affronter la faim, l'épuisement, les longues heures dans le hall froid du Paramount, les nuits hachées, les remarques grivoises. Un corps d'homme pour occuper la place laissée vacante par le silence d'un autre. Les mots qu'il prononce sont promesses, caresses. Tu t'accroches à eux, ils te couvrent, te protègent. Peut-être pourront-ils effacer d'autres mots qui t'accusent, ceux laissés par un homme désespéré qui s'est tiré une balle dans la tête. Les journaux d'Harbin n'ont parlé que de cela pendant quelques jours. Le poète Georges Granine, l'amoureux fou, s'est suicidé avec son ami, Serge Serguine, dans une chambre de l'hôtel *Nankin*, le 6 décembre précédent. On a cherché des coupables. La mère de Granine est persuadée que tu as une grande part de responsabilité dans ce drame.

« Elle seule aurait pu l'en empêcher ! », crie-t-elle à qui veut l'entendre. Comment aurais-tu pu éviter cette tragédie ? En te forçant à l'aimer en retour ? Aurait-il fallu faire semblant pour sauver un homme de lui-même ? Après sa première tentative de suicide, il avait recommencé à t'écrire. Ses lettres t'avaient submergée, tour à tour suppliantes, amoureuses, menaçantes. Il aurait fallu répondre, mais que dire ? Il t'effrayait, ses délires paranoïaques, ses colères, son exaltation… Tu as fui. À ses imprécations, tu as opposé le silence.

Oui, depuis l'éclipse Iankovski, depuis le drame Granine, Mikhaïl Iakoubovitch est le premier homme à te sortir de ton chagrin. Son désir appelle ton désir. Son amour réveille le tien. À l'abri de son grand corps, ton cœur achèvera de panser ses plaies.

Photos de mariage

Shanghai, avril 2019

« 无产阶级专政万岁 »

DES ÉCHAFAUDAGES EN bambou recouvrent la façade, et la peinture rouge des caractères ne se voit pratiquement plus sur la balustrade d'un balcon, à l'angle de Wulumuqi et Fuxing Road. Les ouvriers ont dû mettre au jour l'inscription quand ils ont préparé le mur pour le ravalement. Je demande à Léa de traduire pour moi l'inscription photographiée la veille. *Wu chan jie ji zhuan zheng wan sui* : « Longue vie à la dictature du prolétariat ». Dans les jours à venir, tout sera de nouveau enseveli sous une épaisse couche blanche. Ce matin, un vieux monsieur, debout sur ce même balcon, prend le frais en maillot de corps. S'il habitait déjà là en 1966, peut-être se souvient-il des Gardes rouges qui s'étaient hissés sur une échelle pour écrire ce slogan. Cela s'oublie-t-il ? Il est plus facile de détruire, de recouvrir, que d'oublier. Il en va de même pour les vestiges d'un grand amour.

« Avec M. Iakoubovitch. Shanghai. Milieu des années 1930. »

Sur les deux seules photos en noir et blanc de votre mariage, vous ne souriez pas ; vous affichez un visage grave, presque triste. Peut-être une demande du photographe pour dramatiser l'instant.

Le nôtre, saisi par une inspiration subite, nous avait emmenés sous un vieux tilleul, prendre des photos sur la balançoire qui s'y trouvait. En quelques poussées, j'avais retrouvé l'ivresse de mes après-midi après l'école, sur la balançoire au fond de notre jardin. Aérienne, les jambes tendues puis repliées, la tête basculée vers le ciel, je parlais toute seule, jouais tous les rôles de mes pièces intimes. La même vibration remontait des jambes serrées au creux du ventre, le cœur palpitait au bord des lèvres. Rien n'arrêtait mes histoires et cette certitude que l'avenir ressemblerait à ça, que la vie adulte m'ouvrirait à cette communion, à cette exaltation dont on ne savait les effets à l'avance.

Assise sur cette balançoire en robe blanche, les cheveux décoiffés, j'aurais dû me sauver et laisser là ces vœux tout neufs, et ce qui m'est apparu alors avec une clarté terrifiante : ma fuite en avant pour oublier le grand amour qui m'avait abandonnée, les remarques déjà blessantes d'un fiancé qui barbotait à la surface des choses, le vide blanc, cotonneux, du temps à venir. Cette clairvoyance m'a quittée, comme un étourdissement passager, et j'ai laissé la petite fille sur sa balançoire pour rejoindre nos invités, remettant de l'ordre à mon chignon. Tout plutôt que la répétition du silence et le vertige d'avoir été chassée sans explication de la vie d'un être aimé, jetée dans le noir avec la même brutalité qu'un enfant dans son lit, une fois la lumière éteinte et les parents partis, terrassé par une peur indomptable : je vais mourir.

Comme il est étrange de voir ce souvenir surgir ainsi, devant ces deux photos de ton mariage. Sur l'une, tu regardes les fleurs de lys de ton bouquet, sur l'autre, tu fixes un point au loin, par-delà ton épaule droite, qui n'est pas Mikhaïl, debout derrière toi. Peut-être tout n'est-il qu'une affaire de regard. Quel horizon m'étais-je fixé en gardant les yeux baissés sur un mariage qui faisait plaisir à mes parents et m'évitait de penser ? Qu'avais-je fait taire en moi pour me mettre ainsi au diapason ? J'avais enterré ce ciel offert à ma tête renversée de petite fille. Pour expliquer le vide d'aujourd'hui, peut-être fallait-il regarder au-delà du divorce, creuser dans ce qui l'avait précédé et que j'essayais d'oublier. En chinois, « oublier » se dit *wang* : « faire mourir ce qui est dans l'esprit ».

Pourquoi ton mariage ? Je ne cesse de me poser la question, comme j'ai longtemps questionné ma propre décision. Penses-tu vraiment pouvoir oublier Valéri en épousant un autre homme ? Retrouver la confiance perdue dans les yeux d'un autre ? Hâter une union qui te venge du silence ? Y as-tu vraiment cru ? Peut-être aussi que l'amour d'un homme te protégeait, te donnait une respectabilité. Shanghai n'est pas une ville sûre, surtout pour une si jolie danseuse. On éconduit plus facilement les importuns une bague au doigt. Mais, dans ce cas, avec ta beauté, tu aurais pu épouser n'importe qui – un homme utile, de préférence, avec des relations, de l'argent. Mikhaïl Iakoubovitch n'avait que son amour à t'offrir, mais il durera toute la vie. Après votre divorce, en 1939, il émigrera aux États-Unis, puis reviendra à Shanghai en 1946, incapable de t'oublier. Il te supplie de partir avec lui, sans succès. Au moment de son départ, voici ses derniers mots, notés dans ton journal à la date du 15 juillet 1946 :

« Rappelle-toi toujours, m'a-t-il dit, que je t'aime et t'ai aimée toutes ces années. Si tu veux être avec moi, je vivrai pour ton bonheur. Si tu préfères vivre avec quelqu'un de meilleur que moi, je serai heureux pour toi. Je t'aimerai toujours, toujours, [...] même quand tu seras vieille. »

Il faut croire que tu l'as aimé, ou que tu as aimé son amour pour toi. Pendant votre mariage – quatre ans sur le papier, moitié moins en réalité, m'a confié Tamara –, chacun a maintenu l'autre en vie. L'amour de Mikhaïl éclaire une longue nuit, « la période la plus dure de [ta] vie ». Il te nourrit d'attentions, de mots tendres. Tu le nourris au sens premier du terme. Malgré son diplôme de l'Institut de Technologie d'Harbin, il n'arrive pas à trouver de travail, comme beaucoup d'hommes russes exilés à Shanghai. Les voici trop ou pas assez qualifiés, à se battre pour des postes de concierges, de vigiles, de gardes du corps. Au petit matin, quand tu rentres du Paramount, Mikhaïl t'attend, affamé. Les sandwichs récupérés à la fermeture du dancing constituent votre seul repas de la journée.

La nuit, sur Yuyuan Road, la façade Art déco du Paramount s'illumine encore. Les portes fermées n'attirent plus grand monde et le bâtiment semble posé là par erreur, un vieux décor devenu inutile. En octobre 1935, une publicité que je retrouve dans les journaux de l'époque titrait : « N'hésitez pas, Paramount s'impose ! » Grâce au talent de son manager, Joe Farren, le dancing connaissait un succès fou, attirait une foule cosmopolite. Jeunes Chinois éduqués à l'étranger et rejetons des cadres du parti de Chiang Kaï-shek s'accoudaient aux mêmes tables que les *taipan* et leurs femmes à la peau laiteuse. Sur la piste de danse se mêlaient les épaules nues, les *qipao* en soie, les fracs sombres, les nœuds papillon, les cheveux gominés, les diamants, le toc, l'artifice, le clinquant. L'orchestre du Paramount avait pris l'habitude de saluer l'arrivée de Du Yuesheng, célèbre patron de la Bande Verte, mafia toute-puissante à Shanghai.

« Avez-vous vu Vera Love et les Paramount Peaches dans leur Hula-hula ? », continue l'encart publicitaire. Et toi, les as-tu aperçues depuis le hall pendant que tu vérifiais les tickets d'entrée ? Et Joe Farren, le patron qui supervise tout, l'homme à femmes, peut-il ne pas te remarquer dans le hall de son dancing ?

Typhus

Shanghai, septembre 1935

Tu avances parmi des dos nus. Des dos nus de femmes secouées de rires hystériques. Parfois, l'une d'elles se retourne et te fait un clin d'œil. Elle est vieille, trop maquillée, et le parfum qu'elle porte te donne mal à la tête. Sanglés dans des robes de soie, de satin, de tulle, les dos se mettent soudain à rider, à couler. Les femmes ne semblent rien remarquer, mais tu les vois, toi, ces dos qui fondent comme du beurre. Tu voudrais intervenir, mais aucun son ne sort de ta bouche. Soudain, des mains ramassent par terre un amas jaunâtre. Il semble appartenir au vieux monsieur qui fume là, sur la banquette. L'œil brillant, il dévisage la jeune femme qui sort des vestiaires. Elle porte un jupon de tulle en strass et une corde au cou, sa bouche est laquée de rouge. Sans la quitter des yeux, il jette par terre la motte de beurre.

— Attention, ce sont des rêves brisés ! cries-tu dans l'indifférence générale.

Soudain, tu es sur scène, tu pleures. Autour de toi, des clients crient, huent et rient. À cause de la chaleur, ton costume te colle à la peau et voilà qu'il fond. Sur tes jambes et tes bras, la sueur ruisselle en longues traînées vertes, bleues, rouges. À tes côtés, une autre femme pleure. Les plumes de son costume gisent autour d'elle et des hommes crient :

— Une danse exotique ! Sauvage !

Une ombre se penche. Tu entends le bruit d'une cascade.

— Valéri, est-ce toi ? C'est mal de m'avoir brûlée ! lui dis-tu.

Mais le voici qui t'asperge d'eau. Tu frissonnes, quelqu'un te secoue.

— Vous m'entendez ? crie une voix inconnue.

Tu ouvres les yeux. Devant toi, la peinture du mur s'écaille. Les formes créées par la chute du plâtre font penser à des rochers, ceux de Corée. Mikhaïl, agenouillé à côté du lit, t'éponge le front avec un linge humide.

— Larissa ! Tu me reconnais ? J'ai fait venir le médecin. Il est là. Tu délires, c'est la fièvre…

— Vous auriez dû me faire venir plus tôt, grommelle le médecin en t'auscultant.

— C'est grave ? demande Mikhaïl. J'aurais dû vous appeler le premier jour, mais nous avons à peine de quoi survivre, alors les honoraires…

Tu as du mal à suivre ce qu'il raconte. Les mots s'étirent et se condensent, s'étirent, s'évanouissent. La voix du médecin résonne dans le brouillard.

— Typhus. C'est le typhus. Et je crois pouvoir dire que le fait de ne pas avoir beaucoup mangé l'a sauvée. La fièvre ne devrait pas tarder à tomber et provoquer de fortes suées…

La fièvre a reflué, comme la mer à marée basse, découvrant des pans de réalité dont le souvenir t'écorche.

Tu te souviens de l'offre de Joe Farren, le patron du Paramount, qui t'a proposé d'intégrer un numéro de claquettes, de tes heures d'entraînement, de l'audition devant sa femme, Vera Love, la programmatrice des spectacles de danse. Son regard jaloux et son refus, sans appel. Tu repenses à cette jeune femme russe, une connaissance d'Harbin qui aimait la poésie comme toi. Tu l'as retrouvée par hasard, dans le vestiaire d'un dancing miteux où flottait une odeur de moisi, de transpiration rance. Tu n'oublieras plus ses yeux tristes. Elle avait perdu son mari, une petite fille à charge, contrainte de danser là pour survivre.

— S'il n'y avait pas ma fille, t'avait-elle confié, je…

Et, d'un geste, avait noué une corde autour de son cou.

Il a fallu reprendre ta double vie, les répétitions au Lyceum le jour, les danses dans des cabarets la nuit. La saleté des loges, les fronts luisants et les chemises trempées de sueur des hommes, leurs yeux avides sur ton corps, les rires gras et les avances grossières. Mais, une fois sur scène, tu oublies tout. Avec ton amie Véra, vous montez un numéro de claquettes dans un dancing chinois, accompagnées d'un orchestre tout droit venu de Manille. Un deuxième numéro, puis un troisième, plus acrobatique, où tu brilles par ta souplesse. Vous cousez vos costumes vous-mêmes avec des chutes de tissus, et gagnez à peine de quoi vivre. Mikhaïl croit en toi, et sa tendresse adoucit les aspérités du quotidien.

Imposer sa trajectoire

Shanghai, avril 2019

PÉDALER LE LONG de Wulumuqi ou de Changle Road aux heures de pointe, rien de tel pour se sentir vivante. Le flot ininterrompu des deux-roues ne s'embarrasse ni des feux ni des sens de circulation. Ici, chacun tente d'imposer sa trajectoire, les autres s'adaptent. Les scooters de livraison, les *kuaidi*, filent à contresens et klaxonnent pour se frayer un passage. Le vélo qui vient de me doubler freine brusquement. Je l'évite de justesse. Les autres, derrière ? Ils font un écart, voilà tout. Le cycliste ne s'égosille pas devant une voiture qui tourne brusquement sans avoir mis son clignotant, le piéton s'écarte, indifférent, aux coups de sonnette de vélos pressés qui filent sur le trottoir.

Y a-t-il un sens des événements, comme il y a un sens de circulation dans la rue, dont le non-respect par les usagers provoque des accidents ? Où se situe la bifurcation, le point de bascule ? Si tu n'avais pas rencontré Mikhaïl sous les arches du Garden Bridge ? Si je n'avais pas dit « oui » une première fois ? Valéri aurait-il brisé son silence pour venir te chercher à Shanghai ? Serais-je dans le même vide qu'aujourd'hui ?

De retour chez moi, je fais ce que je ne peux faire avec ma vie : te faire rebrousser chemin, juste un peu. Comme un film, revenir en arrière, stopper à septembre 1934. Après le silence de Valéri et avant de rentrer à Shanghai, tu passes par Harbin embrasser tes parents. Ils ont dû tout faire pour te garder auprès d'eux, te dissuader de repartir à Shanghai où tu es si malheureuse. Tu aurais pu rester. Parmi les jeunes collègues russes que ton père t'aurait présentés, employés comme lui à la Compagnie des chemins de fer de l'Est chinois, tu aurais pu en choisir un, le plus décidé, et l'épouser avec la même urgence que Mikhaïl, huit mois à peine après ton retour de Corée. Mais, en 1935, les Soviétiques vendent la Compagnie au gouvernement fantoche du Mandchoukouo et offrent à plus de trente mille Russes d'Harbin un visa pour rentrer au pays. Commencer une nouvelle vie, tourner la page Iankovski, Granine, quitter enfin tes parents, avoir la possibilité d'être de nouveau citoyenne de ton pays… L'offre est tentante. Le correspondant à Harbin du journal *North China Daily News* décrit, dans le numéro du 25 mai 1935, l'effervescence et la joie : « Le départ des trains est un spectacle, la plateforme est bondée d'amis qui lancent des "À bientôt ! Bonne chance ! Nous vous suivons !" Les mouchoirs et les chapeaux s'agitent. »

Il faudra attendre les années 1990 pour découvrir le terminus du train. En 1936, du haut de son mètre cinquante-sept, Nikolaï Iéjov, chef suprême du NKVD, met en œuvre les grandes purges ordonnées par Staline. Le « nabot sanguinaire » est un exécutant fidèle, excellent organisateur. Avec lui, en deux ans de Grande Terreur – aussi baptisée *Iejovschina* –, plus de sept cent mille Russes meurent d'une balle dans la tête. Il n'oublie pas les Russes d'Harbin. Le 20 septembre 1937, un décret signé de sa main demande l'arrestation de tous les Russes d'Harbin rentrés en URSS en 1935. Ils sont 35 943 exactement, jugés comme anciens officiers blancs, espions fascistes, agents du renseignement japonais, envoyés en URSS pour commettre des actes de sabotage et de terrorisme. Quand ils ne sont pas fusillés sans autre forme de procès, on les envoie au goulag pour une dizaine d'années. Cadeau de la mère patrie. Tu aurais pu te trouver parmi eux. De retour à Shanghai en septembre 1934, tu connais la faim, la peur, la maladie, l'amour de nouveau. Tu restes en vie.

Comme les deux-roues sur Changle Road, as-tu réussi à fuir ce que tu voulais en décidant ce mariage si précipité, à imposer ta trajectoire ? On fonce tête baissée dans un avenir qu'on croit s'être choisi, pour s'apercevoir qu'il n'est que la simple répétition d'un passé impossible à effacer. Avec ce mariage, il me semble que tu fais tien le schéma parental, le renoncement maternel. Tu prends ta place dans la lignée des femmes de ta famille. D'ailleurs, je découvre que tu n'as pas de papiers d'identité, tu n'es qu'une ligne de plus sur le passeport de ton père et celui de ton mari. En fait, ton mariage avec Mikhaïl m'échappe autant que le mien. Pour quelles raisons avoir épousé ces hommes, si ce n'est le besoin d'un autre corps, une certaine conscience de soi qui mûrit là, à l'ombre rassurante des vœux échangés ?

Chaque jour, foncer tête baissée vers ce que nous tentons de fuir.

Je vous supplie d'écrire

Shanghai, mars 1936

SHANGHAI, PAPILLON AUX ailes poudreuses, vit la nuit. Quand les néons illuminent les grandes artères, lèchent les façades, grimpent à l'assaut des tours, font clignoter les enseignes, éteignent toutes les étoiles du ciel, il est l'heure. D'un claquement sec, il prend son envol, survole la jungle, sent la fièvre et la fumée de l'opium monter par vagues chaudes. C'est l'heure où les prédateurs sortent chasser. Nulle part au monde n'existe une telle densité humaine au mètre carré, une telle concentration de trajectoires opposées, de renaissances éphémères. Sur les pistes de danse du Canidrome et du Paramount, accoudés au bar de l'hôtel Cathay, du Park Hotel, du Cercle sportif français, du Shanghai Club, dans les tripots de Blood Alley, dans des bars chinois au nord de la rivière Suzhou, la nuit les rassemble tous, en grands essaims bruyants. La nuit leur appartient, chacun en arrache un morceau avec avidité.

Aux portes du Lyceum se presse la foule de ceux qu'on évite, les Russes. Ce soir, ils viennent écouter

Alexandre Vertinski. Ses chansons disent l'amour du pays perdu. Sur les chemins de l'exil depuis 1918, Vertinski a vécu en Allemagne, à Paris, à New York, en Palestine. Sur la scène plongée dans le noir, une seule lumière éclaire sa silhouette en smoking, fleur blanche à la boutonnière. Grand, presque chauve, un nez comme un bec d'aigle, le regard acéré. Quand il chante, ses gestes, sa voix accompagnent chaque mot, le portent à sa plus pure expression. Tu ne bouges pas, fascinée. Tu oublies que tu ne manges pas à ta faim, tu oublies ce que te réclame ton corps ; ses mots te rassasient l'âme. Dans ton cœur saigne la voix magique, le pays disparu, l'errance sans fin. Tu n'as raté aucun de ses concerts depuis son arrivée à Shanghai, il y a presque deux mois, et il te semble – mais cela est dû à son magnétisme, chaque spectateur n'éprouve-t-il pas cela ? – qu'il ne regarde que toi. Voici qu'il chante « Petite chanson pour ma femme ». Le public sait qu'il n'est pas marié ; le public remarque qu'il te couve des yeux en chantant ; tous les regards se tournent vers toi.

Vous vous connaissez. Peu après son premier concert, à une soirée poétique organisée au bistrot bohème La Renaissance, tu as lu tes poèmes. Il était là et t'a félicitée, ému, charmé. Quelque temps plus tard, il t'invite à boire un café à sa table. Tu avais faim, il aurait mieux fait de t'offrir un sandwich. Un homme capricieux, penses-tu en l'écoutant, mais son talent l'excuse. Il croit en ton étoile, t'encourage à écrire.

« Vos vers, c'est ce que j'ai lu de mieux ici. Si mes mots ont une quelconque importance pour vous, je vous supplie d'écrire, écrire et écrire. Pour cela, vous avez toutes les ressources et tous les droits. »

Si Alexandre Vertinski t'adresse ces encouragements, peut-être pourrais-tu commencer à croire en toi ? Ces derniers temps, les bonnes nouvelles se succèdent. Aux compliments de Vertinski succède un contrat avec la troupe de danse du Lyceum. Tes rôles gagnent en épaisseur. Une tournée est prévue le mois prochain au Japon.

Sa chanson finie, Vertinski te regarde encore.

Ce soir, après le spectacle, il t'invite au banquet donné en son honneur à La Renaissance. Tu t'éclipses discrètement : surtout, ne pas alimenter cette rumeur qui enfle.

Jouer avec le temps

Shanghai, printemps 2019

IL FAIT DÉJÀ nuit. Ici, elle tombe comme une enclume. Le taxi avance par à-coups. Aux feux rouges, le chauffeur se cure l'oreille avec l'ongle long de son auriculaire. Bien calé dans sa cabine en plastique, il reste placide devant la longue file de voitures à l'arrêt. Dans son thermos en verre flottent des feuilles de thé et des baies de goji. Derrière la vitre sale, les rues défilent. L'éclairage public fait miroiter ses lumières jaunes dans une grande flaque de nuit. À l'angle que forme Huashan Road avec Yan'an Road, de grandes grues barrent la route. Dans l'obscurité, on dirait des mâchoires d'acier. Que dévorent-elles ? Du bitume, de la boue, de la vie, de l'amour ? West Nanjing Road. Côte à côte, les dorures du temple Jing'an et les volutes blanches du centre commercial Jiu Guang. Tous deux illuminés, le « temple de la paix et de la tranquillité » et le temple du consumérisme à outrance, aussi faux l'un que l'autre. Le temple Jing'an a été reconstruit à l'identique sur les cendres laissées par un incendie en 1972. Garder la face. Qu'importe l'authenticité ici, il faut briller coûte que coûte, sauver les apparences.

Pas de place laissée à la lenteur, à la maturation. Les feuilles des platanes tombent toutes ensemble, aussitôt ramassées par les balais-branches en bambou d'hommes et de femmes en uniforme lavande ; les nouvelles réglementations sont mises en place du jour au lendemain ; des quartiers entiers sont rasés en quelques jours, des tours sortent de terre en une nuit. Ce même temps, pourtant, je le vois aussi s'étirer dans les mouvements du taï-chi, rester suspendu dans le pinceau du calligraphe, s'écouler avec lenteur devant la sieste improvisée d'une femme, la tête enfouie dans ses avant-bras, hermétique à l'agitation et au bruit du carrefour devant elle. J'ai l'impression de courir sans cesse après ce temps quand les Chinois savent en jouer. Ils l'étirent et le compriment, comme la pâte qui servira à faire des nouilles, comme cette longue file de voitures devant mon taxi. À quoi sert de gaspiller mon *qi*, mon énergie vitale, en soupirs et en impatience ? *Mei banfa*. C'est ainsi.

Cette brusque accélération du temps me fait peur. Celui qui passe et celui que je n'ai jamais. Celui qui sème des fils argentés dans mes cheveux et des taches sur les mains de mes parents. Le présent est le temps des hommes. Le mien s'est toujours défini comme un temps lié, sur lequel pèsent l'enfance, les habitudes, la tradition, les souvenirs, les rêves. Ma passion pour l'histoire vient peut-être de là : sectionner le temps pour mieux le contrôler, sonder le passé pour appréhender le futur, donner un sens au présent.

Depuis que je suis arrivée ici, Shanghai fait sauter mes chaînes, m'oblige à saisir l'instant. Une boutique ferme du jour au lendemain, une rue change de nom pendant la nuit, des amis partent sans crier gare. Vivre l'entre-deux. Je pense au vélo de la marchande de fleurs que je suis parfois quand elle descend Anfu Road pour se poster dans l'encoignure d'un portail, à l'abri du vent, presque à l'angle avec Wukang Road. Dans son dos, plongés dans des seaux d'eau fixés en espalier sur le vélo, violettes, chrysanthèmes, roses, boules d'hortensia, palmiers, branchages tremblent à chaque soubresaut. Dans cette ville où tout renaît sans cesse, ces fleurs fraîches, fanées demain, sont peut-être ce qui dure le plus longtemps.

Observer le temps à l'œuvre dans ta vie m'aide à apprivoiser le mien. Ton impatience d'adolescente, tes luttes de jeune femme ; puis le temps redouté à l'approche de la cinquantaine, celui qui flétrit les peaux, émousse les élans, rouille le corps ; celui auquel tu espères échapper et devant lequel tu capitules ; ce temps apprivoisé au long soir de ta vieillesse, qui égrène les saisons et les souvenirs. Tes combats m'apaisent, je ne suis pas seule. Journaux et poèmes sous les yeux, je te suis. D'un côté, les poèmes, écume des rêves et des espoirs ; de l'autre, les journaux, les souvenirs, mots-cailloux de combats intimes, plus sombres. Devant moi, un long ruban de cent deux années, lisse et plat à certains endroits, emmêlé à d'autres.

Alors que tu es bousculée d'un continent à un autre, d'une guerre à l'autre, je m'aperçois que tu adoptes face au temps une attitude typiquement chinoise : avancer dos à l'inconnu. Attitude pragmatique et humble de celui qui ne peut regarder en face que ce qu'il connaît. Demain se définit donc comme le « jour dans notre dos » et hier comme le « jour devant nous ». Entre hier et demain ? Une latence, un processus. Nos amis chinois vivent là.

Au printemps 1936, tu quittes Shanghai pour une tournée au Japon, puis tu t'installes avec Mikhaïl à Harbin sans retourner à Shanghai où vous n'arriviez plus à survivre. Reprendre des forces auprès de vos parents, s'occuper de ta mère, retrouver les ombres rassurantes de la rue Sadovaya. Mais rien ne s'est passé comme prévu. En mars 1940, te voilà de retour à Shanghai, seule.

As-tu reconnu la ville que tu avais quittée quatre ans plus tôt ? Bombardée, hérissée de barbelés et de baïonnettes, Shanghai est désormais occupée par l'armée japonaise depuis novembre 1937 après quatre mois de bataille acharnée. Dans les journaux de l'époque, je trouve un entrefilet du *North-China Herald Gazette* qui relate ton arrivée, le 6 mars :

« Miss Larissa Andersen, jeune et talentueuse ballerine et poétesse, est arrivée à Shanghai depuis Harbin. [...] Comme poétesse, Miss Larissa Andersen jouit d'une grande notoriété dans les cercles littéraires de Shanghai et d'Harbin. Ses nouvelles ont également attiré l'attention et ont été publiées dans les meilleures revues. »

L'as-tu lu le jour même ? D'ailleurs, lis-tu les journaux ? Ce même 6 mars, les titres du *Journal de Shanghai* détaillent les lignes de front, la guerre, partout. Une dépêche Reuters confirme le débarquement japonais dans la province du Guangdong au sud de la Chine. Depuis 1933 et l'occupation de la Mandchourie, l'armée japonaise conserve sa mainmise sur la Chine, déplaçant, au gré de son avancée, des milliers de réfugiés qui fuient les massacres. Lors de tes trajets quotidiens, tu vois ces réfugiés agglutinés sur les trottoirs, leurs haillons couverts de vermine, les bébés morts de faim. Pour passer des territoires de la ville sous domination japonaise au bloc encore formé par les concessions française et internationale – appelé *gudao*, « îlot solitaire » –, tu fais désormais la queue aux postes de contrôle, baissant la tête devant les sentinelles japonaises. Peut-être as-tu acheté des billets de loterie en faveur des réfugiés dont l'encart publicitaire jouxte ceux des fourrures Soskin, des pastilles Valda et des films à l'affiche dans les cinémas de la ville ? Ces réfugiés-ci débarquent d'Europe, sans un sou, avec pour tout bagage leur identité juive que le régime nazi s'est promis d'éradiquer. Eux aussi errent dans les rues, en piteux état.

Ils seront près de dix-huit mille Juifs d'Europe centrale et de l'Est à trouver refuge à Shanghai, « port du dernier recours » à la fin des années 1930. Shanghai, seule terre d'asile quand les États-Unis et le reste de l'Europe, verrouillés par une politique d'immigration très restrictive, ferment leurs frontières.

Le 6 mars 1940, tu es une « jeune et talentueuse ballerine et poétesse », tout entière préoccupée par ton avenir et ces pistes qui s'ouvrent, bien décidée à imposer enfin ta trajectoire au cours de l'histoire. À la nuit tombée, peut-être t'es-tu réfugiée au cinéma Nankin pour y voir *La Huitième Femme de Barbe-Bleue* à la séance de 21 heures, oublier Mikhaïl et tes parents dans les yeux bleus de Gary Cooper.

Miss Shanghai

Shanghai, 18 juin 1940

Après le brouhaha des annonces et le rire excessif d'Édouard Ivanovitch Eliroff, maître de cérémonie, les candidates s'avancent sur l'estrade de bois garnie de bouquets blancs, dans le grand jardin du restaurant Arcadia. De part et d'autre de l'estrade, des tables rondes, éclairées par des lampions et des lampes suspendues. Ton esprit s'évade vers l'été. Des grillons cachés dans la haie derrière toi s'en donnent à cœur joie, les moustiques aussi. La seule table de forme rectangulaire, celle où tu te tiens, rassemble les membres du jury, tous des hommes. Les treize candidates au titre de Miss Shanghai défilent, fades et transparentes. Assis à la même table, Alexandre Vertinski s'agite.

— Qui élire quand les plus jolies femmes ne participent pas à la compétition ? a-t-il fait remarquer plus tôt.

Il a dit cela en te regardant, mais il ne te fait plus peur : son cœur a cicatrisé après ce fameux soir où tu avais tenté d'esquiver le dîner donné en son honneur. Arrivée très en retard, tu pensais passer inaperçue, mais Vertinski avait réservé une place pour toi, à sa droite, restée vacante. Gênée par l'attention que cette faveur attirait sur toi, déroutée par l'attitude glaciale de ton voisin, humilié, tu étais rentrée chez toi, à peine la dernière bouchée avalée. Vertinski, fou de rage, t'avait écrit une lettre cinglante que tu avais laissée sans réponse. Il faut du temps pour panser un cœur blessé, tu en sais quelque chose.

« Venez, n'ayez pas peur. Nous serons des amis. Tous les deux, nous avons besoin de nous reposer de l'amour », t'écrit-il ensuite, dans ce beau poème intitulé « Une lettre inutile ». Aujourd'hui, tu sais ce que tu lui dois. Sans lui, ton premier recueil de poésie n'aurait jamais vu le jour. *Dans les prairies terrestres* a été publié en avril, et les premières critiques sont élogieuses. Vertinski écrit dans le journal *Shanghaiskaya Zaria* : « Elle considère la vie comme une radieuse mais sévère pénitence [...] Et l'amour seul pèse sur ses ailes terrestres. » Dans une autre critique, il commente : « Larissa Andersen écoute ce que dit la terre, ce que chuchotent le vent et l'herbe, ce que chantent les oiseaux. Rares sont ceux qui entendent cela, même parmi les meilleurs poètes. » Il te comprend, ta solitude fait résonner la sienne, ta tristesse fait écho à sa nostalgie. Quel homme étonnant. Dans l'obscurité du jardin, son profil pâle se détache. Les années ont creusé ses yeux, voûté ses épaules. Son nez paraît encore plus courbé, ses joues sont constellées de couperose. Il soupire, excédé par le défilé et jette parfois un coup d'œil circulaire, semble chercher quelqu'un.

Tu tressailles, réprimes un cri de surprise. Une main s'est posée sur ton genou. Chaude et calme, immobile. À ta droite, ton voisin n'a pas bougé, fasciné par le va-et-vient sur l'estrade. Smoking blanc, pantalon noir, fines moustaches. Il a la fixité d'une statue. Pourtant, la main vient de là, se met à bouger, remonte sur ta cuisse. Tu la saisis par le poignet, la repousses. Si tu es ici à t'ennuyer, c'est sa faute à lui. Édouard Ivanovitch t'a suppliée de venir quand Victor Sassoon a confirmé sa présence à l'élection de ce soir. Sir Victor aime les belles femmes, et puis ne vient-il pas de t'engager dans son club, le Tower ? Tu es la danseuse principale, ce qui fait de toi l'interprète la mieux payée de Shanghai. Tu ne pouvais pas refuser. Mais cette main, si. Tu connais la réputation de sir Victor et tu n'as aucune envie de finir dans sa suite, nichée sous le toit pyramidal vert de l'hôtel Cathay, *son* hôtel, le plus luxueux de tout l'Extrême-Orient. Au Tower Night Club, situé au neuvième étage du Cathay, tu danses pour le gratin de Shanghai, dans l'atmosphère tamisée de ce petit espace aux spectacles triés sur le volet. Ta collaboration avec sir Victor s'arrête là.

La musique a cessé, Miss Shanghai 1940 est enfin élue. Il s'agit de Galina Soldatenko, une serveuse du DD's Café. D'autres bouteilles sont débouchées, des mites papillonnent autour des lampes, les grillades répandent une odeur de brûlé. Tu rejoins l'estrade avec les membres du jury. La gagnante s'avance sous les projecteurs, entourée de ses deux dauphines. Tu les félicites, les embrasses. Qu'elles sont jeunes, la vingtaine à peine entamée, le teint frais, les cheveux mousseux. Elles dansent encore sur le fil quand tu es passée de l'autre côté. La jeune femme s'est envolée, pétale après pétale. Une femme adulte a pris sa place, lourde du deuil de la mère, de l'échec d'un mariage.

Le visage de ta mère morte dans le crépuscule tiède de cette journée d'été. C'était il y a presque trois ans, un soir d'août 1937. Les traitements médicaux n'ont pas redonné à son cœur la vigueur nécessaire. L'un de tes poèmes l'a immortalisée, vêtue de vert, comme la mousse sur sa tombe, comme sa robe que tes doigts ont serrée sur ce bateau d'octobre 1922, il y a vingt ans déjà. Un velours vert où flotte l'odeur aimée, odeur d'enfance, du thé au lait et des caresses sur la joue, des mots doux dans la chaleur d'une maison.

Mikhaïl avait déjà quitté Harbin, votre mariage flottait dans l'incertain, et, sur son lit de mort, ta mère t'a demandé d'être heureuse. Elle aimait ton mari, espérait qu'il reviendrait, se désolait de voir s'effilocher votre union. De tout ça, elle n'a rien dit. Avec sa délicatesse habituelle, elle t'a rendu ta liberté. La décision de divorcer s'est imposée en la veillant, à la lueur des bougies. Tu regrettes une seule chose : elle ne t'a jamais vue danser. Ton nom s'affichait sur le fronton du Théâtre Moderne, mais ni ton père ni ta mère ne sont venus t'applaudir. Question de principe. Ton père ne disait rien parce que tes cachets payaient les traitements, mais son regard était lourd de colère. Peut-être Mikhaïl en a-t-il fait les frais. Vous habitiez chez tes parents, et pas une journée ne passait sans entendre les critiques de ton père :

« Pourquoi Mikhaïl vit-il à tes crochets ? À nos crochets ? À son âge ! »

« Micha, pourquoi ne trouves-tu pas un emploi stable ? »

« Tu mérites mieux, ma fille. »

« Et toi, ne peux-tu trouver un emploi respectable ? »

Pauvre Mikhaïl. Malgré tous ses efforts, il ne trouvait rien, ou si peu. Reproche après reproche, votre lien s'est usé.

Le trophée décerné à Miss Shanghai, tu as repris place à table, les grillades arrivent. Édouard Ivanovitch les suit de près, se penche entre toi et sir Victor.

— Quand aurons-nous le plaisir de vous voir danser ici, Larissa Nikolaevna ? demande-t-il en épongeant son front en sueur.

Sans attendre la réponse, il se tourne vers sir Victor, s'assure que tout va bien, puis s'échappe comme un bourdon affolé. Sir Victor se comporte en parfait gentleman, s'assure que ton verre est rempli, ramasse ta serviette tombée à terre. Sa main gauche semble avoir oublié son égarement de tout à l'heure. Il apprécie tes danses au Tower, te félicite pour ton recueil qu'il espère voir bientôt traduit en anglais. Il te demande comment tu as trouvé Shanghai à ton retour ; et Harbin, quelle atmosphère, là-bas ?

Pesante, gluante. La communauté russe souffre, se délite, n'est plus que l'ombre d'elle-même. Depuis la vente de la Compagnie des chemins de fer de l'Est aux Japonais, ceux qui ne sont pas rentrés en URSS ont du mal à trouver un travail, endurent les répressions de l'occupant japonais.

Ton père, par exemple, enseigne l'anglais en cours du soir dans un lycée. Il a quitté votre maison rue Sadovaya, habite dans une chambre chez l'habitant. Mais son salaire suffit à peine. Et puis, beaucoup de Russes disparaissent, du jour au lendemain, enlevés dans un bar, en pleine rue, arrêtés par la police japonaise. Disparus sans plus donner aucune nouvelle. Tu as dit cela dans un souffle. Shanghai est maintenant une ville occupée par les Japonais, on pourrait t'entendre, tu dois faire attention. Non, Harbin n'est pas une ville sûre, finis-tu par chuchoter.

— Shanghai l'est-elle davantage ? te demande sir Victor dans un sourire.

Un air de jazz s'échappe des portes ouvertes de la grande salle. L'orchestre vient de commencer à jouer.

— Les temps changent, mais les gens dansent encore. Pour combien de temps ?

Il a dit cela sans te regarder, et sa question n'attend pas de réponse. Dans l'air saturé d'humidité, elle pèse, imprègne ton esprit. Tous ces Russes autour de toi, et toi parmi eux, n'êtes-vous pas comme ces insectes autour du halo de la lampe ? Aveuglés, impuissants, perdus. Dans le ton de sa voix perce une tristesse résignée. L'homme le plus riche de Shanghai ne dit pas tout. Que passe-t-il sous silence ? Plus tard, sur la piste de danse, les couples s'enlacent au son d'une valse. Tu aperçois Vertinski, agrippé à sa cavalière en robe à pois. Était-ce elle qu'il cherchait du regard pendant le dîner ? Il semble heureux.

Il y a quelques jours, au Farren's, le nouveau club de Joe Farren, la soirée sur le thème d'*Autant en emporte le vent* a remporté un franc succès. Tu n'avais pas revu Joe depuis l'époque où, séduit par ta beauté, il promettait de t'ajouter au programme du Paramount. C'était compter sans sa femme jalouse. Elle l'avait quitté quelques mois plus tard. Il continue de courtiser les jolies filles. Tout le gratin se presse dans son club pour danser, jouer, boire, oublier que Shanghai s'enfonce dans la nuit depuis que le soleil japonais y brille de force. Tout ça finira mal. En robe à crinoline, ta ressemblance avec Vivian Leigh saute aux yeux. Tu es Scarlett. Comme tout le monde, tu t'es précipitée au Roxy Theatre pour voir le film. Une histoire d'amour sur fond de guerre, à contretemps. Cet été, tu retournes en Corée, avec ton père. À la demande de Valéri, les Iankovski lui offrent un poste de comptable à Novina, nourri, logé, blanchi, loin des remugles d'Harbin. Le ciel bleu de Corée, l'odeur des pins. Tu vas retourner au paradis et Valéri sera là. Tout est encore possible, n'est-ce pas ?

« Je vous aime, Scarlett. En dépit de vous, de moi et de ce stupide monde qui s'écroule, je vous aime. »

Désappartenir

Shanghai, mai 2019

Ce matin, dans le vestiaire de la piscine, trois femmes se douchent, se sèchent et s'habillent. La grand-mère, la mère et sa petite fille. Trois générations unies dans la même nudité. Aucune gêne, pas de serviette pour cacher un bout de sein ou un sexe, aisance dans les mouvements comme si chacune se trouvait seule. Habitude prise par la vie en communauté, certainement, ces appartements exigus où il faut vivre ensemble, assiégé par la présence des autres. Assise sur le banc, les yeux noirs de la petite fille se posent sur les seins et les fesses fripées de son aïeule, tous ces plis qui tombent vers le sol, ces rides qui racontent une vie, annoncent le déclin final. Dans un livre sur les caractères chinois, j'ai lu que l'équivalent mandarin du mot «périnée» signifie «muscle des ancêtres». Lieu de mémoire, de transmission, d'inscription dans une généalogie. Cette petite fille regarde l'endroit d'où elle vient, la matrice d'une longue lignée de femmes, remontant loin, très loin, dans une suite de noms et de destinées qui, un jour, pèserait sur ses épaules sans qu'elle s'en aperçoive.

« Comme des poupées russes, les mères et les filles s'emboîtent et se continuent », m'avait dit la psychothérapeute que j'avais consultée avant de prendre la décision de partir en Chine. Nous avions travaillé sur le complexe d'infériorité éprouvé face à ma mère, sa vie dense, son mariage solide qui rendait l'échec du mien encore plus lourd à porter.

Ma mère nageait très bien, un crawl parfait, régulier. Chaque vendredi, elle nous emmenait, ma sœur et moi, à la piscine municipale, enchaînait les longueurs, ses ongles roses dans l'eau bleue. J'ai toujours admiré sa ténacité, sa détermination. Comme la poche utérine où il y a longtemps battait son cœur à mon oreille, j'écoute l'eau me parler d'elle. Un cordon nous relie de nouveau, ses rêves se mêlent aux miens, ses frustrations à mes peurs, mes hésitations à ses renoncements. Flux et reflux de la vie, combien de temps peut-on lutter ? Je voudrais empêcher ma mère de s'abandonner au courant et trouver le courage de l'affronter.

Dans l'eau, je la sentais libre, déliée, loin du regard exigeant de mon père qui n'aimait pas nager. Ils formaient un couple parfait, avec la chance de s'aimer et de durer. Sont venues ensuite les désillusions professionnelles, les regrets, la peur devant le temps qui passe. Empêchée elle aussi, comme toi, comme moi.

Quand la petite fille tourne son regard vers moi, je lui souris. J'ai envie de lui dire de rester fidèle à elle-même, à son essence propre ; de ne pas succomber aux attentes de sa famille. Est-elle déjà, comme je l'étais, prête à tous les sacrifices pour être aimée ? Bonne élève, polie, gentille, si désireuse de satisfaire un père exigeant et avare de compliments, une mère habitée par ses regrets.

Soudain, j'étouffe dans ce vestiaire mal aéré. En sortant, je me demande si les femmes de ma lignée ont pleinement habité leur corps de femme, si elles ont été heureuses dans les bras des hommes aimés.

Je me souviens d'un poème écrit à la mort de ta mère, où tu évoques sa disparition par l'image du fil rompu :

> [...] *Un soir silencieux, en crêpe de chagrin,*
> *S'est approché et m'a étreinte.*
> *Il a pleuré. Je suis restée debout...*
> *Sur la tombe, une fleur a blanchi.*
> *Je savais depuis toujours*
> *Ce qui arrive sur terre...*
> *Et personne n'a rien dit,*
> *Mais j'ai su : le fil s'était rompu...*

Et tu divorces. Tu romps avec la longue lignée des femmes de ta famille, épouses rangées, femmes de soldat, mères au foyer. La mort de ta mère scelle la rupture avec le modèle maternel. Te voici désormais libre de mener ta vie, et c'est à Shanghai que tu retournes. Tu divorces alors que je n'ai pas osé le faire pendant longtemps.

Cet homme qui m'avait fait une cour enflammée, qui correspondait en tout point à mes attentes, avait fini par devenir celui avec qui tout était sujet de disputes. Je devais faire un effort, j'étais certainement responsable de cette situation. Il ne manquait jamais une occasion de le rappeler, il gagnait à sa cause amis et famille parce qu'il parlait quand moi je ne disais rien. Silence des femmes. Ma mère, ma sœur, soudain muettes. Dans le soleil radieux de cette fin de matinée, je m'interroge : ce que je cherche dans tes journaux, dans ton intimité, n'est-ce pas cette conversation à cœur ouvert entre deux femmes qui se comprennent ? Celle que je n'ai jamais pu avoir avec les femmes de ma lignée. Peut-être aurais-je trouvé plus tôt la force de dire « ça suffit ».

Cet après-midi, malgré la lumière d'un beau soleil de mai, je vais m'enfermer à la bibliothèque de Zi-ka-wei. Ce vieux bâtiment, construit par les Jésuites au milieu du XIXe siècle, se trouve aujourd'hui coincé entre Cao Xi North Road – de la grosseur du périphérique parisien –, un centre commercial et une clinique de chirurgie esthétique. Ses colonnades blanches, ses balcons et ses fenêtres aux persiennes fermées n'attirent pas les foules. Au premier étage, la salle est toujours vide. Longues tables de bois, veilleuses au pied doré, les lattes du parquet grincent à chaque pas. Tous les journaux étrangers publiés à Shanghai y sont conservés, du milieu du XIXe siècle à l'arrivée des communistes. Une manne, partiellement numérisée, que chacun peut consulter gratuitement. Quelle jubilation de tourner les pages de ces vieux journaux et de remarquer, ici et là, une annonce entourée, un mot souligné. J'imagine ces hommes et femmes, arrivés de France, de Russie, d'Allemagne, d'Amérique, qui ont parcouru ces colonnes ; ce papier imprimé qui survit à la somme de leurs intelligences, de leurs beautés, de leurs vies aujourd'hui disparues.

Plongée dans la lecture de tes journaux, je m'étonne parfois de la façon dont tu occultes les tumultes qui agitent le monde et Shanghai à cette période. Tu l'écris d'ailleurs quelque part, ton journal n'a pas vocation à retracer le cours des événements. C'est l'espace où tu te regardes en vérité, sans faux-semblant. Tu en as besoin pour ne pas sombrer et, en même temps, tu doutes de ta démarche : que valent tes épanchements alors que la guerre fait rage ? Pour survivre à cette période traumatisante, ne pas perdre le contact avec soi-même, une autre jeune femme, hollandaise de confession juive, fait le même vœu et commence son journal en mars 1941. Le cheminement intérieur bouleversant d'Etty Hillesum, qui va l'amener à choisir la déportation, débute par un souhait similaire : « livrer le fond de mon cœur à un candide morceau de papier quadrillé ». Etty aussi questionne cette démarche : faut-il avoir honte « d'accorder tant d'importance [...] à ses états d'âme avec toutes ces souffrances autour de soi » ? Et elle y répond : « Je n'y puis rien si je vis. »

Tu envies tes amies qui savent ce qu'elles veulent, tu voudrais des enfants, regrettes de ne pas être celle que tu aurais voulu devenir. Certains passages résonnent tant que je me demande si je ne les ai pas écrits moi-même.

« Encore cette stupide anxiété. Me voici allongée sans pouvoir dormir […]. Parfois, il me semble que quelque chose doit être réparé, quelque chose s'échappe. J'ai peur de la vieillesse probablement. J'ai déjà de nombreuses années à mon actif, et je n'ai rien fait. Mais ces accès de "je n'ai rien fait", je les avais déjà à vingt ans, et à dix-sept ans. »

À la bibliothèque, je recueille des données sur le contexte historique en feuilletant des centaines de pages jaunies.

En hiver 1940, la neige arrive plus tôt que d'habitude. Un matin de décembre, on ramasse six cent cinquante corps dans les rues de Shanghai. Parmi eux, deux tiers d'enfants en bas âge et de bébés. À la lumière de ce que j'apprends dans ces archives, certains passages de tes journaux, des phrases au sens obscur s'éclairent, comme cet extrait d'un brouillon de lettre adressée à Valéri, en mars 1941 : « Dans ces nuits-là, quelque part dans les terrains vagues, sous une lumière illusoire, hurlent des loups, en alerte dans la neige fondue. » La misère, la faim, la mort, l'angoisse rôdent autour de vous, comme des loups au ventre vide. D'autres passages te montrent penchée au-dessus du précipice, désespérée, presque convaincue d'en finir. La lutte pour ta survie te demande une telle énergie et la souffrance autour de toi arrive à un tel paroxysme que les coucher sur le papier, peut-être, leur donnerait trop de poids. À l'automne 1940, tu laisses ton père en Corée et décides de retourner à Shanghai. Après 1933, 1934, tu choisis cette ville pour la troisième fois. Il faut croire que tu t'y sens plus en sécurité qu'à Harbin, plus libre aussi.

De fait, des connaissances de là-bas te mettent en garde : les Russes ne sont plus en sécurité à Harbin. Ceux qui ne soutiennent pas le parti fasciste russe disparaissent sans laisser de traces, avec la complicité de la police japonaise.

En creusant, je découvre que ce parti antisémite, anticommuniste et nationaliste est financé par les Japonais, car il soutient l'idée d'une « Troisième Russie » alliée aux nationalistes japonais et allemands. Les Russes arrêtés servent de cobayes à d'ignobles expérimentations pour la recherche bactériologique de l'Armée impériale japonaise au sein de l'unité 731, à une vingtaine de kilomètres au sud d'Harbin. L'homologue japonais de Josef Mengele s'appelait Shirō Ishii, et il s'est terré longtemps dans les fonds boueux de l'histoire. Pas de procès de Nuremberg, pas de traque. Celui qui a développé, organisé et dirigé l'unité 731 mourra de sa belle mort à Tokyo, en 1959, sans être inquiété. Un accord secret avec le général Douglas MacArthur a été conclu, qui lui garantit l'immunité et le secret sur les atrocités commises à Harbin, en échange des résultats de ses expériences qui intéressent les Américains. Avec la guerre froide qui s'annonce, les armes bactériologiques pourraient devenir stratégiques.

À Shanghai, ton talent commence à percer. Dans les pages d'un numéro du *Shanghaiskaya Zaria* de novembre 1940, je retrouve la critique d'une de tes performances au Lyceum : « [...] Sa danse, pleine de fougue ardente, a été réalisée avec maestro, et le public a bissé Larissa Andersen. »

Mais, au diapason de la guerre qui s'étend partout, ton cœur fait penser à un champ de bataille dominé par l'indécision et la peur. Tes journaux contiennent des brouillons de lettres à Valéri. Quelque chose s'est noué de nouveau entre vous, mais quand ? Comment ? Mystère. Probablement au fil de tes séjours en Corée. Lors de l'hiver 1940, des mots en anglais s'insèrent entre les pages de ton journal, adressés à un mystérieux Mr Nobody : « J'ai toujours rêvé du parfait amour. [...] Je ne peux plus m'apprécier moi-même si vous ne m'aimez pas. »

Il s'agit d'un brouillon de lettre rédigé à la hâte, le matin même où cet Américain te quitte. Tu cries ta colère, dis ne pas l'aimer, vouloir rester libre. Tu t'étais juré de ne pas souffrir quand il partirait ; ce sont tes mots. Mais te voilà en larmes.

Ce soir, je pleure aussi, après ce dîner raté. En sortant de la bibliothèque pour rentrer chez moi, j'ai su que ce serait la fin, un pressentiment. La fin de quoi ? D'un flirt commencé lors d'une soirée alors que j'étais bien éméchée. D'une aventure de quelques semaines qui m'a fait me sentir belle. Puis, soudain, le vide. Pour me le dire, il a attendu la fin du dessert, avec ce regard gêné qui m'a renvoyée à toutes les autres indécisions. Un bon restaurant. Au dessert, sorbet au sirop d'épicéa du Sichuan. L'arôme puissant de résine saturait le palais, et j'ai failli te citer à haute voix tellement cette phrase écrite à Valéri s'imposait d'elle-même : « Parfois, je mâche des aiguilles de pin et toute la forêt est dans ma bouche. »

J'aurais aimé rompre la première, pour une fois. Cela m'aurait un peu consolée de moi-même.

Un jeu dangereux

Shanghai, janvier 1941

DEHORS, LA NEIGE n'a pas cessé de tomber. Blottie en chien de fusil sous la couverture, la respiration de Valéri dans le cou, tu gardes les yeux ouverts dans la nuit. Tu imagines ces flocons nimber de blanc les toits, les angles, les rebords, masquer le dur, le sale, l'aigu, dissimuler une vérité dont le tranchant te glace. Entre Valéri et toi, quelque chose s'émousse sans que tu comprennes pourquoi. La distance redonne à votre amour sa vibration, mais, l'un en face de l'autre, plus rien n'aboutit. Depuis son arrivée à Shanghai pour quelques semaines, les disputes se succèdent. Fêté par tous les amis qu'il reçoit chaque été à Novina, Valéri va de festivité en festivité, passe de bras en bras. Course de lévriers, soirées dans les dancings, matchs de boxe. Après des mois sous la tente, sans se laver, les yeux vissés à ses jumelles, son fusil à la main, dans le vent glacé de la taïga mandchoue, le chasseur s'offre du bon temps. Vous jouez un jeu dangereux, la fausse indifférence de l'un suscite la jalousie de l'autre. Le 1er janvier, tu n'es pas fière d'avoir passé la nuit avec un docteur chauve sans intérêt pour blesser ton prince cruel.

Ce soir encore, tu l'as rendu fou. Tout commence au Lyceum où tu emmènes Valéri pour écouter Vertinski chanter. Lors des présentations à l'entracte, le pédantisme du chanteur agace Valéri, et tu surjoues l'admiration, l'émotion. Dans la salle du restaurant où vous allez dîner ensuite, certains te reconnaissent et leur empressement enflamme sa jalousie. Le trajet du retour vers la chambre d'hôtel se déroule sans un mot. La porte refermée, lumière encore éteinte, il te plaque sans ménagement contre le mur, ouvre ton manteau, ses mains partout à la fois sur ta robe, ses lèvres dures et froides contre les tiennes. Tu le repousses, tu le traites de fou. Le corps en suspens, ses yeux bleus se posent sur les tiens. Il y a de la rage dans son regard. Silence. Tu as peur, tu ne bouges pas. Alors, il s'approche de nouveau, prend ta tête entre ses deux mains. « Si je suis fou, c'est à cause de toi », murmure-t-il avant de baiser tes lèvres. Puis il te soulève dans ses bras, te porte sur son lit. Allongé sur toi, il te mord le cou, garde tes mains prisonnières des siennes. Le râle d'un tigre à l'agonie. Il va et vient, ses yeux arrimés aux tiens, laboure tes entrailles. La douleur et le plaisir dans un cri, tu le supplies d'arrêter, de continuer, de te faire sienne, de ne jamais sortir de toi. Quand il se retire, tu remarques qu'il pleure. Doucement, il rabat la couverture sur tes épaules et se blottit dans ton dos, son bras sur ta taille, sa joue humide contre ton cou.

Agrippés l'un à l'autre, vous somnolez peut-être un peu. Dans la chaleur de son corps, ton cœur tremble d'effroi. Oublier cette soirée et ton mauvais pressentiment, s'endormir dans le souvenir de l'été coréen. Ce dernier après-midi dans la forêt. Dans le ciel encore clair, aux contours ourlés de rose et d'or, comme une pesanteur, la nuit s'annonçait en majesté. Dans l'air vibrait chaque son, bourdonnements d'insectes affairés, aboiements d'un chien au loin, craquements des branches, murmure de l'eau. Valéri avait jeté sa veste sur les aiguilles de pin, appuyé son fusil contre le tronc de l'arbre. La nature vibrait à l'unisson de votre désir, vous apparteniez à la profondeur de l'ombre, à la lumière verte du soleil à travers les feuilles, à la douceur des mousses sur vos jambes nues, à la fraîcheur des pierres sous tes doigts. La tête basculée vers le ciel, le plaisir montait. Il avait la force de la forêt tout entière, sur laquelle dansaient les mains aimées. Elles caressaient avec précaution, sculptaient ton corps à la forme d'un vase précieux, la blancheur de ton ventre sous l'éventail des mains brunes, douceur des paumes, traînée chaude de sa langue. Jamais, non jamais, tu ne t'es sentie aussi vivante que dans la flamboyance de cet été-là, enchâssée dans la beauté du monde par cet homme-forêt, cet homme-tigre qui faisait couler en toi sa force.

Dans les premiers rais du jour, Valéri se lève. Sans un mot, avec délicatesse, il sort du lit. Tu ne bouges pas, les yeux clos, attentive à sa présence dans la pièce, sa respiration, ses gestes pour s'habiller. La porte s'ouvre, se referme, musique de ses pas qui s'éloignent, terreur de l'après.

La musique de tes pas
Et les battements de mon cœur…
Le monde s'est figé.
L'horloge même s'est tue en écoutant
La musique de tes pas
Et les battements de mon cœur
Dans ce monde vide…
– Le bonheur ? – Une halte sur la route
– Ôtez-vous de mon chemin, dit le suivant.
Et il vous pousse dans le dos.

Valéri part rejoindre son ami Evguéni pour l'aider à négocier un contrat avec des Japonais. Mais, au fond de lui, il le sait, il ne s'agit pas d'autre chose que d'une fuite. La nuit a laissé une suée amère, un poids au cœur qui lui donne la nausée. Hurler et pleurer sur cet amour stérile. Où est passée la jeune femme d'il y a presque dix ans, ses yeux d'améthyste sur le tapis des feuilles tombées, biche avide de caresses qui le suppliait de rester avec lui à Novina ? Il ne peut plus supporter de te voir sur scène, ton corps jeté en pâture à tous ces sexes dressés, ces hommes qui te complimentent, la main dans le pantalon. Tu parles de passion, de vocation. La sienne se trouve loin de Shanghai, dans un endroit sauvage. En tant que fils aîné, il est temps pour lui de reprendre le flambeau familial, une femme à ses côtés. Lala chérie, est-il possible que cette femme soit une autre que toi ? Coup au cœur, il chancelle, l'air se raréfie, la peau brûle. Il ne se reconnaît plus. Hier soir, il a cédé à la violence, lui, toujours si maître de ses émotions.

Et resurgissent les trois griffures laissées par le fouet sur le dos blanc de Véra. Elle criait, tapait des pieds et des poings, hurlait qu'il courait après tous les jupons de Corée. La dernière année de leur relation, ce genre de scènes se multipliaient. Il avait toujours été patient, avait ravalé sa honte devant ces étalages publics. Il lui était fidèle et ne supportait plus sa jalousie maladive. À bout de patience, il l'avait frappée. C'était arrivé une fois, une seule. Souvenir honteux, pitoyable. Valéri s'était juré de ne plus jamais porter la main sur une femme. Mais hier, dans sa fureur, dans son impuissance, il aurait voulu dompter cette femme aimée, sauvage, indépendante, qui lui échappait. Devant son échec, il fait ce qu'il n'a jamais fait et ne fera jamais plus, il fuit. Oui, c'est la seule issue.

Les yeux fermés, tu l'imagines encore là, allongé contre toi. La publication de ton premier recueil devrait te donner des ailes, mais c'est tout le contraire qui arrive. La faute à la guerre qui se répand d'un bout à l'autre de la planète et à un amour qui, pour une raison qui t'échappe, reste empêché.

«Je m'use en bagatelles, je m'use complètement, jusqu'à la corde, et quelque chose de grand et d'important, quelque chose de vivant en moi et en dehors de moi […] ne se dépense d'aucune façon et se retourne contre moi.»

Fil rouge

Shanghai, été 2019

Dans ces enveloppes bleues dont l'adresse indique
Une terre ensoleillée, lumineuse, lointaine,
Se trouve la tristesse du perdu, le souvenir de la joie,
Tes lettres.
Notre idylle enfantine, gaie et insouciante,
Abandonnée par la mémoire, au printemps trop vite passé.

DEVANT MON CAFÉ froid et ce poème que je relis dans le recueil *Seule sur le pont*, je pense, non pas à l'homme épousé sur un coup de tête, mais au premier, embrassé sur un quai de gare. Ce premier amour semble contenir tous les autres. Parfois, je me demande si son inachèvement n'expliquerait pas les échecs qui ont suivi. Depuis que je chemine avec toi, cet amour de jeunesse n'a jamais autant occupé mes pensées.

« Prendre du recul », « faire le point », « se décider », autant de termes qu'il a alignés devant moi un matin, comme les médicaments que ma grand-mère disposait un à un dans son pilulier. Après deux ans d'un bonheur que je pensais parfait, il acceptait un premier travail aux États-Unis. Aucune obligation, il décidait de son plein gré de partir loin de moi. J'étais encore dans mes études, impossible de le rejoindre. Mes protestations n'ont rien changé. Entre la colère et la patience, déjà à cette époque, j'avais choisi la dernière. Jalouse de son enthousiasme, indifférente à ses succès professionnels, je me réveillais en pleurs dans le rêve dissipé de ses bras, de son odeur, du goût de ses lèvres.

L'homme de la première fois, l'homme du cœur brisé. « La tristesse du perdu, le souvenir de la joie ». Un matin, il y a eu ce dernier mail, des mots-couteaux qui ont taillé en pièces l'idée même du bonheur, annonçant un immense blanc, un silence effrayant. Tout plutôt qu'éprouver de nouveau cette douleur jaillie du ventre, qui vrillait, vrillait, m'avait fait perdre l'équilibre. Après une longue errance dans les rues du quartier, j'avais fini par m'effondrer littéralement sur le parvis d'une église. Vertige de ces mois interminables à envisager l'inconcevable : une vie sans lui. Paris tout entier tanguait, devenait invivable, chaque mur en miroir me renvoyait son absence, j'avais mal à en crever. Fuir, trouver refuge quelque part, dans mes études, dans d'autres bras, oublier pour quelques heures, pour une nuit, la douleur de l'amputation.

Tamara conserve religieusement tes albums photos. À Vladivostok, j'ai pu en feuilleter quelques-uns. Une photo semble avoir été prise en Corée, à l'été 1941.

Tu es assise sur un rocher, de profil, le bras droit sur ton genou, la main gauche appuyée sur la roche. Derrière toi, des arbres ; à droite, des chutes d'eau. La précision du premier plan permet de compter les feuilles des arbrisseaux, de sentir l'écorce sèche de l'arbre et la mousse sous ta main. Tu sembles happée par la beauté de ce qui t'entoure, tes yeux dévorent l'horizon. Plus je regarde cette photo, et plus je te sens chez toi, à l'abri, dans cet écrin de verdure, d'eau et de soleil, « terre ensoleillée, lumineuse, lointaine ».

La Corée du Nord était ton refuge, ce lieu où l'on s'enracine, où l'on reprend des forces. J'ai du mal à imaginer que ce pays fermé était alors ton paradis. La propriété des Iankovski se trouve aujourd'hui dans une zone classée secret-défense, probablement réservée à des essais de missiles. Le directeur du journal où travaille Tamara, pourtant bien introduit en Corée du Nord, n'a jamais eu l'autorisation de s'y rendre. De là où tu es aujourd'hui, cela doit te plaire. Comme l'oiseau dans le ciel, tu voulais ne rien laisser de ton passage. D'ailleurs, tous tes abris ont un point commun : ils sont inaccessibles.

Vladivostok : ville interdite d'accès pendant plus de trente ans par les Soviétiques.

L'île Rousski : zone militaire, base de la flotte soviétique du Pacifique, ouverte de nouveau au public dans les années 2000.

Shanghai : ville fermée aux étrangers pendant presque vingt ans.

Ces sanctuaires vivent, éternels, dans tes écrits.

Fin septembre 1941, tu reprends un bateau pour Shanghai. Sans le savoir, tu embarques sur l'un des derniers. Avec la guerre du Pacifique qui se profile, les liaisons maritimes seront interrompues pendant plusieurs années. Que serait-il advenu si tu étais restée en Corée ? Au regard de ce qui s'est passé ensuite, quel chemin aurais-tu choisi si le destin t'avait mis les cartes en main ?

Derrière la baie vitrée du café où je me tiens assise, de l'autre côté du trottoir, des petites grands-mères se sont installées sur un banc. Quelques-unes en fauteuils roulants ferment un cercle au centre duquel trônent deux landaus, négligemment bercés par la plus valide. Dans la mythologie chinoise, m'a raconté Léa, un vieillard, barbe blanche et canne à la main, est chargé de déterminer les alliances matrimoniales. Il sort avec la lune et part à la rencontre des nouveau-nés. D'un fil rouge invisible fixé à un doigt, il unit une jeune âme à une autre. La vie se dévide, le fil s'emmêle en pelotes, s'étire d'un point à l'autre de la planète, mais il ne casse jamais. A-t-il déjà lié de rouge les destins de ces bébés-ci ?

Derniers jours au paradis

Corée, fin septembre 1941

S'étire, se tend, le fil fragile
Qui nous relie à la ville.
La mer déroule fièrement
Son bruissant rouleau bleu-vert.
Des aiguilles miroitantes tissent le chemin ensoleillé,
Le bateau respire par les branchies de ses bords,
Et se rompt le factice fil de soie
Qui nous a unis à la ville…
Ce soir, dans le ciel, il y aura des étoiles […]

TON STYLO GRATTE le papier, raye un mot, en ajoute un autre. Une rime surgit, le poème prend forme. Il évoque ta joie lors du voyage en Corée, en juillet de cette année 1941, ce soleil sur le pont du *Tientsin Maru* et la mer, enfin !

Te voilà déjà sur le bateau du retour, direction Shanghai. Mais comment partir de Corée sans revoir Valéri ? Il a quitté Novina à la fin du mois d'août pour une chasse. Enfin, une lettre arrive, adressée à son père. Apparemment, Valéri ne sait pas quand il sera de retour, peut-être pour les fêtes de fin d'année. Dans ce cas, tu ne veux pas abuser de l'hospitalité des Iankovski, la présence de ton père ici suffit à souligner leur extrême bonté à l'égard de ta famille. Si Valéri n'est pas là, quelle raison as-tu d'y être ? C'est la question que tu devines dans les yeux bleus de Iouri Mikhaïlovitch chaque fois qu'ils se posent sur toi. Tu as plusieurs fois différé ton départ, en vain. Encore une fois, tu écris à Valéri.

Il faut rentrer à Shanghai, cette prison où tu cherches sans cesse le ciel, oppressée par les rues étroites, les toits qui se succèdent, où seuls résonnent le tintement des verres et les rires gras. Shanghai et l'hiver froid qui s'annonce, les odeurs rances, les figures fardées et les rires faux.

Ce séjour en Corée, au moins, a tenu ses promesses. Ton sanctuaire t'a emplie de nouveau d'odeurs, de ciels infinis et de joie. Tu n'as jamais vu le domaine de Novina aussi beau. Neuf années ont passé depuis ton premier séjour, mais l'émerveillement est intact. La mère de Valéri, Margarita Mikhaïlovna, repose désormais dans le petit cimetière, sous le pin. De nouvelles datchas ont été construites pour accueillir les vacanciers, la salle à manger peut désormais recevoir jusqu'à cent personnes. Tout est plein. Comme avant, les montagnes se taisent, les cascades chantent. Tu as profité aussi de Loukomorié, le domaine en bord de mer. Tu es restée des heures allongée sur le sable, les cheveux collés par le sel, écrasée par l'immensité du ciel. Sur un rocher, en face de la plage d'Orini, un chevalier au visage mélancolique se montre quelques minutes par jour. Ses traits, figés dans la pierre, apparaissent avec le soleil. Tu n'as que la rivière à traverser pour lui baiser les lèvres. C'est la seule romance de cet été finissant. Avec l'automne, la forêt explose de couleurs, un embrasement interrompu seulement par la dentelle des rochers et des à-pics.

« Valéri, je me sens plus fraîche, plus pure, plus claire, comme un jour d'automne après ces promenades. Aucune passion ne vient me tourmenter. »

Mais ne voudrait-il pas t'emmener chasser avec lui ? continues-tu dans un brouillon de lettre qui lui est adressé. Tu aboierais à ses pieds, comme un chien de chasse. Ou alors tu serais la biche. Pourvu qu'il reste avec toi, tu es prête à te plier à ses volontés. Laisser des empreintes dans ces bois et ces montagnes, pour que, toujours, le chasseur remonte jusqu'à toi.

La jeune et douce Irma te fait penser à un iris. Depuis presque dix ans, elle habite avec sa mère et son beau-père sur le domaine de Novina où ils ont acheté un bout de terrain et fait construire une maison. Beaucoup plus jeune que toi, vous ne vous connaissiez pas beaucoup jusqu'à ce séjour forcé d'une dizaine de jours en Mandchourie en juillet dernier, dans cette petite ville proche de la frontière coréenne, espérant chaque jour avoir enfin l'autorisation de monter dans un train pour le nord du pays. Elle rentrait chez elle à Novina, tu allais y passer l'été. Elle a dix-sept ans, tu l'aimes comme une petite sœur. Orpheline de père à six ans, fille unique, elle a suivi le même chemin d'exil que toi : Vladivostok puis Harbin. C'est Valéri, averti par un missionnaire, qui est venu vous sortir de là. Il semblait la voir pour la première fois et s'est étonné de votre ressemblance. Elle t'a promis de t'écrire régulièrement, de te donner des nouvelles puisque les hommes ne savent pas le faire.

Le 19 septembre, la ville de Kiev est tombée aux mains des Allemands. De quel massacre a-t-elle été le théâtre ?

Là-bas, il y a le froid, la mort, la souffrance et le sang [...]
Nous chuchotons : Kiev... prise ou pas prise ?
Manille, l'Adriatique, Grenade
Nous sont inutiles. Le monde entier s'avère inutile...
Un pays, nous avons besoin d'un pays,
Celui pour lequel nous n'avons pas de visa.

Peut-on chasser les nuages qui s'amoncellent à coups de lettres, de poèmes ? Ainsi s'achève ta lettre à Valéri : « Comme c'est triste de ne pas savoir quand nous nous reverrons. Mais nous allons espérer dans le destin. Peut-être se lassera-t-il un jour de nous nuire ? »

Panier de crabes

Shanghai, septembre 2019

À LA FIN DU mois de septembre, les échoppes sur Wulumuqi Road font peau neuve pour accueillir les crabes poilus. Les aquariums installés, les vendeurs s'agitent, entassent des caisses en bois sur le trottoir, lient des pattes et des pinces du matin au soir. Les Shanghaïens raffolent de ces crustacés qu'ils dégustent avec du vinaigre au gingembre. Il paraît que c'est bon. L'aspect répugnant de cette multitude battant l'eau sale des aquariums m'empêche de le confirmer. Ils se montent les uns sur les autres, tentent d'escalader la vitre, étouffés par leur nombre, obnubilés par une idée fixe : sortir de là vivants. Tous finissent ligotés par une ficelle noir et blanc, alignés dans des boîtes en carton et expédiés vers des bouches qui recracheront les débris de leur carapace dans un rot satisfait.

Dans le Shanghai trouble des années de guerre et d'occupation japonaise, à la manière des crabes de Wulumuqi

Road, les habitants de Shanghai s'agitent désespérément pour survivre.

Là, où il y a du bruit, la foule et l'urgence
Où chacun lutte pour le succès.
Où je ne suis qu'un pion rentable
Sur l'échiquier des distractions des hommes. [...]

Il y a les Japonais, les espions, les aventuriers prêts à tout, les opportunistes sans foi ni loi, les fascistes russes proches des nazis. Les Russes, apatrides, ne savent où poser les pieds. Dans une lettre ouverte, L. V. Grosse, fils du responsable du Comité des Russes réfugiés, se décrit comme « Russe pro-soviétique qui défend la cause alliée et respecte les autorités japonaises ainsi que le pacte de neutralité japonais-soviétique ». Sa position est aussi confortable que celle du fakir dansant sur des charbons ardents.

En juin 1941, l'opération allemande Barbarossa permet d'unifier les voix au sein de la communauté russe émigrée de Shanghai. Qu'ils soient pour ou contre les Soviétiques, la grande majorité soutient leur patrie, piétinée par les chars allemands.

À Shanghai cohabitent des Juifs réfugiés et des nazis qui tentent de convaincre les Japonais de les éliminer ; des Russes blancs et des Soviétiques qui s'unissent contre la menace allemande ; des Français vichystes et gaullistes ; des Japonais qui occupent un territoire chinois, et qui font front commun avec les nazis contre les Alliés ; des Chinois pro-japonais, pro-Kuomintang ou communistes ;

des Américains, Anglais, Hollandais qui deviennent les ennemis du Japon au lendemain de l'attaque de Pearl Harbor ; des Français épargnés parce que leur consul représente le régime de Vichy. Chaos surréaliste, cohabitation dangereuse.

Tu danses au neuvième étage du Cathay, propriété de Victor Sassoon. Naturalisé anglais, sir Victor participe à l'effort de guerre allié en reversant au British War Fund une partie des bénéfices de tes danses au Tower. Ton nom apparaît dans les journaux anglophones. C'est risqué. Dans ce même hôtel, et pour toute la durée de l'occupation japonaise, la chambre 741 est le quartier général d'Evguéni Mikhaïlovitch Kojevnikoff, *alias* capitaine Eugene Pick, *alias* Eugene Hovans, bandit et espion à la tête d'un réseau de près de deux mille agents qui terrorisent la ville. Letton d'origine, Kojevnikoff travaille pour le mieux offrant. Il vend ses informations aux Soviétiques, aux Anglais, au Service de renseignement de la Navy, tout en continuant de travailler pour les Japonais… Connu au sein de l'émigration russe, il apprécie la danse et le chant lyrique à ses heures perdues et fréquente assidûment le Lyceum, où il recrute de nombreux agents. Il t'a vue danser, c'est sûr. Vous vous connaissiez certainement.

À quelques centaines de mètres, dominant l'hippodrome (devenu la place du Peuple), tu danses au Park Hotel. Au seizième étage, le baron von Puttkamer, à la tête du Bureau d'information allemand, relaie abondamment la propagande nazie. Pour aller de l'un à l'autre, tu empruntes

Burkill Road et passes devant le Paulus Hospital où s'installe le Dr Neumann, qu'on appelle aussi « le boucher de Buchenwald ». En mars 1943, lors d'une conférence à Shanghai, il fait part des résultats de ses recherches sur la physionomie raciale. Il peine à contenir sa violence. Sa femme fuit le domicile conjugal, un doigt en moins, arraché par le chien qu'il lance sur elle. Au printemps 1941, le colonel Josef Meisinger, « le boucher de Varsovie », tristement célèbre pour sa cruauté en tant que chef de la Gestapo dans la capitale polonaise en septembre 1939, arrive à Shanghai. Quelques mois après leur mariage, sa femme pense déjà au suicide. Ces hommes vont au théâtre, dans des clubs en vue. Ils t'ont croisée, t'ont peut-être admirée sur scène, un cigare à la main, dans la pénombre d'une salle de spectacle. Savais-tu que tu dansais devant des ogres aux mains rouge sang ?

Shanghai bouillonne, vomit des cadavres, assassinés, morts de faim, terrassés par la fièvre. Parfois, la nuit, des crissements de pneus trouent le silence de certaines insomnies, des camions roulent à toute allure. Rosita, ton amie chinoise, danseuse elle aussi, te confirme qu'ils emportent ou déchargent ceux qu'on ne reverra jamais, ou si abîmés qu'on souhaiterait pour eux qu'ils ne se réveillent pas. Il est des adresses qu'on ose à peine chuchoter. L'un de ces mystérieux trous noirs est le 76 Jessfield Road, aussi appelé « numéro 76 », villa entourée de barbelés dans les quartiers ouest de la ville, siège des services secrets chinois à la botte des Japonais. L'autre, Bridge House, se trouve au nord de la rivière Suzhou, à un pâté de maisons du

Garden Bridge, un immeuble dont les appartements, transformés en cellules, sont le théâtre des tortures japonaises les plus raffinées.

Larissa, as-tu entendu leurs cris ? Y pensais-tu en dansant devant leurs bourreaux ? Aujourd'hui, certains vieux résidents du quartier continuent de traverser la rue plutôt que de longer l'immeuble. La terreur a la mémoire longue. C'est peut-être ce qui me fascine tant dans l'histoire, cette bombe à retardement qu'est la mémoire collective. Les contemporains ne voient pas, ne savent pas (ou ne veulent rien savoir et rien voir). C'est aux générations futures qu'il revient de porter le poids de cette mémoire. Elle pèse ou fait défaut, arrive-t-on jamais à atteindre un point d'équilibre ?

Je m'immerge dans les livres d'histoire et dans les journaux archivés de l'époque. J'ai besoin d'avoir une image à peu près nette de ce chaos qui sert de toile de fond à ta vie pendant ces années. La matière historique du présent est absente de ton journal. En décembre 1941, au lendemain de l'attaque de Pearl Harbor, les troupes japonaises envahissent les concessions française et internationale. Au Shanghai Club, symbole même de l'hégémonie britannique, les soldats scient les pieds des billards pour les mettre à leur hauteur. À partir du 13 décembre 1941, la police japonaise force les ressortissants britanniques, américains et hollandais à s'enregistrer et à porter des brassards rouges indiquant leur nationalité. Leurs comptes en banque sont gelés. Les hôtels, night-clubs, cinémas, restaurants et bars leur sont interdits. Les maîtres d'hier vont apprendre à vivre comme leurs anciens domestiques.

Dans les premiers mois de 1942, les habitants reçoivent des cartes de rationnement et font la queue pendant des heures pour une ration de pain, de riz, d'huile. « Bien sûr, nous n'avons pas d'œufs, ni de beurre, ni de lait [...] et même pas de pain. Le pire, c'est de vivre sans fruits », écris-tu à ton père en Corée. Dans les cinémas, plus question de rêver devant les stars d'Hollywood : les films américains et anglais sont bannis, remplacés par des films de propagande allemands et japonais, entrecoupés de nouvelles du front relatant les victoires de l'Axe en Europe et dans le Pacifique. Tu continues d'envoyer du courrier à ton père, à Valéri, aux amis. Tu rédiges les brouillons dans tes journaux, et je me demande toujours si ces lettres ont bien été envoyées. Tu y évoques ta jeunesse disparue dans l'exil et ses difficultés, le poids de la solitude, l'absence de travail : « Il y a beaucoup d'artistes et pas de place », les amies qui ont des enfants : « Toutes en ont un, même Victoria Iankovskaïa. Et moi, je suis un cafard. » Tu rêves de la Corée, demandes que les affaires que tu y as laissées, notamment tes journaux intimes, soient entreposées chez Valéri. Tu n'imagines pas ne pas retourner un jour à Novina.

En février 1943, les Japonais mettent de l'ordre. Les réfugiés apatrides arrivés à Shanghai après le 1er janvier 1937, juifs en grande majorité, sont parqués dans un ghetto du quartier de Hongkou, au nord de la rivière Suzhou. Ils y restent jusqu'à la fin de la guerre, dans des conditions précaires et sous la surveillance de militaires japonais.

Les Russes blancs y échappent, arrivés pour la plupart bien avant 1937. Le pacte de neutralité signé par le Japon et l'URSS a certainement dissuadé les Japonais d'envoyer au ghetto les Russes, dont certains sont soviétiques. Puis c'est au tour des ressortissants de pays alliés – Américains, Australiens, Anglais, Canadiens, Hollandais – d'être internés dans l'un des vingt camps qui entourent la ville ; neuf mille civils y sont parqués sous bonne garde. Shanghai devient une prison aux rues sales. Ses habitants vivent dans la peur, le manque, le noir. Pour une fois, il n'y a plus de races, plus de classes, plus de riches et de pauvres, et les Russes sont peut-être les mieux lotis. Ne sont-ils pas les seuls, ou presque, à marcher encore libres ?

Là, parmi tous ces crabes affolés par l'odeur de mort et de pourriture, tu t'efforces de survivre et tu rassures ton père : « Ne t'inquiète pas pour moi, je ne disparaîtrai pas. »

Tout est consommé

Shanghai, 24 avril 1943

« VALÉRI, JE VIENS de te voir en rêve. Je te disais adieu. Nous disions adieu aux années de notre jeunesse. »

Les mots dansent sous tes yeux avec les lignes bleues du papier. Ton écriture te semble déformée, plus grosse que d'habitude. Tu t'es réveillée en sursaut, des larmes plein les joues. Par les mots, tu veux fixer ce rêve avec Valéri, avant que l'oubli, le sommeil, l'inconscient n'en dissipent les contours. Tu frissonnes sous ta chemise de nuit. Dehors, il fait encore nuit. C'est la première fois que Valéri t'apparaît en rêve depuis que tu as appris la nouvelle. Cette lettre est la bonne, tu pourras jeter toutes celles que tu n'as pas envoyées, entassées sur ta table.

« À présent, j'ai du mal à t'écrire. Tu le comprends n'est-ce pas ? Et c'est encore plus dur de songer qu'à l'avenir je vais devoir t'écrire avec une certaine indifférence.

Cher Valéri, je t'envoie tous mes vœux pour ton mariage, ton anniversaire, Pâques, et te souhaite le meilleur. Tout cela est vrai, je souhaite sincèrement ton bonheur, et je sais que tu seras heureux avec Vérotchka. Transmets-lui mes salutations. »

Vérotchka. Véra Sergueievna Maslakova. Tu te souviens d'elle, bien sûr. Elle venait à Novina avec sa mère en vacances. Folle amoureuse de Valéri, cela se sentait.

Valéri se marie. La lettre où il t'annonce son mariage se trouve avec les autres, dans ton tiroir. Toutes dans leurs enveloppes, pour garder plus longtemps l'odeur de forêt qui émane du papier.

Dire que tu as rêvé il y a peu du fils que vous auriez ensemble. Ne t'avait-il pas conseillé d'avoir un enfant ? Cela t'apaiserait, chasserait tes idées noires. Il le sait, pourtant : c'est avec lui que tu veux cet enfant. Maladresse des hommes qui se débattent avec l'amour des femmes, qui ne savent pas comment faire. Dans l'une de tes lettres, tu te décrivais chienne allongée sur le flanc, léchant ses petits, boules de poils aux museaux humides. L'image avait plu à Valéri.

Comment en êtes-vous arrivés là ? Tu tournes les pages de ton journal, retrouves le brouillon de ta lettre à Valéri du 7 octobre dernier. Tu avais regretté de l'avoir envoyée, trop lucide, trop triste, trop réelle. A-t-on besoin de mettre l'aimé à distance pour mieux écrire ce qui nous lie ? Quelque chose vous avait été donné, un grand amour. Mais – indécision ? lâcheté ? – vous n'avez pas saisi le cadeau qui vous a été fait, et la vie a repris ses cartes. Ce qui était possible à ce moment précis ne l'a plus été ensuite. Comme tu l'écrivais à Valéri, cet amour « a longtemps erré dans le non-dit [...], dans le non-vécu, suspendu entre les lignes, entre la réalité et le rêve, ne s'est pas encore transformé en ce qui n'existe pas et ce que nous ne pouvons pas saisir. [...] Notre amour est un fantôme ». Dans ce brouillon, tu te remémores l'hiver 1933, ce premier hiver à Shanghai après l'éblouissement de votre rencontre. Neuf ans plus tard, vous vous tenez devant cette béance que rien n'est venu combler, que rien ne remplacera. Dans ta lettre du 7 octobre, tu écrivais encore :

« Valéri, quelque part, dans le pays des rêves, vit encore pour toi la jeune fille aux yeux bleu nuit, tendre, dévouée, amoureuse. Tu l'aimes là, au cœur des montagnes vertes saturées de soleil, d'eau et d'air... »

Nous vivons nos rêves, nous rêvons nos vies. Valéri se tient là, dans le pays des possibles avortés, des bonheurs suspendus. À Novina, tu imagines la petite église en haut de la colline, aux frontons décorés de branchages et de fleurs. C'est l'été dans ton paradis. La mariée s'avance, et elle n'est pas toi. Et Irma ? Faut-il faire part de tes doutes à Valéri ? Dans les lettres qu'elle t'adresse, Irma le mentionne avec la fougue et l'innocence de ses presque vingt ans. Elle l'aime, c'est sûr. Et lui ? S'en est-il rendu compte ?

Comme le vent dehors, la réalité siffle, menaçante. Tout à l'heure, il faudra se lever, malgré le sang qui mouille tes cuisses. Il faudra danser, malgré la douleur, mensuelle, du bonheur perdu, de ce qui aurait pu advenir et coule, inutile. Ainsi s'achève ta lettre de félicitations :

« Au fait, la pierre est tombée, celle qui ornait la bague que j'ai portée avec bonheur ces neuf dernières années. »

Tout est consommé.

Voir l'invisible

Shanghai, automne 2019

SHANGHAI SOUFFRE D'UN syndrome aigu d'exhibitionnisme. L'impudeur est partout, qui émousse la vue et affadit les goûts. Dans la rue, les sous-vêtements virevoltent sur des fils au-dessus des têtes ; un homme se brosse les dents, accroupi sur le trottoir, et crache sur la route ; les shorts des jeunes Shanghaïennes ne sont pas micros, ils sont invisibles ; un homme rote quand il est satisfait, crache quand il en a envie, remonte son tee-shirt sous la poitrine quand il a chaud. Sur Wulumuqi Road, le restaurant de *hot-pot* – sorte de fondue à la chinoise où légumes et viande, tranchés finement, sont plongés dans un bouillon – installe son atelier de coupe de viande sur le trottoir. Je zigzague entre la hache et le billot pour passer, évitant du regard la caisse rougie où s'entassent les abats. Les écrans sont partout : dans les mains, les centres commerciaux, les restaurants, les cafés, les ascenseurs, les salles d'attente, les rames du métro, et même projetés sur le tunnel noir entre deux stations. Des jeunes gens tapageurs et blasés sortent d'une Porsche Panamera rose métallisé, escarpins ornés de strass, décolleté ou chemise ouverte, habitués à tout s'offrir. On se pavane. On achète la jeunesse, le confort, les rêves, le futur.

Dans cette débauche, j'apprends à voir ce qui est caché, je découvre la beauté d'un mur de brique. Dans la propriété de Mme Guo, la plus ancienne maison de Shanghai, perdue dans un entrelacs de rues piétonnes au sud-est de la vieille ville chinoise, on trouve des petites briques grises. La maison a été construite sous la dynastie Ming par un haut dignitaire proche de la famille impériale. Le propriétaire suivant est un lettré, et sa bibliothèque constitue son trésor le plus précieux. Il fait construire un mur d'enceinte plus haut que les remparts qui gardent la vieille ville, afin de la protéger des incendies fréquents. Récompensé par l'empereur Qianlong pour son immense travail d'édition, il prend sa retraite dans cette maison, seul, entouré de ses livres et de ses peintures. D'où le nom de la maison : *Shu Yin Lou* – « la bibliothèque de l'Ermite ». Sur le mur d'enceinte encore debout, les briques s'emboîtent les unes dans les autres, offrent aux regards une tranche ou une face, granuleuse, identique. En apparence seulement. Car, dans l'épaisseur du mur, certaines cachent un secret. Gravés ou embossés sur la brique, une date, le nœud du double bonheur, un animal protecteur, comme un sceau, leur donnent soudain une autre dimension.

— La démarche est la même avec cette enquête sur les traces de Larissa, dis-je à cette amie venue visiter *Shu Yin Lou* avec moi. Dans les témoignages sur Larissa ou dans ses souvenirs, sa vie se présente comme un mur de briques lisses, un conte de fées dont les aspérités ont été aplanies. Mais, en scrutant chaque brique, je distingue des éraflures, des éclats, tout ce qui ne se révèle pas au premier regard. J'ai besoin d'en savoir plus, ça me fait du bien.

Je voulais répondre à sa curiosité au sujet de mes recherches, mais je regrette aussitôt cette envolée.

— Mais pourquoi ? Tu n'as jamais connu cette femme, elle n'a aucun lien de parenté avec toi. Elle a vécu à Shanghai il y a plus de quatre-vingts ans…

Nous déambulons dans les ruelles de l'ancienne vieille ville chinoise. Certains de mes amis ne comprennent pas le temps que je consacre à mes recherches sur Larissa. Au fond de moi, je sais pourquoi il me faut délimiter les contours de ton ombre : tu me rassures. Dans tes journaux, je te vois lutter avec tes doutes, tes angoisses, ta mélancolie, ton indécision. Soudain, la solitude ne m'effraie plus. Quelqu'un est passé par là avant moi et y a survécu.

Derrière le rêve de l'homme idéal, les aventures te laissent amère, vide, insatisfaite. Les hommes te tournent autour, sans répit. Ils sont ceux que tu attends et qui ne viennent jamais, ceux que tu épouses et qui ne t'aiment pas assez, ceux que tu appelles et qui n'entendent pas, ceux qui te désirent et que tu n'aimes pas. Ils sont égoïstes, enfantins, faibles, violents, intéressés, jaloux, amoureux. « Sommes-nous vides sans hommes ? », s'interrogeait Marceline Loridan, rescapée de Birkenau, grande amie de Simone Veil. D'une liberté farouche, elle rejetait la vie de couple, pointait du doigt cette quête de l'âme sœur, stérile, où les femmes s'enferment. Pour elle, les relations sexuelles devenaient remparts contre le vide, découverte progressive de ce qu'est le plaisir, l'abandon.

De ton côté, le corps aspire aux caresses, mais le sexe s'avère frustrant, sans plaisir. Tu t'interroges, voudrais comprendre pourquoi certaines femmes y accèdent et d'autres non. Sont-elles moins exigeantes ?

« Vraiment, il va falloir que je lise un livre sur le sexe, car surgit en moi un puissant désir de passer par beaucoup de pratique. »

Seule, avec des hommes, tu ne le précises pas. Je te sens perdue, tiraillée entre une soif d'amour que rien ne semble pouvoir étancher, et une sensualité qui te pousse vers des liaisons décevantes. Tu sublimes la vie avec un homme et tu prends la fuite aussitôt. Cette vie-là installerait la sécurité, redonnerait confiance en soi, permettrait l'enfant. Mais tu n'es pas prête à sacrifier ta liberté.

Et la mienne, qu'en ai-je fait ? Je te vois décider, faire des choix, avancer. Je me vois attendre, laisser d'autres choisir pour moi, stagner. Installer une sécurité, n'est-ce pas ce qui m'a poussée à ce mariage stérile ? Faire plaisir aussi, rentrer dans un schéma familial, y trouver une autorisation d'exister. Et cette culpabilité, monstrueuse, d'échouer là où les autres semblent réussir sans effort : se marier, avoir des enfants, éprouver du plaisir avec l'homme que je me suis choisi. J'entends mes parents, leur déception.

Désir. Dévorant, coupable, dangereux même, à chaque histoire tu laisses un peu de toi. Tu t'interroges sur le lien entre l'âme et le corps, le sexe qui embrouille tout – « un domaine qui peut se transformer en paradis ou en enfer. » Ne faudrait-il pas voir ce dernier comme une force à sublimer ? Oui, mais comment ? Le manque chez toi ne mène pas à la sainteté, bien au contraire.

« Hier, je me suis encore saoulée et j'ai pleuré. J'aurais tellement voulu avoir quelqu'un qui me dise : Ça suffit ! On rentre à la maison. Je l'aurais écouté. Je ne veux aucune indépendance, et en même temps je veux être celle qui décide. »

Tu cherches l'oubli dans d'autres bras, tu t'y jettes à corps perdu quand j'ai peur de souffrir de nouveau. Les amants se succèdent, et il n'est pas impossible que tu jettes ton dévolu sur certains par nécessité. Tu dois survivre en temps de guerre, seule, dans une ville dangereuse, avec un père à charge, et pas ou très peu de travail. Pendant presque trois ans, de 1943 à 1946, tu habites chez un Français plus âgé que toi. Dans ton journal, tu n'écris jamais ni son prénom ni son nom, il reste « le Français ». Il occupe un poste important, vit seul et te propose le gîte. Aucune information sur votre rencontre ni sur le pourquoi de cette colocation. Sa proposition d'habiter chez lui semble inclure une place dans son lit de temps en temps.

Le rêve du retour

Shanghai, décembre 1943

Tu as pédalé dans la ruelle, tourné à droite. Tu loges dans la maison du fond, celle du Français. Ta bicyclette appuyée contre le mur du jardin, tu rentres par la porte vitrée du salon. Tu souffles dans tes mains pour les réchauffer. Dans l'obscurité, ton chat miaule et vient se frotter contre tes jambes. Pas un bruit à l'étage, le Français dort certainement. Il est tard, presque 23 heures, un vendredi soir. Là-bas, dans ce garage aux fenêtres occultées du quartier de Hongqiao, tous les anciens ou presque du cercle poétique La Jeune Tchouraevka, rebaptisé Cercle du Vendredi, se tenaient serrés dans la pénombre, attentifs à l'éclosion d'une rime. Comme toi, ils ont fui Harbin et vivent désormais à Shanghai. Vous n'avez pas vu le temps passer. Tombent les bombes, retentissent les sirènes, émane de la terre une odeur de mort et de sang. À la lueur d'une bougie, vous faites jaillir le mot juste. Tu ne renoncerais pour rien au monde à ces quelques heures de répit.

Ivre, cruelle et exaltée,
Exténuée, pauvre, malade,
Ma patrie que je ne peux voir –
Que je t'aime ! Que je te déteste…

Tes vers ont plu, ils se sont échappés de ta bouche dans un nuage de buée, ont vibré dans le froid. La Russie vous obsède tous. Nikolaï Peterets n'a pas caché son soutien aux Soviétiques, il a fait une demande de passeport.

— Natacha Ilina a accroché un portrait de Staline dans sa chambre. Elle dit qu'elle croit en lui, as-tu fait remarquer.

Tu as omis de préciser que le visage autrement plus séduisant de Gary Cooper égaie les murs de la tienne.

— Bien sûr qu'il faut croire en lui, Lara ! s'est écrié Nikolaï. Il défend la patrie contre l'envahisseur allemand, comment ne pas espérer qu'il triomphe ? Tu verras, après la guerre, il nous fera tous revenir. Il est temps de s'unir de nouveau. Russes, nous sommes tous russes, un seul peuple, que ce soit à l'intérieur ou à l'extérieur des frontières.

— Et tous ces bruits qui courent sur sa cruauté ? Au Renaissance, une dame assise à la table à côté de la mienne racontait comment, dans une gare, un soldat soviétique, excédé par les cris d'un nourrisson, l'avait arraché des bras de sa mère qui attendait le train pour fuir le pays et l'avait jeté contre le mur. Le bébé est mort.

— Des racontars de la vieille génération traumatisée par l'exil !

Nikolaï s'est levé, tremblant, et reprend, la main sur le cœur :

— Mais nous ? Nous sommes jeunes. Je veux écrire des poèmes dans ma langue, pour mon peuple. À la fin de la guerre, je rentre au pays, voilà au moins une chose dont je suis sûr !

— Moi aussi ! a approuvé l'autre Nikolaï, Chtchiogolev. S'ils ont accueilli Alexandre Vertinski, pourquoi pas nous ?

Tu aimerais partager leur assurance. Mais ton père ? Voudra-t-il retourner en Russie soviétique ? Y sera-t-il le bienvenu, lui, l'ancien officier tsariste ? Ils ont accueilli Alexandre Vertinski, c'est vrai. Le mois dernier, après vingt-cinq années d'exil, le Pierrot triste a pris le train, avec sa femme enceinte et leur fille aînée, direction Moscou. Le voilà père à plus de cinquante ans, avec une femme de trente-quatre ans sa cadette. Plus de nouvelles, bien sûr, mais la presse russophone a fait grand cas de son retour au pays. Le chansonnier célèbre, rongé par la nostalgie et la culpabilité, absous par Staline, accueilli en fanfare, quelle propagande idéale !

Tu frissonnes. Assise dans le fauteuil près de la fenêtre, le chat dans tes bras, tu scrutes la nuit. Il fait un froid humide qui trempe jusqu'à l'os. Tu observes le ciel, mais, depuis le mariage de Valéri en juin dernier, plus une étoile ne brille pour toi. Le jardin ? Plus d'éclairage public avec le couvre-feu, il s'est transformé en une masse noire prête à faire éclater les vitres, à t'engloutir. Avoir un bébé, une petite fille. Même la sœur de Valéri, la sauvage Ora, a un bébé à pouponner. Et toi ? Tu tournes en rond, somnambule. Tu ne danses presque plus. Il y a bien quelques opérettes et ballets montés au Lyceum, mais rien de suffisant pour vivre. Plus de spectacles dans les clubs, trop dangereux. Les Japonais exigent que les danseuses viennent à leurs tables après le tomber de rideau. Tu sais où cela conduit. Il ne fait pas bon être seule, belle et danseuse dans le Shanghai occupé. Alors tu vis là, chez le Français, dans une relative sécurité. Cet homme qui t'entretient permet au moins cela : ne pas tomber aux mains des Japonais. Pour le reste, tu aimerais parfois tous les castrer.

Tu regagnes ta chambre sur la pointe des pieds. Les marches de l'escalier grincent. Le Français, Oleg, Tony, les autres. Dans leurs bras, tu mens, tu veux oublier, tu survis. Ils sont coupables autant que toi, ces hommes avides. Ils réclament l'artifice, le divertissement, ils tuent l'âme. Ton père reçoit l'argent que tu lui envoies et se réjouit de ta bonté. Dans ses lettres, il se plaint de son infortune. Tu ne sais quoi lui répondre. Lui, au moins, aura vécu sa jeunesse libre. La tienne se consume en vain, dans l'incertitude, les pénuries, les soucis incessants. Il te reparle mariage, sécurité. Qu'il te laisse donc tranquille, avec ce mari que tu ne veux pas trouver, avec la danse qui n'arrive pas à te faire vivre, avec ces hommes qui tournent autour de toi ! Épouser un homme que tu n'aimes pas, ce serait pire que tout, ce serait te tromper toi-même. Es-tu coupable d'être née à cette époque ?

Dans le petit miroir sur la table passe ton reflet, ombre parmi les ombres. Tu te trouves laide, tu t'éteins. Et plus de Corée ! Plus de mer, de montagnes, où l'hiver s'oublie dans la splendeur de l'été. À tâtons, tu retires collants de laine, linge de corps. Les os de tes épaules saillent, tu as maigri. Au moins, tu ne meurs pas dans des tranchées gelées, sous un ciel de bombes. Non, toi, tu divertis les autres. Hommes, amis, ils t'aiment parce que, avec toi, c'est *intéressant*. Tous se nourrissent de ton corps que tu voudrais anéantir. Pourtant, ta vie en dépend. Il danse, il sert de portemanteau pour des défilés, il fait l'amour, il te trompe en servant l'art, la mode, le sexe. En récompense, il reçoit nourriture, bains chauds et robes. Quant à toi, tu t'enlises dans des histoires sans issue. Comme avec ce Français, par exemple. Pourquoi es-tu allée vers lui ? Le froid, la pitié, la lassitude, le désir de reconnaissance, la nécessité d'aider ton père, le confort de son appartement ?

Où est la femme que Valéri a aimée ? Où sont les actes héroïques ?

Je traverse une vaste galerie.
Le long des murs se dressent de grands miroirs.
Je ne regarde pas. Je marche… Je marche plus vite…
Vertige devant cet abîme béant de verre
Moi, moi, moi, moi… Une suite importune !
Esclaves. Reflets. Ombres de l'être…
Liés, d'un attachement indéfectible,
À mon destin – comme je le suis moi-même. […]
Laquelle suis-je ? Celle-là, celle-ci, cette autre ?

Fuir, Fuir… Une lourdeur, comme du plomb…

Ce cauchemar revient, obsédant. Dans une ville, tu cours. Au bout d'une procession interminable de maisons, des murs encore, des murs et des plafonds. Tu cours dans des rues étroites, une succession d'impasses. De l'autre côté, il y a un ciel bleu, vaste, resplendissant, mais rien n'y fait, tu es bloquée.

Tu te réveilles en sursaut dans un cri silencieux, le souffle court, sidérée.

Mémoire des lieux

Shanghai, automne 2019

TES JOURNAUX DES années de guerre sont durs à lire. Tu pleures, tu te révoltes, tu as parfois envie de mourir, tu te reprends, serres les dents. Au cœur de la tempête, tu as décidé de rester honnête, tu veux être toi, sans mentir, surtout pas à toi-même. Le prénom de Rosita revient souvent. Cette amie chinoise te suit comme ton ombre. Je m'étonne de la voir si souvent dans tes écrits sans arriver à saisir ce qui vous attache l'une à l'autre. Aide, traductrice, confidente, son réalisme et son calme semblent équilibrer tes embrasements.

Ton écriture, nerveuse, serrée, court sur les pages et je bute sur les ratures, les lettres mal formées, les mots chiffonnés, expulsés là dans l'urgence. Il faut les écrire, tu vas devenir folle si tu n'ouvres pas les yeux sur une situation que tu n'as pas voulue et que tu hais. Ce quotidien entretenu, dépendant du bon vouloir du Français. Tu crains pour ta vie, pour celle de ton père retourné à Harbin depuis mars 1943. Le Français est odieux, mais tu ne peux pas faire la fine bouche, il faut subvenir aux besoins de ton père et aux tiens.

Dans ton journal, le 4 juillet 1943 : « Je meurs d'un mélange de mélodies, de mouvements, de couleurs et de mots qui s'insurgent en moi. Et je ne suis utile à rien ni à personne, sauf comme divertissement. » Trois jours après : « Tout le ciel est devenu terrible, astronomique et vide. » Un ciel de prison. Vide. Le mot résonne, page après page, poème après poème. Tu te sens sale, laide, te cramponnes au rêve d'un bien-aimé qui t'attendrait quelque part. Cet espoir, je crois, t'empêche de sombrer tout à fait, maintient un carré de ciel bleu dans un monde noir de crasse. Tu danses et écris peu. Quand tu le fais, la danse maintient une façade, les mots se font cri. Tu n'aimes pas cette période, tu l'avais confié à Tamara lors de vos discussions l'été, à Yssingeaux. Elle renferme ta part sombre et beaucoup de larmes. Tes journaux seraient d'ailleurs un tas de cendres aujourd'hui si Tamara n'avait pas insisté pour les conserver. Mais comment apprécier ta poésie sans savoir quelles tempêtes t'ont façonnée ? À Shanghai, tu as touché le fond. Ta plus grande force et tes pires faiblesses, tu les as découvertes ici, dans cette ville paradoxale, « temple du vice et berceau du Parti communiste chinois », comme l'écrit Serge Bramly. Cette ville renferme bien plus que ce qu'elle donne à voir. Tu es tellement plus complexe que la femme dont on brosse le portrait dans les préfaces et les avant-propos. J'aime tes fêlures, tes sautes d'humeur, tes écarts et tes remords, ton amour de la vie et de l'amour même. Dans les pires moments, tu as encore la force de leur opposer la reconnaissance. Celle que tu éprouves à aimer les gens comme ils sont, à prendre et à donner : « Mon Dieu, le printemps arrive ! Il y a tout à faire dans la vie, tant à danser, tant à dire, tant à aimer et avoir un enfant [...] », écris-tu le 22 février 1944. J'aime la femme prévisible dans ses imprévus, vulnérable et forte à la fois.

En avançant dans tes journaux des années d'occupation japonaise, je me pose souvent cette question : as-tu eu à souffrir des Japonais ? Ils étaient partout, tu étais belle, danseuse, célèbre. Les ouvrages historiques sur cette période abondent de détails sur leur cruauté, leur volonté d'humilier Chinois et étrangers. Pourtant, aucune mention d'eux dans tes journaux, sauf en 1943 pour dire qu'ils saisiront bientôt la maison du Français. Tamara est formelle, jamais tu ne lui as parlé de cela. Je crois que tes relations t'ont protégée. Pas seulement tes amis et tes collègues. Je pense aussi à tous ces hommes qui t'ont, d'une manière ou d'une autre, entretenue. D'autres femmes n'ont pas eu cette chance.

Au sud-ouest de la vieille ville chinoise, sur Menghua Road – littéralement rue « de la fleur de rêve » – je suis venue voir une vieille maison. Sa façade mélange influence occidentale et éléments typiquement chinois, comme cette paire de lions en pierre soutenant un balcon. Quelques lignes Art déco çà et là, de la peinture écaillée. Des fils zigzaguent sur les murs, du linge sèche sur des cintres. Des swastikas en mosaïque recouvrent le sol, symbole bouddhique de l'éternité avant que les nazis le détournent. Plus d'une dizaine de familles habitent aujourd'hui dans cette grande maison, chacune occupant une pièce assignée par le parti communiste en 1949. Au début des années 1930, Lin Rusong, Chinois aisé, la fait construire pour sa jeune épouse. Il nomme la maison *Ximenglu*, « espoir d'un héritier ». En 1937, devant l'invasion japonaise, la famille abandonne la maison pour la sécurité, toute relative, de la concession française non encore occupée. Réquisitionnée par l'armée japonaise, qui plante le drapeau national devant l'entrée, la maison devient « maison de réconfort », peuplée d'esclaves sexuelles. La mise en place de ces lieux devait permettre de réguler l'activité sexuelle des soldats japonais et stimuler leur moral. Ces jeunes femmes forcées à la prostitution font partie des prises de guerre. Derrière les murs, l'horreur absolue : le viol répété et la séquestration forcée de centaines de milliers de jeunes femmes chinoises et coréennes pendant huit ans, jour et nuit. Les sévices subis, la torture pour les plus récalcitrantes, les maladies vénériennes, les suicides. Rares sont celles qui ont survécu. Les survivantes se débattent avec la honte, les cauchemars, la dépression. Employés modèles ou cadres communistes, les habitants actuels ont été logés là au début des années 1950 par le nouveau pouvoir en place, sans avoir eu leur mot à dire. Ils sont persuadés que les esprits de ces jeunes femmes errent encore entre ces murs qui les ont coupées de la vie. La seule ville de Shanghai comptait près de cent cinquante « maisons de réconfort », plus que dans n'importe quelle autre ville de Chine. Shanghai bruissait de ces histoires de jeunes Chinoises kidnappées et séquestrées par les Japonais. Rosita devait savoir, toi aussi certainement, sans rien pouvoir faire pour leur venir en aide, soucieuse de ta propre sécurité, consciente du pire, là, tout proche.

De tout cela, que restera-t-il quand les bulldozers auront rasé la maison de Menghua Road ? En l'absence de l'héritier tant attendu par la famille Lin, n'est-ce pas le souvenir de ces atrocités que la maison doit continuer de porter ? Je pense à cette phrase de Jacques Yonnet, conteur du Paris des bas-fonds : « Il ne sait pas sa ville, celui qui n'a pas fait l'expérience de ses fantômes. »

Aujourd'hui, des quartiers entiers de la vieille ville chinoise sont voués à la destruction sous la pression des promoteurs immobiliers. Si tout est rasé, où trouver des racines, comment tenir debout ? Que faire alors quand on ne peut rien faire ?

— Observe ce qui se passe et rapporte ce que tu as vu, me répond Katya.

En colère devant ces marteaux-piqueurs qui éventrent sa ville de cœur, cette photographe et journaliste russe refuse de se résigner. Dans cette cité tentaculaire, la mémoire a besoin de sanctuaires, les hommes d'aujourd'hui d'une permanence qui les lie à ceux d'hier, comme un socle solide pour permettre le saut, l'envol. Katya prend des photos, sonde les archives, ressuscite le passé des rues, des maisons, des familles, consigne le tout dans des livres. Ancrer cette mémoire pour lui éviter de peser sur les épaules des vivants, pour libérer la parole et les souvenirs, mieux vivre au présent. Avec la même approche, Zoé, artiste française, coule des objets du quotidien dans le bronze. De simples objets artisanaux : un panier tressé, un angle de table sculpté, la face d'une brique, glanés sur les décombres d'un chantier, dans une maison abandonnée. Les voici sublimés, devenus objets d'art, devenus éternité. Tes écrits ont figé ta vie de la même façon : hier et aujourd'hui lévitent dans un même cercle, voué à d'éternels recommencements.

Un espoir fou

Shanghai, 9 octobre 1944

« Je suis allongée, j'essaie de m'endormir. Je suis fatiguée mais mon corps de femme ne dort pas et appelle. Et mon âme ne dort pas et appelle. »

Une fois les mots jetés sur ton journal, tu te recouches, les yeux grands ouverts sur ton désir. Des images s'imposent. Le torse d'Igor au bord de l'eau, la naissance des poils en bas de son dos. Avec la vigueur de la jeunesse, il pénètre avec fracas dans la pièce intime que tu tiens soigneusement fermée à clé depuis Valéri.

Tu es comme Shanghai, nerveuse, épuisée, tendue vers l'espoir d'une libération. Depuis peu, les raids aériens des Américains s'enchaînent et les bombes tombent, nuit et jour, à l'extérieur de la ville, là où se trouvent les aérodromes et les entrepôts japonais. Au mugissement de la sirène, il faut courir vite et s'abriter dans les caves ou dans les tranchées de rues, creusées à la hâte par les habitants.

Quand le ciel s'illumine de promesses, ton cœur explose sous une détonation que tu n'as pas vue venir.

« Un homme, un simple et courageux enfant, a de nouveau ouvert en moi le vide que j'avais soigneusement fermé », as-tu écrit plus haut dans ton journal.

Les habitants de Shanghai se terrent, pleins d'espoir et de terreur. Tu penses à Igor, pleine d'espoir et de terreur. Ta raison lutte ; il est beaucoup plus jeune que toi. Pourquoi cela arrive-t-il si mal à propos ? Seul le vacarme des sirènes te répond. Est-ce que tu l'aimes ou est-ce que tu aimes être aimée ?

Tu te relèves, écris de nouveau dans ton journal : « Ce n'est rien, tout passe, n'est-ce pas, chère et bonne Sainte Mère de Dieu, cela aussi passera ? »

Igor Ossipov, l'homme du désir, l'homme de l'espoir, fou, impossible.

Habiter son corps

Shanghai, automne 2019

À L'ANGLE DE XINGGUO et Hunan Road, quelques allées ponctuées de bancs qui serpentent sous les arbres. Il fait bon, ce matin. Le corps léger et souple, de vieux adeptes du taï-chi se déplacent avec grâce. Je ne me lasse pas de les regarder, comme les femmes qui dansent au crépuscule sur les places ou à l'angle des rues, ou ce calligraphe qui s'entraîne à l'eau sur le sol, dans les allées du parc Fuxing. Cette même façon d'habiter l'espace avec le corps, de se mouvoir dans le vide. Le vieux calligraphe médite puis s'élance. Son bras épouse le pinceau dans une chorégraphie précise et spontanée. Chacun, par la pensée, reste seul, concentré sur son intériorité. Les autres n'existent plus. En les observant, je vois l'embarras du corps occidental, mon embarras.

Je vois ma peur, celle que j'ai de mon corps, des trahisons à venir, de la déchéance qu'il porte en lui. J'ai conscience d'être trop grande depuis les photos de classe où j'étais sans cesse reléguée au dernier rang, trop maigre depuis qu'un garçon m'a fait une remarque désobligeante sur mes épaules osseuses. Je ne me tiens pas droite pour rester à la hauteur des autres filles, pour éviter à tout prix de me faire remarquer. Alors que je trébuche encore dans mes complexes, je découvre dans tes journaux une danseuse en osmose avec son corps. Rien de honteux, rien à cacher. Au fil des pages, dans un joyeux mélange, joies et peines quotidiennes côtoient un furoncle sur les fesses, l'envie d'une douche après un spectacle dans la chaleur de l'été, les manucures, tes cheveux en pétard, les premières rides, le tremblement qui t'a saisie après un baiser d'Igor, tes règles.

Oui, tes règles. J'ai buté sur le mot en russe dans mes premières lectures de tes journaux. *Kourmaza*. Il revenait seul, sous la date ou tout à la fin, sans phrase pour l'enrober et me l'expliquer. Brut. Rien non plus dans le dictionnaire. Tamara m'a donné la clé de l'énigme en souriant, de femme à femme. *Kourmaza*, comme ragnanas, deuches, bidules, tous ces mots qui ne veulent rien dire si ce n'est la gêne à énoncer simplement : « J'ai mes règles. » Tu les évoques sans pudeur. Après tout, n'est-ce pas un journal intime ? Et ce flux menstruel y a sa place, qui influe tant sur ton humeur. Parfois, tu les mentionnes en premier, sous la date, sans autre commentaire. À d'autres moments, tu prédis leur arrivée à des signes avant-coureurs : fatigue, irritabilité, envie de pleurer pour un rien, vague à l'âme. Elles surgissent plus tôt que prévu ou se font attendre. Il arrive que les douleurs au ventre te contraignent à annuler une répétition ou à abréger un spectacle. Parfois, elles se manifestent à l'improviste pendant le spectacle et tachent ton costume. L'été, sous l'effet combiné de la chaleur et de tes règles, tu gonfles et transpires. Le 24 janvier 1949, fiévreuse, tu écris : « Cette nuit, je n'ai pas dormi et j'ai changé la ouate parce que ça coulait abondamment à cause de la température. » Je me demande tout d'un coup comment tu fais pour danser quand tu as tes règles, comment tu t'y prends pour cacher sous ta tenue de scène de quoi absorber ton sang.

Au gré de mes recherches, je découvre ce que j'aurais dû demander à mes grands-mères. J'apprends que la première serviette hygiénique jetable s'est inspirée des bandages fabriqués pour les blessés de la Première Guerre mondiale, et non l'inverse ; que la première culotte a d'abord été menstruelle, très probablement dérivée des couches pour bébés déjà sur le marché, et non l'inverse. Dans un monde dirigé par les hommes, les menstruations féminines intéressent peu, dégoûtent, même. L'innovation sert aux femmes par accident. Pour faire tenir une bande de ouate, les femmes la fixent avec des épingles à nourrice aux attaches d'une ceinture portée à même la peau. Les extrémités de la bande sont coupées rond pour éviter les marques trop voyantes sur les vêtements. Les culottes menstruelles existent en fait depuis bien longtemps, mais le fond en caoutchouc de celles de nos grands-mères provoquait irritations et infections. C'est tout cet inconfort que résume *kourmaza*.

Allongée, debout, assise, tu habites ton corps. Tes contemporains le confirment, Nora Krouk par exemple, poétesse et amie, qui parle de toi dans une interview : « Comme tous les gens qui dansent, elle avait un maintien exceptionnel, elle marchait toujours d'une façon admirable. »

Sur une photo prise l'été, te voilà tête en bas dans les herbes, jambes droites sur fond de ciel sans nuages. Une chandelle parfaite sans aucun appui, si ce n'est ta tête et tes avant-bras. Une pause de yoga, m'avait indiqué Tamara. Tu as pratiqué cette discipline jusqu'à la fin de ta vie. Avais-tu déjà commencé à Shanghai ? Accessible et banalisée aujourd'hui, la pratique du yoga était inconnue ou presque en dehors d'Inde au début des années 1940. Plus loin dans l'album, une photo m'intrigue, signée « Indra Devi, 25 janvier 1940, Shanghai ». Du nom au sari de la femme, en passant par sa pose, tout fait penser à l'Inde. Tout, sauf la femme elle-même, aux traits européens. Son nom apparaît plusieurs fois dans tes journaux. Tamara me confirme que vous étiez proches.

Quand elle s'installe à Shanghai en décembre 1939, Indra Devi, de son vrai nom Evguénia Peterson, d'origine russe comme toi, vient de passer plusieurs années en Inde auprès du maître yogi Krishnamacharya, le père du yoga moderne, qui, après l'avoir formée, l'a chargée d'enseigner le yoga dans les pays où la vie la conduira. Ce sera donc Shanghai, où son mari, Jan Strakaty, un diplomate tchèque, est nommé. À quarante ans, sa vie et sa santé ont été bouleversées par le yoga, discipline encore largement inconnue. À Shanghai, Evguénia embauche vite un jeune poète russe, Mikhaïl Volin, et sa femme Elena, pour l'aider à gérer des classes de plus en plus nombreuses.

Là encore, Shanghai pile, Shanghai face. Des cours de yoga affichent complet quand, au même moment, dans la ville occupée, rationnée, des milliers de femmes sont violées jour et nuit pour assurer le « bon équilibre » des soldats japonais.

Tu connais Michael depuis Harbin, vous faisiez partie du même cercle de poésie, et vous continuez de vous fréquenter à Shanghai. Il a dû te parler d'Indra, t'inscrire à ses cours de yoga, les tout premiers en Chine. Relaxation, étirements, ponts inversés, pose du lotus, du cobra, et bien sûr la posture tête ou *shirhsasana*, que tu reproduis en maillot de bain, un jour de grand beau, sur cette photo que j'aime regarder.

Comment le yoga aurait pu être autre chose qu'une révélation pour toi ? Par la danse, ton corps pense, voilà que le yoga l'aide à s'ancrer, lui offre une verticalité. Dans la danse, ton esprit vibre, s'exalte ; le yoga lui permet enfin le repos. Écouter le silence, y retrouver la source de ton énergie. Je t'imagine dans la position de l'arbre, le pied d'une jambe calée sur la cuisse de l'autre jambe, les bras et le visage levés. Inspirer, expirer. Tu trouves ton équilibre en étirant tous tes muscles vers le haut, les yeux fixés droit devant, attentifs au frémissement vert des arbres en toi, à la résonance des êtres vivants tout autour, à la paix qui peu à peu se répand comme un onguent précieux.

C'est tout cela que t'offre l'enseignement d'Indra, un trésor pour ta vie entière.

Elle devient une amie proche, et sa façon de vivre, d'aimer te fascine. En proie à d'épouvantables dépressions à la suite de ruptures amoureuses, elle a décidé de ne jamais se lier corps et âme à un homme, d'apprendre le détachement. Le yoga l'a aidée dans cette voie. Ne jamais regarder en arrière, fuir la nostalgie à tout prix. Ce principe lui donne une sérénité que tu lui envies. N'est-elle pas partie une première fois de Shanghai en mars 1946 pour Bombay, laissant là son mari avec lequel plus rien n'allait, et son amant, qui pesait trop sur sa vie ?

La danse, le yoga, deux manières d'habiter le corps à l'heure où plus rien ne se maîtrise, ni ton destin, ni tes amours, ni l'issue d'une guerre mondiale qui semble ne jamais vouloir s'arrêter.

Entre deux pôles

Shanghai, 11 août 1945

« Voilà, la guerre est finie. Une nouvelle ère commence, une nouvelle époque. »

Tu écris enfin ce que tout le monde attendait ces dernières semaines, depuis le suicide de Hitler et les victoires alliées en Europe, l'oreille collée au poste de radio. La Voix de l'Union soviétique – radio des Russes soviétiques de Shanghai – l'annonce enfin : la guerre du Pacifique est finie.

Toute la nuit, les rues de Shanghai ont résonné de cris d'allégresse. Des inconnus s'embrassaient, des vieux et des jeunes s'époumonaient ensemble, criaient « Hourra ! », les enfants ont déchiré les tissus opaques qui recouvraient les fenêtres. Plus de couvre-feu, plus d'internement, plus de rationnement, plus de Japonais. Vive la liberté !

Malgré l'ivresse, la joie contagieuse, en dépit de l'heure tardive, tu rentres chez toi et écris dans ton journal. Sur le papier, tu notes scrupuleusement le décor de ce moment historique : le silence de ta chambre, le tic-tac de l'horloge, cette robe de chambre quelconque étalée sur le fauteuil. Est-il possible que ce quotidien aille de pair avec la fin de la guerre ? Demain ne sera-t-il pas différent, neuf ? Tu essaies de comprendre d'où vient cette tristesse soudaine. Tu n'aimes pas les victoires bruyantes, avinées. « La victoire doit être silencieuse », écris-tu. Dans son *Tao-tö-king*, Livre de la Voie et de la Vertu, Lao Tseu va encore plus loin : la victoire doit être célébrée selon les rites funèbres.

Dans le vacarme de cette ville en liesse, tu restes lucide, fidèle à cette promesse faite au début de la guerre de ne pas te mentir à toi-même. Dans le secret de ces pages, tu peux le dire, tu regrettes presque la guerre. Non pas le couvre-feu, la pénurie, les bombes, la peur, mais ce qu'elle a fait jaillir en toi, cette fulgurance presque physique de la beauté. Le silence, la dureté de la vie laissaient peu de prises à la malice, à la paresse, à la superficialité. Et ces soirées du vendredi passées avec tes amis poètes. Quelles conversations se sont étirées là, dans ce vieux garage aux fenêtres occultées, vos visages éclairés par la flamme d'une seule bougie ! Tu t'en veux d'avoir fait si peu pendant ces années de guerre, redoutes le déferlement d'inutile que la victoire entraîne à sa suite. Mais tu sais désormais que demain ne se renouvellera pas tout seul, c'est à toi de le construire.

« Travailler, travailler. Serrer les dents et peiner. Et ne pas oublier le merveilleux rêve que j'ai fait aujourd'hui. »

Tu l'écris vite, pour en garder la trace. Dans ce rêve, tu quittes un mariage pour suivre ta voie et tu gravis une montagne, vers le nord, indifférente à la tempête de neige, vêtue d'un simple chandail blanc et d'un pantalon de ski. Autour de toi, l'âpreté des montagnes et des pins saupoudrés de neige.

« Le Nord, c'est comme tout ce qui est véritable, profond en moi, sans cette sensualité langoureuse, cette ivresse du soleil, ces divertissements qu'offre le Sud. »

Une oscillation permanente entre deux pôles, de magnétisme égal, un Nord et un Sud, voilà qui tu es et que ce rêve t'a mis sous les yeux avec une clarté qui t'échappait jusqu'ici. Il répond au poème « Miroirs » et t'indique, jusqu'à la fin de ta vie, le chemin « vers [ta] maison du Nord ».

Ce 11 août, la neige a remplacé la chaleur moite de l'été. Elle tombe dans les rues éclairées, sur la foule en liesse, dans les bars pleins. Elle recouvre les journaux de mode, les talons hauts, les cinémas. Un silence a étouffé la ferveur. Dispersés par le vent, les flocons fouettent ton visage, aveuglent tes yeux, tout brûle en toi, ta jeunesse et ta force. Ton cœur bat d'un bonheur aigu, que tu ne veux pas oublier. Tu aurais voulu ne jamais te réveiller.

« [...] Le Nord, c'est la pureté, la fidélité, le courage, le travail, la droiture. C'est une pensée profonde et claire, des mots avares mais nécessaires. C'est une main silencieuse tendue à l'ami dans la difficulté, une main grossière, pleine d'espoir. C'est l'âpre tendresse... C'est le chant cristallin de Solveig. [...] Il vit en moi, il est mon moi essentiel, et quand je l'oublie, en moi, petit à petit, croît une tristesse sourde et inquiète.

« En moi existe aussi un Sud. C'est là le malheur ! [...] C'est la musique langoureuse du tango, la joie sensuelle de la danse, le frisson, la chair de poule devant les senteurs boisées des parfums, la caresse perfide des soieries, le mystère toxique du jade, la lueur cupide du vin et des rubis et l'innocence feinte des perles. C'est la danse capiteuse des couleurs, du toucher, des émotions qui, si joyeuse au début, tourbillonne affreusement quand tu es épuisée. »

Un peuple de poètes

Shanghai, automne 2019

EMMÊLÉE DANS LES fils de tes amitiés qui font le tour de la planète et ne rompent qu'au décès des uns et des autres, penchée sur vos correspondances, je mesure à quel point les mots, leur chair vivante, constituent le socle de vos vies. Parce que vous êtes tous poètes, écrivains, artistes, bien sûr. Et aussi parce que vous êtes tous russes.

Lors de mon année d'échange universitaire à Moscou, l'amour des Russes pour la poésie m'avait sauté au cœur et, par ricochet, le désintérêt dans lequel cet art est tombé en France. Je me souviens de cet homme saoul qui mendiait dans les rues de Saint-Pétersbourg. Nous entendant parler français, il s'était mis à déclamer en français « Le manteau impérial » de Victor Hugo, levant le poing et les yeux au ciel à la dernière strophe. Puis il avait souri, refusé poliment le billet que je lui tendais et continué sa route. Je me souviens aussi d'un dimanche de Pâques à Oriol, petite ville à trois cent cinquante kilomètres au sud-ouest de Moscou, dans la famille d'un ami russe. Le soir, un barbecue est organisé à la datcha. Grand feu de bois, chachliks, vodka et toasts portés aux invités français devant une simple cabane de bois plantée au milieu d'un champ. Un voisin avait sorti sa guitare, et tous chantaient par cœur les chansons de Boulat Okoudjava et Vladimir Vissotski, célèbres bardes russes. Certains connaissaient aussi des chansons d'Yves Montand, de Serge Reggiani. J'étais fascinée par leur mémoire, ce respect des mots et la chaleur qui se dégageait des vers chantés en chœur. Les poèmes de Pouchkine avaient succédé aux chansons, puis ceux de Lermontov, Maïakovski, Akhmatova, tous récités de mémoire. À part la fable « Le corbeau et le renard » de La Fontaine, quelques strophes de Victor Hugo et d'Aragon, je suis bien incapable d'en faire autant. Ce soir-là, j'ai compris combien la poésie faisait partie de l'âme russe.

En URSS, le régime a tout fait pour rendre la vie laide, violente, détestable. L'homme nouveau qu'il prônait a piétiné le monde ancien, bourgeois, capitaliste, et balayé toute philosophie, toute religion, toute mémoire. La poésie comble ces vides, devient mémoire elle-même, matière vivante qui crée encore un lien.

En 1940, Alexandre Vertinski explique t'avoir rencontrée très vite après son arrivée, pour cette même raison : « La première année de mon arrivée ici [à Shanghai], avant toute chose, je me suis lancé à la recherche de poètes. » Quel que soit l'endroit, l'époque, les Russes semblent aimantés par la poésie. Pour rester en vie, pour résister.

Je lis les mots d'une femme qui a besoin d'écrire pour vivre. Si la danse te tient, t'empêche de tomber, les mots ouvrent une trouée. Un soir de mai 1944, un air de Bach passe à la radio française et le chagrin t'envahit. À côté de toi, le Français ne comprend pas, te houspille : « Tu ne peux pas te plaindre, le monde souffre tant ! » Derrière les fenêtres, le jardin sombre languit. Tout d'un coup, le ciel s'ouvre, des anges tourbillonnent sur les accords de Bach, leurs visages scintillent et leurs voix s'accordent aux jubilations de l'orage. Pavées de lys, des marches montent vers les nuages, vers l'azur. L'inspiration poétique et les mots pour la dire rendent l'échappée possible. Ils sont comme cette échelle en bambou, abandonnée contre le tronc d'un platane, qui m'a fait lever les yeux vers une belle lune ronde un soir où rien n'allait.

Tes poèmes ne sont pas là pour dire la réalité nue. Ils révèlent un monde autre, émaillé de rêves, de regrets, d'obsessions. L'amour impossible, la Corée, la nostalgie du pays perdu, la beauté de la nature deviennent les pivots autour desquels les mots s'articulent. Et je crois, au fond, que rien ne serait plus terrible pour toi que d'être consolée du réel.

À Vladivostok, Tamara m'a raconté votre rituel du matin quand elle venait passer l'été à Yssingeaux chez toi, dans les années 2000. Tu avais déjà plus de quatre-vingt-dix ans. Tu te levais tôt, buvais un verre d'eau chaude et demandais à Tamara de quoi elle avait rêvé. Tu te souvenais toujours de tes rêves, essayais de les interpréter.

Ils nourrissaient ton imaginaire, ravivaient ta mémoire. Tu n'as jamais rompu le fil avec l'invisible, avec les forces de l'inconscient. Tu savais dompter ce magma, y puiser la force et l'intuition dont tu avais besoin.

En rêve, les horizons ne s'éteignent pas,
Les appels de la mer ne se taisent pas.
Et je sais que tu es seulement rêve,
Le rêve de mon amour.

Dans ton monde poétique, tu t'es choisi un avatar, une femme aux cheveux roux. Et pour une fois, à la lecture de ton journal, de tes poèmes, je ne me pose aucune question – une chevelure rousse, bien sûr, symbole de passion, d'érotisme, d'anticonformisme. La flamboyance des cheveux de Marie-Madeleine, ceux-là mêmes qui essuient les pieds du Christ, rachetant par ce geste d'amour une vie de péchés ; la teinture rousse imposée aux prostituées par Louis IX, couleur des feux de la géhenne ; la chevelure infernale des supposées sorcières brûlées sous l'Inquisition. Des femmes montrées du doigt, auxquelles on suppose un appétit sexuel débordant.

Ainsi couronnée de ta rousseur, tu marches sur des sentiers escarpés, des pistes à peine tracées, sous la pluie, la neige, dans la chaleur de l'été. Tu marches loin, longtemps. Dans ton sac, tu n'as pas ramassé les cailloux sur lesquels tu as trébuché. Dans ton sac, des rêves comme des ailes, légers et tendres.

Mourir comme Esmeralda

Shanghai, 10 mars 1946

« COMMENT S'EST PASSÉE ta soirée ? Tout le monde était là ? » demande Lena en te tendant une tasse de thé brûlant.

Lena sait que tu attendais avec impatience la soirée des poètes du Vendredi. Votre ouvrage collectif *L'Île* est sorti un mois auparavant, des poèmes classés par thèmes et écrits pendant la guerre. Quelques-uns des tiens y figurent. Tes pieds nus dans des chaussons, tes bas mouillés à sécher sur un cintre, tu te loves sur le sofa, qui sert aussi de lit, dans la chambre de ton amie Lena, à deux pas de l'église Saint-Nicolas. Tu sors d'une messe, mais l'apaisement espéré n'est pas venu, tu te sens nerveuse et très fatiguée.

En l'espace de quelques mois, le visage de Shanghai a encore changé. Avec la capitulation du Japon, les jeeps américaines ont remplacé les baïonnettes japonaises. Larges sourires, dents blanches, chewing-gum vissé au palais, les rues résonnent de leur joyeux chahut. Sifflements, compliments, une belle femme ne peut passer près d'eux sans susciter de bruyants commentaires. On peine à croire que ces grands enfants viennent de gagner la guerre. Certains s'en exaspèrent, pas toi. Sans gêne, dangereux au volant, qu'importe. Les Américains apportent dans leur sillage un vent de fraîcheur dans une ville paralysée par l'inflation, et la guerre intestine des Chinois nationalistes contre leurs semblables communistes. Leurs rires font oublier un instant le dilemme terrible des émigrés russes : que faire ? Retourner en URSS ou partir ailleurs ?

— Oui, il y avait tout le monde. J'ai lu mon dernier poème, « La cloche », qu'ils ont apprécié, mais ils me disent que je devrais écrire sur Staline, que ce serait plus utile. Je préfère m'en tenir à Quasimodo et Esmeralda. Comme j'ai envie d'écrire, de vivre, oublier tout le reste, même cette foutue pluie !

— Oublier quoi ? te taquine Lena. Que tu es belle, que tu as un amoureux, que tu as un contrat avec le club le plus chic de la ville ?

Lena parle du Tower, où se retrouvent les riches de la ville, que ni la guerre civile, ni l'inflation record, ni les hordes de réfugiés affamés ne peuvent détourner de leurs sorties au cinéma, au restaurant, dans les boutiques huppées. Tu n'as pas raconté à ton amie ce qui s'est passé avec le directeur de l'hôtel. Le mois dernier, après t'avoir couverte de compliments, ce gentil monsieur a proposé de te raccompagner et s'est jeté sur toi dans l'ascenseur. Furieuse, déçue, tu l'as repoussé sans ménagement. Quand la porte s'est ouverte, il a repris ses esprits, t'a baisé la main avec une galanterie feinte avant de glisser à mi-voix : « De mon accord dépend le renouvellement de votre contrat au Tower, ne l'oubliez pas. » Depuis cet incident, les critiques pleuvent : trop maigre, des rides autour de la bouche, trop vieille. Ton contrat a pris fin il y a quelques jours, et tu attends toujours le renouvellement. À quoi bon en parler à Lena ? Elle le répéterait à Igor, qui s'attristerait de ne pas en avoir été le premier informé. Tu ne veux pas lui faire de la peine, surtout pas maintenant.

— Igor m'a demandée en mariage. Je ne sais pas quoi faire.

Ta phrase est tombée sans que tu puisses la retenir, lui donner une tournure plus légère. Lena te dévisage quelques instants sans comprendre, puis elle s'exclame :

— Comment ça, tu ne sais pas quoi faire ? Il est beau, jeune, fou amoureux, et vous formez un couple magnifique ! Je vais te dire ce que tu vas faire, tu l'épouses, bon sang ! Tu l'aimes, non ?

Voilà toute la question. Lui, pas de doute, il t'aime. D'un amour qui te ferait presque peur. Au cinéma, il y a quelques jours, il a passé plus de temps à te contempler qu'à rire des aventures de Laurel et Hardy. Tu ne te prives pas de lui rappeler tes premiers cheveux gris, votre différence d'âge, ton corps qui vieillit, ton passé. Il balaie tout d'un revers de main : « Tu m'es nécessaire telle que tu es. » Ses yeux bleus, sa jeunesse peuvent-ils effacer le temps, les errances passées ?

— Il est si pur, comment ne pas l'aimer ? soupires-tu en regardant par la fenêtre. Mais quelque chose au fond de moi ne me laisse pas en paix. Il se tient là, devant moi, le prince charmant de mes seize ans, mais j'ai vieilli. Ai-je encore besoin de ce prince qui ne comprend pas ma vie ?

— Tu te poses beaucoup trop de questions, Lachenka. Le prince charmant n'existe pas, encore moins ici, dans ce chaos. La dernière fois, tu me disais qu'Igor te plaisait, que tu te sentais bien avec lui, que vous pouviez parler de tout. N'est-ce pas suffisant ?

Tu es fatiguée. Toutes ces questions vrombissent comme de grosses mouches. Oui, ton corps crie, assoiffé. Des caresses, beaucoup de caresses pour abreuver cette terre sans pluie. Aimes-tu Igor pour son corps, ses bras mouillés de soleil qui te portaient sans effort hors de l'eau le week-end dernier ? L'aimes-tu pour lui ou ce bleu, ces boucles blondes, cette odeur d'homme, cet absolu presque naïf qui dresse un rempart entre toi et les ombres du passé ?

— Pourquoi se marier ? Les poètes du Vendredi me disent que je devrais faire un enfant, que je n'ai pas besoin de mari. C'est vrai, pourquoi dépendre d'un homme ? Où est la liberté dans le mariage ?

— Lachenka, quelle liberté ? s'emporte Lena en s'approchant du sofa.

Elle s'accroupit devant toi, les mains posées sur tes genoux.

— Quelle liberté pour une Russe apatride sans un sou qui rêve du grand amour ? L'homme que tu espérais arrive enfin et tu hésites ! Je ne suis pas étonnée que les poètes te conseillent d'avoir un enfant sans te marier ; ce sont tous des hommes ou presque ! Comment feras-tu pour quitter Shanghai seule avec un enfant ?

Lena a raison. Par la fenêtre, les nuages se dissipent. Avec un peu de chance, la pluie va s'arrêter et tu pourras te rendre à ta répétition au Lyceum sans être trempée. Lena n'a pas bougé et elle ne te quitte pas des yeux. Ton regard s'attarde sur sa peau douce et veloutée. Dix ans de moins et une fraîcheur que les privations et l'inquiétude ne flétrissent pas. Son amitié saine, sa franchise vont te manquer.

—Quand pars-tu ?

—Dans un mois, répond-elle en se levant.

Son fiancé américain, un caporal rencontré il y a quelques mois, a demandé sa main. De retour au pays, il a tenu parole. La demande de visa de Lena vient d'être acceptée, il ne reste plus qu'à partir.

—Je pourrai t'aider à obtenir un visa une fois que je serai là-bas, ajoute-t-elle. Un avenir t'attend en Amérique. Avec ton talent, ta beauté, ils feront de toi une star, j'en suis sûre !

Tu souris. L'Amérique, l'Amérique… Ils n'ont que ce mot à la bouche. À les entendre, Hollywood n'attend que toi, tu ferais une merveilleuse actrice. D'autres pensent que tu pourrais y devenir une danseuse vedette. Tous s'accordent sur un point : tu perds ton temps ici. Oui mais… Le rêve américain est-il à portée de main pour tout le monde ? Et ton père, comment partir sans lui ?

—Tu sais bien que je ne quitterai pas la Chine sans mon père. Dieu seul sait quand nous pourrons nous retrouver.

Des officiels soviétiques m'ont promis de lui faire parvenir de l'argent à Harbin, de le faire venir à Shanghai. Tout devrait être plus facile maintenant que les Soviétiques occupent la ville.

La dernière phrase s'adressait autant à Lena qu'à toi-même. Ces officiels soviétiques ne t'ont pas fait bonne impression. Ils parlent de la Russie à grand renfort de termes bureaucratiques. Tu as dû les accompagner à un dîner. Tu mets tes plus jolies robes aux bals du consulat soviétique, souris, danses sur les navires soviétiques quand on te le demande. Cela ne plaît pas du tout à Igor, mais tu n'as pas le choix. On te presse d'accepter la nationalité que l'URSS tend à tous les Russes blancs émigrés. Artiste en vue, ta foi en l'idéal communiste ferait une bonne publicité. Shanghai croule sous la propagande – films, livres, affiches, soirées au club soviétique situé en face de la maison du Français. Faut-il croire à ces lendemains qui chantent ? Rentrer ou ne pas rentrer ?

Comme si elle lisait dans tes pensées, Lena chuchote :

— Ne prends pas ton passeport soviétique, ne leur fais pas confiance.

— Ai-je le choix ? répliques-tu d'un ton un peu brusque. Les Américains ne peuvent rien pour mon père.

La conversation glisse dangereusement vers le débat qui déchire la communauté russe – époux, amants, familles, amis, collègues, partis politiques – et n'aboutit à rien : pour ou contre les Soviétiques. La guerre finie, il faut choisir son camp. Les plus opposés au régime opèrent parfois de spectaculaires revirements. Ainsi d'un vieil officier disposé à rentrer au pays maintenant que l'uniforme soviétique a réintroduit les épaulettes. N'est-ce pas le signe d'un retour au régime tsariste ? clame-t-il à tous ceux qui le traitent de fou.

Mon Dieu, vivre dans une petite maison à la campagne, avec Igor et un enfant. Et un chien, et des chats. Tu arroserais les fleurs sous les fenêtres, tricoterais le soir au coin du feu. Il y a dix ans, tu aurais crié d'horreur devant un rêve aussi bourgeois.

Non, pas cette discussion, pas maintenant, pas avec Lena.

— Mais les Américains semblent m'apprécier, ajoutes-tu avec un clin d'œil. Le général Wedemeyer lui-même m'a récemment complimentée sur une danse. Et des soldats américains m'ont sifflée tout à l'heure dans la rue.

Lena rit :

— Habillée de cette façon ? Tu es bien la seule danseuse que je connaisse à être si peu coquette en dehors de la scène. Jamais maquillée, et regardez-moi ces cheveux en pétard ! Une vraie bohémienne, voilà ce que tu es !

La pluie a cessé. Dans le petit jardin en face de l'église, les magnolias ont fleuri. Leur délicat parfum imprègne l'air humide. Changle Road est encombrée de cyclo-pousses, de voitures, de piétons pressés, GI américains, Chinois en costume occidental ou en longues tuniques, colporteurs en tout genre derrière des étals de fortune.

Bohémienne. Le Français aussi te traite de bohémienne. Mais, dans sa bouche, cela sonne comme un reproche. Il prend un bateau pour la France la semaine prochaine et te laisse la maison jusqu'à la fin du mois. Enfin la liberté ! Tu ne supportes plus ses plaintes, ses soucis. Il se fiche de ta situation, autrement plus fragile. Trois années de cohabitation et il reste un étranger, auprès de qui tu n'as jamais pu t'ouvrir sincèrement. Igor te propose d'emménager chez lui et ses parents. C'est peut-être une solution en attendant. En attendant quoi ? De se marier, de partir en URSS, d'émigrer en Amérique ? De trouver un autre logement qui puisse accueillir ton père quand il te rejoindra ? Avec quel argent ? Dans sa dernière lettre, celui-ci semble prendre sa vie avec philosophie. Il a trouvé un poste de contremaître dans une fabrique de jouets qui lui assure le strict nécessaire pour vivre. Peut-être faudrait-il épouser un homme riche, ce Rezini par exemple, beau parleur rencontré à une soirée ? Avoir un enfant avec lui comme il te l'a demandé, partir en Amérique, mettre ton père à l'abri du besoin et reprendre le déroulé de ta vie, tel que tu le souhaitais : vivre de danse et de poésie. Rezini et ses cadeaux luxueux. Il te traite de bourgeoise parce que tu refuses ses avances. Et Igor ? Pourquoi cette lenteur quand il répond, cette incapacité à prévoir, cet abandon docile ? Ses mains de femme aux petits ongles ? Sois honnête avec toi-même : tu as peur de te marier, tu redoutes cet engagement. Au fond de toi, une réticence. Il est si jeune, si naïf. Que le communisme ou le capitalisme l'emporte, il se fera dévorer. Et ces félicitations des uns et des autres. Comme si la chose était gravée dans le marbre.

Parfois, tu aimerais te pendre. Fini, tous ces tourments, fini, cette impression de passer à côté de ta vie. Le gibet, n'était-ce pas la mort la plus souhaitable pour Esmeralda ? Comment aurait-elle pu supporter Phébus marié à une autre, fuir l'amour obsessionnel de Quasimodo et Frollo ? La petite fille de Khabarovsk que tu étais enrageait de cette fin qui la privait de son héroïne. Aujourd'hui, tu comprends, la potence sonnait la fin des tourments.

La cloche

Mais une danseuse s'approcha
Sans crainte – et versa de l'eau,
D'un regard, répandit compassion et chaleur
Sur le monstre apaisé.
Dans les yeux de la belle rayonne une autre loi.
Qui rappelle au monstre, on ne sait comment,
La cloche qui sonne et la clarté du ciel…
Une autre loi… En plus du pouvoir, du pain,
Du repos, de la douleur, de l'angoisse et du travail…
[…] *Et voici la place où, insouciante et légère,*
Les yeux lumineux, la jeune fille dansait.
Bohémienne… Sorcière… Qui encore l'a jugée ?
Ceux qui sont encore plus beaux, plus brillants qu'elle ?
Meilleurs ? … Le crépuscule rougeoie et se tait
Au-dessus du gibet… Tout ce qu'il aimait…
Et là, sur la terre, oublié des cieux,
Le monstre pleure des larmes cuivrées.

Un passeport soviétique

Shanghai, 28 mars 1946

« J'AI FAIT UNE demande pour un passeport soviétique », écris-tu dans ton journal. Non par espoir, mais par résignation. Le pays natal a disparu et il faut vivre. Un passeport soviétique protège, accorde un répit. Remettre à plus tard le véritable choix, vivre dans le souvenir de ce qui a été et ne sera jamais plus, se laisser une porte de sortie.

Et dans ce vide bariolé
Où tout est «poche», où tout est «ventre»,
Dans le règne de la vanité
Où chacun se presse, aux aguets,
Prêt à dérober quelque chose, à renverser quelqu'un,
Simplement pour ne pas s'arrêter…
Il me semble voir un nouveau chemin,
De nouveaux visages.

Dans la pulsation de mes premiers rêves,
Dans le spleen de ma dernière faiblesse,
Je m'interroge de plus en plus souvent,
De plus en plus souvent je songe : la Russie.

Une fragilité au cœur

Shanghai, automne 2019

Dans les échoppes, les gâteaux de lune apparaissent à la même période que les crabes poilus, vers la fin du mois de septembre. À côté des aquariums de son voisin, la vendeuse de fruits secs et de noix propose ces pâtisseries fourrées, à consommer pendant la fête de la Lune ou fête de la mi-automne.

J'aime la légende de la déesse de la lune Chang'e, une femme amoureuse de son mari, l'archer Hou Yi, vainqueur des neuf soleils. Trop occupé à chasser les monstres et les démons sur terre, Hou Yi délaisse Chang'e. Par un concours de circonstances, différentes selon les versions, Chang'e boit à tort un élixir d'immortalité. Sous les yeux impuissants de Hou Yi, elle s'envole vers la lune d'où elle ne redescend plus. Tous les quinzièmes jours du huitième mois lunaire, le soir où la lune est la plus ronde, Hou Yi part retrouver sa belle. Ce jour-là, férié dans de nombreux pays d'Asie, on mange ces gâteaux fourrés et on se retrouve en famille pour contempler la pleine lune.

Peut-être est-elle la cause de mon insomnie la nuit dernière. Et plus certainement ce mail reçu de lui alors que tous mes souvenirs refont surface. Si le hasard n'existe pas, alors il faudrait y voir un signe, mais de quoi ? Léa interrompt ma rêverie :

— *Ming*, « lumineux », lit-elle, penchée avec moi sur de courtes phrases en mandarin. Regarde, le mot est formé de deux caractères, celui du soleil et celui de la lune, qui additionnent leur éclat pour donner plus de lumière.

La lune, Larissa. Le soleil, Valéri. La lumière de la lune t'apaise et éclaire tes lettres à Valéri, celle du soleil t'a brûlée en Corée et la blessure n'en finit pas de lanciner sur les pages de ton journal. « Je me souviens du chagrin fou qui a suivi l'amour, la solitude, l'attente de celui que j'aimais et que j'ai perdu », y écris-tu le 26 mai 1946. Un premier amour brisé n'empêche-t-il pas tous les autres ?

Quand j'ai reçu le message de rupture du premier homme que j'ai aimé, mes appels, mes mails ont résonné dans le silence. Il avait déserté ma vie comme un fantôme. Aucune explication, rien.

« Lumineux ». Vous voilà réunis dans un mot, somme de vos deux désirs inaboutis. Lumineux sans jamais briller ensemble, lumineux séparément. Valéri a-t-il cessé de t'aimer ? Pourquoi épouse-t-il Véra ? Pour t'oublier, je le sens, je le sais. En cherchant une preuve, j'ai relu les souvenirs de Victoria Iankovskaïa, la sœur de Valéri. Au milieu d'un chapitre sur son mariage difficile, je tombe sur ceci :

« Valéri pensa se marier sans amour, une tentative pour oublier son amour réprouvé. [...] Il épousa la pauvre Véra Maslakova, qui, malheureusement pour elle, l'aimait vraiment. [...] Très vite, il sembla évident que Valéri ne pouvait pas aimer Véra. La pauvre le comprit trop tard. »

La note au-dessus du mot « réprouvé » précise qu'il s'agit ici de toi. Pourquoi votre amour a-t-il été réprouvé et par qui ? Pourquoi ce silence à l'été 1934 ?

Oui, pourquoi ? Il n'est jamais revenu, ni vers moi ni en France. J'ai appris qu'il avait monté son entreprise aux États-Unis, voyageait beaucoup, plusieurs longues histoires mais toujours célibataire. Il y a quelques mois, juste avant de croiser ton regard, j'ai reçu un mail de sa part. Le premier après dix ans de silence. Il demandait des nouvelles, m'annonçait son emménagement à Hong Kong, de possibles voyages à Shanghai : *T'y voir ?* terminait le message. Comment a-t-il su pour Shanghai ? Sans doute par des amis communs. J'aurais dû clôturer mon vieux compte mail, couper tout ce qui pouvait le rapprocher de moi, l'empêcher d'ouvrir une plaie qui avait mis tant de temps à se refermer, mais l'idée même de ne plus être rattachée à lui m'était encore plus insupportable. Je devais être honnête avec moi-même : si je n'avais pas clôturé cet ancien compte de messagerie, c'était précisément pour cela, lui permettre de revenir à moi. Ce message a provoqué l'effondrement de tout ce que j'avais tenté de bâtir après lui. Tout s'est écroulé avec la même rapidité et dans le même fracas que ces vieux immeubles détruits à la dynamite dans la vieille ville chinoise. Vulnérable, perdue, j'ai soudain vu ton visage, écouté tes vers, et ton impuissance a fait écho à la mienne. Reprendre le fil de ta vie, vers ces moments de bascule où tout avait commencé ou fini, pour mieux démêler la mienne.

Le mariage de Valéri avec Véra ne tient pas longtemps. Elle l'aime, lui essaie sans succès. Ils se séparent vite. En 1944, il épouse Irma, la tendre et jeune Irma, ta petite sœur de cœur, qui l'aime à la folie. L'aime-t-il ? Pas de signature dans des registres officiels. Avec elle, il s'installe en Mandchourie, au sud d'Harbin, à côté de la petite ville de Meihekou. Les occupants japonais, désireux de favoriser les activités agricoles sur ce territoire, lui louent un grand terrain sans réclamer d'impôts, charge à Valéri et les familles amies qui se sont lancées avec lui dans l'aventure, de développer une activité agricole pérenne, probablement sur le modèle paternel. Valéri baptise ce terrain « La Ferme du Tigre ». Mais la guerre, une fois encore, saccage tout. Depuis l'entrée en guerre de l'URSS contre le Japon en août 1945, Valéri met ses talents linguistiques au service de sa patrie, confiant dans la promesse du gouvernement soviétique d'accorder son pardon à tous les émigrés russes qui participent à l'effort de guerre. Parlant couramment japonais, coréen et chinois, ses frères et lui rejoignent l'armée soviétique en qualité de traducteurs. Irma retourne en Corée, à Novina.

En janvier 1946, Valéri et son frère Iouri sont arrêtés par la police politique soviétique, le MGB, pour « assistance à la bourgeoisie internationale », et envoyés au goulag. Ces mêmes mois de janvier et février 1946, sans rien savoir de son arrestation, tu te sens oppressée, inquiète. De petites phrases semées au fil des pages de ton journal témoignent de cette agitation : « Quelque chose ne va pas », « J'ai une douleur dans le plexus. Mes nerfs sont à fleur de peau, comme mis à nu. J'entends le téléphone un moment avant qu'il sonne », « Quelque chose ne va pas et je ne sais pas quoi », « comme une fragilité au cœur » …

Oui, une fragilité au cœur.

Je me lève un matin
Pour dissiper au plus vite un délire funeste :
Il est arrivé quelque chose là-bas, en Corée,
En Corée, tu n'es plus !

Vers l'incertain

Hong Kong, janvier 1947

« JE VOIS QUE mes cheveux te plaisent, voudrais-tu me faire une natte ? », demandes-tu à la petite fille aux longs cils qui te caresse la tête.

Patricia tente de discipliner tes cheveux ébouriffés par le vent, le sel et l'humidité. La plage se vide petit à petit, l'heure du goûter est largement passée et l'air se teinte de rose. Devant toi, des îles montagneuses, et la mer qui s'étend jusqu'au ciel. Bientôt le soleil s'étouffe dans ses derniers feux et la mer se referme sur elle-même, ténèbres et nuit, zébrée çà et là par les lumières de la baie opposée.

Dans le centre-ville de Hong Kong, les mêmes échafaudages de bambou qu'à Shanghai, les mêmes rues bruyantes où se talonnent trams, voitures et *rickshaws*, la même foule, dense, fébrile. Mais, ici, l'air est doux et la mer là, au bout des pieds. Deux ans après la fin de l'occupation japonaise, la vie a repris son cours. Sur les visages des résidents anglais flotte encore un air de supériorité qu'on ne voit plus à Shanghai.

Patricia t'embrasse et court rejoindre sa mère qui la hèle sur la véranda de leur maison au bord de l'eau. Tu connais son prénom et celui de sa mère, Ann. Quelques mots d'anglais, juste le nécessaire pour embarquer avec Patricia sur le dos des sirènes, leur préparer un repas avec des algues et des coquillages, et sauter dans l'eau chercher l'autre moitié de la lune. Certains jours, elle t'autorise à coucher sa poupée. Mission de la plus haute importance qui te met en joie. Ta main s'agite dans l'air pour lui dire au revoir, retombe dans le sable, vide. Avoir une petite fille à soi, l'entendre chuchoter « Maman », démêler ses cheveux et ses rêves, reconnaître dans ses yeux l'éclat de l'homme aimé. Ou un bébé, comme celui qu'on promenait en landau dans le hall de l'hôtel. Tu l'aurais bien volé, celui-là, avec ses joues rebondies et ses lèvres serrées, blanches de lait.

Il est temps de rentrer, l'hôtel n'est pas loin et le reste de la troupe va s'inquiéter si tu n'arrives pas pour le dîner. Tu oublierais presque que tu es là en tournée, pour danser.

Tu songes à retrouver les sirènes, celles de ton cher Andersen. Noyer dans l'eau l'inquiétude au sujet de ton père, du futur, la nostalgie d'une maison, tes errements des bras d'Igor à ceux de ce soldat américain alcoolique, Roy, qui ne donne plus aucune nouvelle. Pourquoi écris-tu une carte à Igor en pensant à un autre ? À qui dois-tu être fidèle ?

Hong Kong de l'après-guerre. Voiles rouges des sampans sur des pains de sucre vert, les jours comme les activités s'égrènent, lents, humides, chargés de doutes. Tu es dans l'attente, mais de quoi ? D'une certitude qui crèverait comme l'orage.

Derrière le rideau, le soleil chauffe. Dehors, les arbres sont en fleurs, les maisons détruites par les bombes se dressent de nouveau, les pins se déploient sur des golfes bleus. Dehors, tu as un travail que tu aimes, des bains chauds, le confort de vivre à l'hôtel, des hommes qui te courtisent. Mais là, dans la pénombre des rideaux tirés, tu t'es réveillée en sursaut et tu pleures sur ton lit défait, dans ta chambre d'hôtel.

Pour la première fois, tu as peur de danser *Jungle*. Ce ventre que tu n'arrives pas à perdre, tout le monde va le remarquer. Ce costume n'est plus pour toi, quelle idiote tu fais ! En dansant, tu as honte, abîmes ton numéro, sens ta jupe tomber quelques secondes avant la fin. Comment est-ce possible ? Tout se délite, le chaos règne en maître.

Venik a des parents en Suisse et une fiancée plus âgée. Il a vingt-cinq ans, veut t'épouser, t'apprendre à faire du ski et te construire une maison dans les Alpes suisses. Venik t'embrasse et tu le laisses faire. Prise, désirée, jalousée, tu existes. Les mots d'amour d'un jeune homme freinent le temps, estompent les rides, repoussent les doutes. Vous faites de grandes promenades dans les montagnes, sous le soleil ou au clair de lune. Quand tu es avec lui, tu ne penses pas à Roy. « J'ai dans le cœur et dans l'âme une immense nostalgie de l'amour. De tout mon être, j'aspire aux caresses. Sans cela, je suis inapte au bonheur », écris-tu quelques mois plus tôt.

Le soir du nouvel an chinois, Venik t'emmène danser à l'hôtel Gloucester, parmi des vieilles dames très ivres. Il émane d'elles une telle tristesse que cela gâche ton plaisir. Les hommes gravitent autour de toi, sans jamais perdre espoir. Tu les attires, les repousses, les attires encore. Tu empêches Venik d'aller plus loin ; quel désordre dans tes sentiments, les nœuds ainsi noués sont trop pénibles à couper. Michenka pense à toi au point d'en perdre le sommeil. Stepanov t'envoie des fleurs. Un autre t'emmène au cinéma. Tu te sens vieille, fatiguée. Tu as envie de mourir.

Virée au village de pêcheurs d'Aberdeen. La mort n'est pas la solution, tu l'as compris dans un rêve. Cela fait deux jours que tu n'as pas dansé. Venik ne te lâche pas d'une semelle. Assis par terre, les pêcheurs réparent leurs filets, le visage caché par des chapeaux coniques à large bord. À la place de leurs mains abîmées par le sel, tu vois celles de Roy, nerveuses, hâlées, une cigarette entre le pouce et l'index, qu'il porte à ses lèvres. L'éclat sombre des yeux. Comme cette nuée d'enfants, sa voix s'éparpille en toi, résonne et vibre comme leurs pieds nus le long du ponton. Pourquoi faut-il sans cesse que tu penses à un homme ? « Ce serait si bien de se marier et montrer à tous mon alliance et basta. Et aimer un seul homme, rentrer chez soi de mauvaise humeur, se lover contre lui et pleurer au lieu de sortir et de faire semblant », écris-tu dans ton journal, le 23 janvier. L'eau clapote entre les jonques aux mâts dressés. Au loin, les sampans voguent vers la brume, vers l'incertain.

Avec la douceur du soir viennent les questions, aussi agressives que les moustiques. Le visage tourné vers la mer, assise sur une pierre à côté de toi, ton amie Tania s'inquiète du retour à Shanghai dans quelques jours. Le froid, l'inflation, les cris dans la rue, les émeutes, l'insécurité liée à la guerre civile entre nationalistes et communistes. En novembre dernier, elle est tombée sur une manifestation d'étudiants chinois sur le Bund, qui agitaient des banderoles *YANKEE GO HOME*. Les communistes infiltrent les universités et séduisent par un discours anti-impérialiste, ouvertement hostile aux étrangers. Votre temps à Shanghai est compté.

Comme ce ciel rose est beau ! « Il n'y a pas si longtemps, j'étais une petite fille, assise de la même façon devant la mer, à attendre des miracles », penses-tu en posant ton menton sur tes genoux. Les années passent, sans but, sans savoir qui aimer. Et si un homme te plaît, rien n'est possible avec lui. Ce qu'on raconte au sujet des Iankovski est-il vrai ? Victoria se serait tiré une balle dans la tête, Valéri aurait été déporté, leur père tué. Et ta jolie Irma, qu'est-elle devenue ?

Igor ne te permet pas de trouver l'apaisement. Trop enfant, trop dépendant, trop mou. Tu n'en peux plus de son indécision, de son incapacité à se projeter. Impossible de construire ta vie avec lui, mais, tu le sais, tu n'as pas la force de rester seule. Encore un dilemme pour ce Dieu à qui tu as déjà confié le chat encore enfui, ton père dont tu n'as plus de nouvelles, Valéri mort ou déporté au goulag. Il t'accompagne depuis l'enfance, sans jugements, à l'écoute. Invisible mais là, dans l'obscurité d'une église, dans la beauté des arbres et des couchers de soleil.

«Je sais comme être jeune et solitaire peut s'avérer difficile», avait conclu le pope Jean de Shanghai en guise de bénédiction, la main posée sur ta tête, ce soir où tu es venue t'épancher. Pas de critique, il souriait sur son lit, malade. Quelques mois plus tôt, il t'était apparu en rêve, te demandant de venir le voir. En quoi les déboires amoureux d'une danseuse pouvaient-ils intéresser le saint homme? Tu as laissé passer les semaines, mais un encart dans le journal annonce qu'il est malade, on craint même pour sa vie. Sans réfléchir, tu te rends chez lui. Ce soir-là, tu pleures beaucoup. Tu ne te souviens plus de ses recommandations, mais le sourire éclatant par-delà la barbe te réchauffe chaque fois que tu veux déserter.

Demain, tu rentres à Shanghai. Dernière représentation à l'hôtel Gloucester avec Venik. Ses baisers te pénètrent jusqu'au sang, il faut résister, par fierté, par désespoir. Voici la lettre que tu lui adresses le 13 février 1947:

«Rentrer chez moi était la meilleure chose à faire. [...] Nous avons tout fait pour rendre ce départ plus facile, échafaudé tous ces plans pour que je revienne, seulement pour éviter le mot *jamais* jusqu'à ce qu'il ne fasse plus mal.

[…] Venichka, au revoir. Je ne savais pas que je perdrais tant. Trop ! Larissa »

Sur l'embarcadère, Igor est venu te chercher. Le soleil tente une percée timide à travers les nuages. Tu aperçois Igor et tu le sais soudain : tu ne pourras pas l'épouser.

Yoga

Shanghai, fin d'automne 2019

Ici, je redécouvre les personnes âgées. Un proverbe chinois dit : *Jing lao, ai you* – « Respecter les vieillards, aimer les tout-petits ». Dans les rues de cette mégapole de vingt-quatre millions d'habitants, je ne vois que ça, cette attention portée aux deux extrémités de la vie. Peut-être parce qu'elles se confondent, dans la croyance bouddhique de la vie, non comme ligne mais comme cercle. L'ancêtre n'a jamais été plus proche de l'enfant qu'il porte dans ses bras. Les vieillards n'osent plus sortir dans les rues de Paris par peur d'être bousculés, de ne pouvoir aller assez vite, de ne pas réussir à se fondre dans cette foule pressée qui parcourt la ville au pas de charge. Ici, ils ne se cachent ni dans des maisons de retraite ni dans des établissements spécialisés. Ils marchent dans la rue, avec ou sans canne, habillés ou en pyjama, avec ou sans la galette du repas – légumes et ciboule – qui se balance dans un sac plastique au bout de leurs doigts effilés. Dans les magasins, ils prennent leur temps et personne ne s'avise de trépigner. Dans la rue, ils sourient. Dans les parcs, ils dansent. Les plus alertes s'occupent de leurs petits-enfants. Je les vois derrière une poussette, ou l'enfant dans les bras, marchant à petits pas légers pour ne pas le réveiller. Les plus âgés prennent le frais sur les devants de porte, une casquette sur la tête ou un plaid sur les genoux. Parfois, ils trient des feuilles de coriandre ou écossent des petits pois. La plupart du temps, ils regardent. Ils s'abandonnent au flux, semblent encore curieux d'un monde qui ne les a pas épargnés. Ils ont traversé tant d'époques, tant d'espoirs, tant de barbaries. Les voir sourire me fait l'effet d'une claque, comme là encore, ce petit vieux devant lequel je passe, mon tapis de yoga dans le dos.

Ma première séance a été une succession d'humiliations douloureuses. Impossible de faire comme les autres, de toucher le sol avec mes mains sans plier les jambes, de lever la jambe en équerre, les doigts accrochés à mon pied. La professeure, une jeune Indienne aux mains chaudes, accompagne certains de mes mouvements, essaie doucement de me pousser plus loin, rien à faire. Une fois dehors, je me suis demandé si cela servait vraiment à quelque chose. Le yoga pourrait-il m'aider à acquérir cette force mentale que j'admire tant chez toi ? Cela s'obtient-il par l'effort et une pratique régulière, ou bien est-ce une qualité innée renforcée par le yoga ? Au fil de mes recherches, je prends conscience que ta façon de vivre est en adéquation avec les principes du yoga : harmonie de l'esprit avec le corps, à l'unisson du monde qui nous entoure. Pourquoi ne pas essayer à mon tour ?

« Yoga veut dire union, union du corps avec le mental et du mental avec l'âme, écrit B. K. S. Iyengar, dans *L'Arbre du yoga*. En cultivant le corps, le mental et la conscience, celui qui pratique le yoga vainc les défauts de l'intellect, équilibre le cœur, siège des émotions, et affermit ses intuitions. » Je m'amuse des coïncidences. Ce même gourou, aujourd'hui mondialement célèbre, était un adolescent chétif et malade dans les années 1930, élève de son beau-frère le yogi Krishnamacharya, au moment où ce dernier acceptait d'enseigner le yoga à une Européenne, Indra Devi. Mes lectures font donc écho à ce que tu as appris auprès d'Indra. Iyengar écrit aussi : « Le yoga ne peut pas être pris d'assaut [...]. Vous voulez exécuter les *āsanas* comme vous me voyez les exécuter, mais vous oubliez que je pratique le yoga depuis plus de cinquante ans alors que vous commencez à peine. Une approche ambitieuse ou impatiente vous rendra malade, physiquement ou mentalement. » Me voilà rassurée.

Devant le flot de pensées qui m'assaille à la sortie de ce troisième cours, je constate leur absence pendant toute l'heure précédente, une première depuis longtemps. J'ai souffert au présent, concentrée sur les postures, attentive aux réactions du corps, et mon esprit ne s'est pas agité dans toutes les directions. L'image de ma professeure de yoga, assise dans la position du lotus, ou debout dans la posture de l'arbre, les bras levés, une jambe repliée et calée contre la cuisse opposée, se confond avec les statues des divinités dans les grottes de Mogao, visitées lors d'un voyage dans le Gansu. Ces poses délicates, ce même abandon, un léger sourire aux lèvres. Elles m'ont marquée par leur beauté, leur ancienneté bien sûr, mais aussi et surtout pour ces corps libres, déliés, représentés sans gêne. Le ventre gras et les doigts de pied du Bouddha, les hanches pleines des déesses, les seins qui se dessinent sous un voile léger. Dans ces lieux sacrés, le corps exultait à l'unisson de l'esprit. Si j'accole ces statues à celles des églises de mon enfance, je vois des martyrs, des vierges, des ascètes, des mystiques dissimulés par l'habit, la robe, qui tombent jusqu'aux pieds. Et si le corps apparaît dénudé, c'est qu'il sera supplicié. J'ai grandi avec l'idée que le corps, s'il n'est pas au service de la souffrance, transcendé par elle, doit s'ignorer, rester caché. J'ai l'impression de ne savoir qu'en faire quand je le vois ici célébré, intégré.

Pourtant, les Christ en croix ou la Pietà de Michel-Ange m'ont appris que le corps est aussi lien vers l'autre, quand le Bouddha reste seul. Le corps comme vecteur d'un amour qui se donne, qui s'abandonne, plus grand encore que la souffrance, la douleur, insupportable, de voir son enfant mort. Peut-être est-ce cela qu'apporte l'Occident, cette notion d'amour véritable, de la compassion à la rédemption, qui nous lie tous, de Dieu à sa créature, et sans lequel vivre perdrait son sens. Mais si l'on aime ainsi, le détachement oriental est-il encore possible ?

Dans ces années noires d'après-guerre, l'amour des hommes t'a maintenue en vie. Vitali, Igor, Rezini, un capitaine, Mikhaïl, Venik, Tony, Jenka, Roy, Sun Li.

Ils sont américains, russes, français, chinois. Il en faut beaucoup pour combler le silence d'un seul. Moi, j'ai tout barricadé. À part ces rumeurs qui circulent au sujet de Valéri, tu ne sais rien. Semaine après semaine, mois après mois, l'absence de nouvelles semble confirmer le pire. J'ai vite su qu'il n'était rien arrivé en Amérique, il donnait des nouvelles à des amis communs qui me l'avouaient, l'air coupable. J'ai fini par ne plus demander. Tu fustiges le désir de tous ces hommes autour de toi, tu t'en éloignes pour mieux tomber dans leurs bras. Je m'étais abandonnée dans les bras d'un seul, en l'embrassant la première. Je l'avais choisi et il était parti. Leurs yeux te disent que tu es toujours belle, leurs caresses te donnent la force de ne pas sombrer. En me mariant, j'ai aimé être désirée, être choisie, mais cela n'a pas suffi. Il arrive que l'un soit plus lucide que les autres. Ainsi d'un jeune soupirant qui t'avoue de but en blanc : « Vous êtes une femme dont il est dangereux de tomber amoureux. Vous êtes bonne et honnête, mais vous ne pouvez pas vous attacher à quelqu'un, votre regard s'enfuit, derrière les hommes, vers un autre monde enchanté. » Tu t'en souviens et notes ces mots dans ton journal le 27 décembre 1948. De 1946 à 1949, tu es une femme dans la plénitude de tes trente ans. L'expérience a chassé la naïveté et le narcissisme de la jeunesse. Tu as devant toi des rêves et des enfants à mettre au monde.

Une prière

Shanghai, 18 mai 1947

L'obscurité après la lumière, la puissance de l'encens après les odeurs de rue, les chants religieux après les cris des vendeurs ambulants, la douceur après l'agressivité. Dehors, tu es une étrangère, une apatride dont les Chinois ne veulent plus. Anonyme sous le foulard qui serre tes cheveux, tu te faufiles dans la foule massée derrière le pope. *Pomilouï menia Gospod* – « Ô Seigneur, aie pitié de moi », chantes-tu en fixant la fresque peinte du dôme, un vieil homme à la barbe blanche et aux bras grands ouverts. Sur ses genoux, l'Enfant Roi, des anges tout autour. N'atteindras-tu jamais les rives paisibles de ce ciel-là ?

Devant toi, des dos se balancent en rythme, les yeux fermés cachent des suppliques que tu devines. Que faire : prendre la main tendue par l'URSS et rentrer, ou déposer une demande de visa pour les États-Unis, le Canada, l'Australie, et fuir ?

Prier pour une seule chose, sincèrement et avec insistance, et Dieu l'accordera. Ton père est-il toujours en vie ? Il a dû se passer quelque chose à Harbin. Tu penses à Ninika, l'amie de tes belles années de Corée, qui lutte entre la vie et la mort. Tuberculose. Si jeune, si belle. Toi, la pécheresse, tu devrais être à sa place. Tu te signes, trois fois. Sous tes paupières closes fulgurent deux yeux noirs et les mains d'un soldat, paumes larges et ongles bien dessinés, qui tremblent sur ta peau. Roy. La voix grave des popes monte dans la fumée des cierges. Celle de Roy descend au creux du ventre, résonne, fait vibrer la chair. Non, tu ne cherchais rien, il t'est tombé dessus sans crier gare. Il est venu combler les doutes creusés par Igor. Aurais-tu succombé si ce dernier t'avait épousée, s'il avait enfin pris les rênes de sa vie, si vous étiez, à l'heure qu'il est, tous les deux penchés sur une petite fille, la vôtre, aux cheveux blonds comme les siens ? Non, jamais ! Tu aurais fait une promesse, tu t'y serais tenue. Il t'a bien fait une demande, mais tu as refusé. Depuis, votre relation connaît des hauts et des bas. Tu reproches à Igor sa dépendance à ton égard, son attente. Rien à faire, dans cette histoire, tu es la pécheresse, celle que les catholiques brûlent en haut des bûchers, et Igor l'homme qui ne fait rien de mal.

« Vous le savez, mon Dieu, que je ne voulais pas lui faire du mal ? Que je ne suis pas l'odieux personnage qu'ils décrivent. J'espère le Grand, le Bon, le Beau. Je me dépense entièrement dans l'amour, en quoi suis-je coupable ? À Igor, j'ai tout donné sans compter, et j'ai attendu. Je suis fatiguée de décider de tout, de rêver pour deux. »

Roy t'a remplie d'amour sans rien demander. Il t'a donné envie de vivre, d'enlacer les arbres et de sourire aux promeneurs de ce bois où vous vous êtes rencontrés, dans les environs de Nankin, en novembre dernier. Six mois déjà. Il vous a ramenées, Rosita et toi, dans la jeep qu'il conduisait. Un regard et tu as eu l'impression de le connaître depuis très longtemps. C'est comme s'il avait toujours été là, quelque part dans les plis du cœur, mais tu ne l'avais pas remarqué. Lui, l'officier américain, marié à dix-neuf ans à une chercheuse d'or, père d'un petit garçon, parti en Chine pour combattre autant l'ennemi que lui-même, et oublier ce qu'il reste de l'amour après un divorce douloureux. Toi, la danseuse et poète russe, exilée en Chine, en quête d'un abri pérenne, amour ou maison. Vous vous êtes retrouvés près d'un étang.

— L'eau est profonde et silencieuse, as-tu fait remarquer.

— Elle se tait parce qu'elle sait quelque chose, a-t-il répondu.

Les voix du chœur lèchent les murs, s'enroulent autour des piliers comme la fumée des cierges. Tu aimes l'absence d'instruments dans la liturgie orthodoxe. Seul le chant, qui jaillit des entrailles, peut porter la prière des hommes et faire résonner l'âme, sa misère, son fol espoir.

— Larissa, embrasse-moi !

Ses lèvres sentent le whisky, Roy est ivre. Un homme l'a descendu de l'arrière d'une voiture et déposé à tes pieds, un soir où vous deviez vous retrouver.

—Je te veux et c'est impossible ! hurle-t-il. Je ne suis pas digne de toi ! Voilà qui je suis vraiment : un ivrogne !

Alors tu l'as ramené à ton hôtel, tu l'as couché sur le lit et tu l'as écouté. Il a montré ses blessures, celles visibles sur les bras et le torse, et celles qu'il n'a encore montrées à personne. « Il y a des étoiles et des fleurs, et les gens meurent. » Tu as vu tous ces morts autour de lui, ces gens aimés qui ne sont plus, ces corps dont il a ôté la vie en bon soldat. Tu rassures un petit garçon terrorisé qui appelle sa mère. Tu consoles un homme aux yeux brûlés par l'alcool. Le doute n'est plus permis : Roy est alcoolique.

Il est revenu le mois dernier de Mandchourie, arrivé à Shanghai sans prévenir. Un soir d'avril, ta logeuse t'a remis ses messages, il t'attendait au bar du Cercle sportif, transformé en mess des officiers américains après la guerre. Après ces jours où Roy et toi êtes restés accrochés l'un à l'autre, dans la pénombre d'une chambre d'hôtel, alors même que tu savais cette voie sans issue, tu t'es sentie légère, emplie d'une lumière prête à ruisseler autour de toi.

« Il y a eu beaucoup de choses, mais tout est rempli d'une lumière qui se trouve en moi maintenant, et c'est pour cela que je ne souffre pas du tout. Je n'ai pas honte, je regarde Igor dans les yeux et je désire le couvrir de caresses, comme tous ceux que je rencontre. Comme si je n'étais pas pécheresse, mais, au contraire, sainte», tentes-tu d'expliquer dans ton journal. Si tu avouais cela à Igor, il ne comprendrait pas, ne pardonnerait pas. Tu sens qu'il y a là quelque chose de paradoxal, de fou, mais qui n'en est pas moins vital.

«Est-ce ma faute si Dieu m'a faite ainsi, si j'ai besoin d'aimer et de vivre?», pensait Anna Karénine en lisant la lettre où son mari lui demande de revenir à la raison.

Le doré des icônes luit doucement. Dans son atelier, Igor travaille à un portrait de toi, presque achevé. Il t'a représentée de face, à l'intérieur d'une cathédrale. La lumière arrive sur tes épaules, adoucie par les vitraux colorés en arrière-fond. Il s'est inspiré de la photo que Vertinski souhaitait pour la couverture de ton premier recueil de poésie: un visage sérieux, presque monacal, un buste caché derrière une tunique blanche. Sur le tableau, la broche de la photo a été remplacée par une croix. Tu ne souris pas, cheveux aux épaules, sagement coiffés, raie au milieu. Dans la blancheur de ton visage, la régularité des traits saute aux yeux. Pure, inaccessible, comme la sainte qu'on vénère à défaut de l'avoir possédée, comme la mariée non épousée. Ce portrait te dérange: ce n'est pas toi, c'est l'image qu'Igor se fait de toi. Une femme statique, prisonnière du désir d'un homme, de sa jalousie et de son impuissance. Mais peut-être est-ce toi qui ne comprends rien et n'apprécies pas le cadeau d'un homme qui te voit avec les yeux de l'amour?

« Mon Dieu, aidez-moi à devenir bonne et pure ! Je vous demande une seule chose, que je sois bonne. Tout le reste est sans importance. »

Enfin, presque tout le reste : « J'ai besoin de savoir ce qui est arrivé aux Iankovski, et à papa. Juste savoir. Pourquoi ? J'imagine que les chiens abandonnés en font autant. Ils attendent sans savoir pourquoi. »

Purification

Shanghai, hiver 2019

De même qu'en novembre 1946, lors de ta rencontre avec Roy à Nankin, les passages de ton journal qui relatent vos retrouvailles d'avril 1947 résistent à la lecture. Non pas à cause du contenu – d'ailleurs, il manque deux pages, arrachées ? –, mais l'écriture y est moins lisible, plus ramassée. Les mots te trahissent, par leur sens, par leur forme sur ce cahier. Pas de doute : ces passages sont balayés par un grand vent, les mots couchés par la houle d'un désir qui emporte tout sur son passage, convenance, fidélité à un autre, prudence.

« J'étais remplie d'amour [...] Il n'y a pas d'état plus élevé que celui-ci quand le soleil entre à l'intérieur et que tout s'illumine », écris-tu en novembre 1946, juste après votre rencontre.

Et me voilà en colère. Pourquoi Igor ne te suffit-il pas ? Pourquoi cette tendance à tout compliquer, à chercher ce qui n'existe pas ? Igor a des défauts, certes, comme tout homme. Mais il t'aime, lui.

T'aurait-il abandonnée pour poursuivre sa vie aux États-Unis sans aucune explication, sans rien ? Non. T'aurait-il salie en livrant à tes amis des détails sur votre vie intime ? Non. Aurait-il porté la main sur toi ? Non. Alors ?

De ma fenêtre, le jour tombe droit sur les trottoirs humides, les feuilles des platanes gisent au sol. Le mercure a perdu près de vingt degrés en une nuit. Comme chaque année ici, l'hiver s'installe avec brutalité, chassant un automne à peine aperçu. La pluie vient de s'arrêter, après s'être abattue en rideau, et la ville, comme une énorme serpillière, goutte lentement d'un trop-plein sale. Des fils électriques courent d'une maison à l'autre, se tordent en grappes, s'assemblent en faisceaux, se balancent au-dessus d'une rue. Les réparateurs ne savent jamais lequel tirer, alors ils en ajoutent un nouveau. Ces fils me suivent partout, comme de gros serpents noirs, et parfois il me semble les entendre siffler. Mon cœur pèse aussi lourd que le ciel sur ma tête. Le manque m'étreint. Les mains enlacées d'un couple, un enfant dans les bras de sa grand-mère, un homme qui tient le coude de sa mère pour avancer, cette petite vieille qui en salue une autre, attaches invisibles tissées de l'un à l'autre, dont je me sens exclue. Mon divorce a coupé un lien toxique, mais rien ne repousse depuis. Dans la rue, devant moi, chacun fait partie d'un tout, le cœur planté quelque part. Moi, je glisse à la surface de ma vie. Le trottoir disparaît sous les feuilles mouillées et l'eau gicle des dalles disjointes. En automne, face à ce vide qui me ronge depuis toujours – l'attente de l'amour, des réalisations, de la maturité, l'impression de ne pas saisir l'essence des choses, de ne pas sonner juste, de n'avoir encore rien fait – ce vide qui m'a fait longtemps dire « quand je serai grande » à mes rêves, à mon ambition, je trouve refuge dans un abri. Plus jeune, les livres ou l'assise usée d'un fauteuil ont joué ce rôle. Plus tard, les bras de l'homme aimé. Depuis ma rencontre avec toi, il me semble parfois que tes mots ont pris la suite, ils viennent habiter le vide, deviennent l'abri. J'en sors plus forte, plus calme.

Avec la fin de la guerre, je pensais les pires années derrière toi. Je me trompais. Dans tes journaux, peu de mentions des événements de ces années 1948 et 1949, mais des phrases çà et là trahissent des conditions de vie très dures. Tu peines à joindre les deux bouts, logée dans une chambre sans salle de bains, réduite à te laver quand tu vas chez des amis. Au gré de mes recherches, je découvre une ville d'après-guerre dévastée par le marché noir, la corruption des cadres nationalistes de Chiang Kaï-shek, une ville en proie à une inflation galopante. Dans la rue, tu croises de nombreux vélos, des liasses de billets ficelées sur le porte-bagages, dont la valeur se déprécie plusieurs fois dans la même journée. D'août 1948 à août 1949, les prix augmentent en moyenne de 300 % chaque mois. Les employés finissent par demander leurs salaires en denrées comestibles, et les mendiants ne font plus la manche : ils volent à l'étalage pour survivre. La tuberculose fait des ravages.

Les tentatives de médiation entre nationalistes et communistes, initiées par le général américain Wedemeyer, envoyé spécial du président Truman, tournent court. À partir d'avril 1947, après avoir investi des millions de dollars pour maintenir Chiang Kaï-shek au pouvoir, les troupes américaines commencent à quitter la Chine. D'où un dernier passage de Roy à Shanghai en avril 1947 avant de quitter le pays pour de bon.

Inquiets de l'avancée des troupes de Mao Zedong qui descendent vers le sud, Pékin puis Shanghai, les réfugiés chinois continuent d'affluer des campagnes et meurent de faim, de froid et de maladies sur les trottoirs de la ville. Cette fois-ci, plus de missionnaires étrangers pour les aider. À l'été 1948, la plupart des résidents français, américains et anglais évacuent, désormais certains de la victoire de Mao Zedong.

Dans les clubs, les restaurants, les cinémas, les spéculateurs, les gangsters et les officiels corrompus exhibent des panses rebondies, quand des enfants rachitiques meurent de faim derrière les portes tambour. Les communistes infiltrent universités et usines, gèrent dans l'ombre des manifestations contre l'impérialisme étranger ; les agents de la police secrète du Kuomintang vont débusquer la nuit des hommes suspectés de velléités communistes pour les torturer et les exécuter. Certains Européens continuent de vivre dans un monde qui n'est déjà plus. Dans le *North China Daily News* du 1er février 1949, un encart me fait sourire. L'association des femmes britanniques informait ses membres d'un thé le mercredi suivant, à 16 h 30 précises, au 12 Bund, pour visionner le film de l'anniversaire de mariage du roi George VI et de la reine

Elizabeth, avec l'espoir de voir également le film du baptême de leur petit-fils (le prince Charles, donc) si la bobine du film arrivait à temps…

Des fleurs séchées entre les pages jaunies, et ton écriture qui court, s'affole, pour dire la passion, les doutes, le désarroi, la tristesse. Écriture serrée, concentrée quand tu écris en russe, plus large et étalée en anglais. Parfois des pages blanches ou arrachées.

Absorbée dans mes pensées, j'ai pris Fuxing Road vers l'ouest, vers Shaanxi Road. Un visage aperçu sur les grilles du Shanghai Symphony Orchestra me fait rebrousser chemin. C'est bien lui, Aaron Avchalomov, son nom est écrit sur la plaque, parmi tous les autres portraits et noms des dirigeants de l'Orchestre symphonique, autrefois Orchestre municipal de la ville, qu'il dirige un an, de 1945 à 1946. Compositeur, musicien talentueux, Aaron Avchalomov forme toute une génération de jeunes Chinois à la musique classique, devenus par la suite des artistes renommés. Dans tes journaux de la fin des années 1940, son nom apparaît à plusieurs reprises. Tous deux originaires de Sibérie, vous vous êtes liés d'amitié et, dans l'attente d'un visa pour rejoindre son fils aux États-Unis, il a accepté de composer pour toi la musique d'une de tes danses : *Iva* – « Le saule », en français. Tous les jours, pendant plusieurs heures, tu t'entraînes, répètes les numéros pour le spectacle du soir ou inventes de nouvelles chorégraphies sur des airs connus – Albéniz, Rachmaninov, Grieg. Au crayon ou dactylographiés, tu détailles chaque mouvement sur des feuilles blanches. La danse te tient.

Dans tes journaux, tu mentionnes également des films vus au cinéma, des livres. Greta Garbo dans *Ninotchka*, Jennifer Jones dans *Duel au soleil*. *Anna Karénine* de Tolstoï, *Le Chant de Bernadette*, biographie romancée de Bernadette Soubirous, la sainte de Lourdes. Le mot « pureté » revient sans cesse dans ces journaux d'après-guerre. Tu t'en veux de ne pas être pure. Et pourquoi le serais-tu, à l'aune de ces films, de ces lectures ? La féminité s'y définit selon des critères établis par des hommes, jaugée à l'aune de leur désir, de leur imaginaire. Sainte ou pécheresse ? Dois-tu trouver ton bonheur avec un homme ou en Dieu ? Susciter le désir ou inspirer la prière ? Bernadette Soubirous et Anna Karénine se tiennent à chaque extrémité d'un long fil, et je te vois trembler, suspendue en l'air, forcée d'avancer vers l'une ou l'autre, selon que tu es tourmentée par ton éducation religieuse ou par ton désir, d'un bout à l'autre prisonnière du regard que les hommes posent sur toi. Pureté. Plus tu cèdes, plus tu invoques la pureté, Graal inaccessible. Dieu, ton père et les hommes la brandissent sans cesse, leurs fantasmes te renvoient un reflet sale, altéré, à l'innocence perdue. La beauté d'une femme est suspecte, une invitation au sexe, à la dépravation. Pourquoi l'homme serait-il plus coupable que la femme tentatrice ? Pearl, le personnage joué par Jennifer Jones, n'est-elle pas à moitié responsable du viol qu'elle subit ? Ne l'a-t-elle pas encouragé par le fait même d'être ce qu'elle est, une belle et sensuelle jeune femme ? Et le roman de Tolstoï que tu aimes tant. Laisse-moi le passer à la moulinette d'un regard féminin, celui de la poétesse Anna Akhmatova qui ne l'appréciait pas beaucoup. « Vous n'avez pas été frappée par la grande idée de ce chef-d'œuvre : une femme qui divorce d'avec son mari légitime pour aller vivre avec un autre homme devient infailliblement une prostituée. Si ! Ne discutez pas ! C'est exactement cela ! », lance-t-elle à son amie Lydia Tchoukovskaïa lors d'une conversation. Avec tous ces hommes pour te dire à quoi ressemble la pureté, je perçois le trouble de la femme, sans comprendre le silence de la poétesse. N'est-ce pas dans l'impur que se cache l'homme, et donc la littérature, la poésie ?

Une photo de ton album illustre cette lutte à merveille, et j'y reviens souvent. Un homme torse nu se prend en photo devant un miroir sur lequel sont fixés deux clichés de toi. L'un te montre en blouse blanche, visage grave – il s'agit de la photo dont s'est inspiré Igor pour son tableau ; sur l'autre, tu souris en robe de tsigane, pieds nus, bijoux et lèvres rouges. Bernadette Soubirous et Anna Karénine. L'homme, posé derrière un appareil à trépied, ressemble à Igor. Dans un jeu de reflets, il englobe d'un regard amoureux tes deux visages sur le miroir, mais aussi toi qui regardes la photo. Toute-puissance du regard masculin qui crée, qui agit, qui aime.

Dualité. D'une ville, d'une personne. Shanghai me l'apprend, comme le yin et le yang qui se pénètrent à l'infini. Shanghai, hydre à deux têtes, rive est et rive ouest du Huangpu. N'est-elle pas en même temps la ville qui pue le sexe tarifé et la ville « bonne élève » de Chine, toujours la première à appliquer les nouvelles directives du gouvernement ? Longtemps châtiée sous l'ère Mao pour son cosmopolitisme vicieux, la ville babylonienne veut maintenant être irréprochable. En surface, en profondeur, peu importe, les Shanghaïens ont l'habitude de naviguer dans l'entre-deux. Ici, nous nous découvrons capables du pire et du meilleur.

Igor Ossipov aussi a deux visages. Deux photos successives les dévoilent. Sur l'une, son profil gauche montre des traits énergiques, un regard décidé, un menton net, bel homme. La photo d'après, tout change avec le profil droit. La joue est ronde, le regard tendre, presque enfantin. Plus rien de tranché, tout respire la mollesse, jusqu'à la pose, la tête calée sur sa main gauche. Les yeux très clairs, et très amoureux, semblent te dire : « Qu'il me soit fait selon ta volonté », et je n'imagine personne d'autre que toi derrière l'objectif.

Igor est peut-être jeune, mais il nous laisse deux portraits de toi : l'austère Madone dans l'église peinte en 1947, et toi dansant *Tabu* en 1951, l'une de tes danses les plus célèbres. Igor a peint tes deux pôles : l'austérité créatrice opposée à la musique des sens.

Malgré tous ses défauts, malgré tous les tiens, je crois pouvoir dire qu'il savait qui tu étais vraiment.

Il t'aimait.

Je crains ma propre légèreté,
Je crains les fleurs et les poèmes et… vous.
Je crains de découvrir l'inattendu
À cette heure indue.
Je crains l'attente d'un miracle
Et j'ai peur d'une soudaine crise de larmes.
Mieux vaut que je ne reçoive pas
De vous ces roses amoureuses.

Les communistes arrivent

Shanghai, 13 février 1948

L'INQUIÉTUDE GRANDIT DEVANT l'avancée des communistes. Avec Igor, vous avez fêté le nouvel an chez des amis et vous vous êtes disputés. Vous n'avez pas échangé un mot depuis. Une tension parcourt la ville et rend les rapports humains électriques. Chaque jour, dans le tramway, dans les rues, les gestes d'hostilité de la population locale se multiplient à l'encontre des étrangers. « Rentrez chez vous ! À bas les profiteurs ! », semblent dire leurs yeux posés sur toi. Un matin, un homme te crache au visage. Au Park Hotel et au Caucase où tu danses, les incidents se multiplient, comme ce client qui bondit sur une table en claquant des mains pour troubler le spectacle. De joie ? De colère ? Personne n'a compris. Ce n'était jamais arrivé avant.

Comme tous les jours, tu as fait le trajet à vélo. Depuis le quartier de Hongqiao où tu habites désormais, tu pédales plusieurs kilomètres pour rejoindre le centre de l'ancienne concession française, par tous les temps. À Hongqiao, les allées bordées d'arbres ne mènent nulle part, les étoiles brillent comme du cristal, et la lune erre derrière un voile de brume. Parfois, un train déchire le silence, et puis plus rien. Ce calme te plaît, la ville semble avoir reflué au loin.

Sortie en retard de ton rendez-vous chez le médecin, tu prends l'avenue Joffre, puis tournes rue Cardinal-Mercier. Choura t'invite à déjeuner au Cercle sportif français. En passant devant les mosaïques du hall d'entrée, comme chaque fois que tu entres dans ce bâtiment, tu te revois quinze ans en arrière, longeant les grilles pour aller à ton audition au Lyceum. Dans le grill-room, Choura t'attend à la table du fond. Ses yeux sourient et, avant même d'ouvrir la bouche, elle te serre dans ses bras. À elle, tu peux tout dire. Pas de jalousie, pas d'hypocrisie, elle t'a déjà tant aidée.

— Lachenka ! Assieds-toi et raconte-moi ! Comment s'est passée ta visite ? Qu'a dit le docteur ?

Ton cœur est malade, anémié. Le médecin conseille d'arrêter la danse, les cigarettes et le café pendant deux semaines. Si l'extrême fatigue continue, peut-être faudra-t-il changer de profession. Est-ce concevable d'arrêter de danser ? Au moment où tu sortais, la main sur la poignée de la porte, il a lancé, perspicace :

— Puis-je vous donner un conseil ? Arrêtez de penser. Et un dernier : avant de prendre une décision, posez-vous trois questions. Est-ce sincère ? Est-ce égoïste ? Est-ce guidé par l'amour ?

Choura rit. Quelle est l'adresse de ce médecin qui sait lire dans l'âme de ses patients ? Vas-tu mettre ses conseils en application ? Avec Mikhaïl, par exemple ?

Après votre divorce en 1939, ton mari est finalement retourné en Amérique le mois dernier. C'est la deuxième fois qu'il vient à Shanghai pour te convaincre de rentrer en URSS avec lui. Il a déjà essayé en 1946, Choura s'en souvient. Tu l'aimes comme un frère maintenant, et ce n'est pas la réponse qu'il attendait.

Choura écoute, droite sur sa chaise. Elle n'est pas vraiment belle, mais son nez retroussé et sa vivacité naturelle lui donnent beaucoup de charme. Vous partagez le même patronyme, les mêmes errances de Russes réfugiées à Harbin, la même vocation d'artiste. Aujourd'hui, tout lui réussit : un mari aimé, épousé il y a dix ans, un nom connu, Alexandra Gramolina, associée à son salon de mode *Modern Woman*, très apprécié à Shanghai, surtout par les épouses des hommes d'affaires américains. Ta vie ne cesse de dérailler alors que la sienne file droit, aussi nette que ces étoffes qu'elle déchire d'un coup sec dans son atelier. Comme toi, elle a demandé la nationalité soviétique en 1946. Jamais tu ne lui raconteras ton entrevue avec le consul américain Howard, un an plus tard, pour demander un visa américain. Roy était passé par là. De toute façon, le consul t'a ri au nez.

Choura semble ne jamais douter. Pourtant, elle n'a pas profité de la période d'amnistie accordée par l'URSS aux apatrides pour rentrer au pays. Nombreux sont tes amis russes, comme Nikolaï Chtchiogolev, comme ton professeur de danse, à être montés sur ce bateau allemand, prise de guerre des Soviétiques, envoyé à Shanghai l'année dernière pour rapatrier en URSS ceux qui en faisaient la demande. Derrière l'allure décidée, parfois cassante, de Choura, se cache un cœur généreux. Quand tu as de l'argent, elle t'habille. Quand tu n'en as pas, elle te fait défiler pour son salon. Humble, passionnée par son métier, son amitié est un havre en ces temps troublés.

Au-dessus de vos œufs mayonnaise, Choura avoue son inquiétude : avec l'avancée des communistes, ses clientes occidentales quittent Shanghai les unes après les autres. Regretterait-elle de ne pas être partie en URSS ? Tu n'oses pas le lui demander. Son prochain défilé aura lieu le 6 avril, l'as-tu bien noté ? Elle a déjà en tête la robe que tu porteras. Du noir, un décolleté dans le dos, une rose et un grand chapeau.

— Comment va Igor ?

Tu hésites un instant avant de lui avouer que tout est fini. Tu voudrais qu'elle change de sujet, qu'elle comble le silence, mais elle a posé ses couverts et relève la tête. Le flot monte. Non, ne pas tout raconter, à quoi bon ? Et pourquoi non ? De toutes tes amies, Choura est la seule à pouvoir comprendre, la seule à ne pas juger. La digue lâche et les mots se déversent. Tu lui fais du mal, tu n'es pas celle qu'il lui faut. D'ailleurs, la doctoresse l'a dit : Igor, une maison, un enfant, ce sont des idées.

— Quelle doctoresse ? demande Choura. Je croyais que le docteur était un homme.

Tu parles d'un autre médecin, une femme, gynécologue. Il y a peu, elle t'a annoncé que tu ne pourrais pas avoir d'enfants. À moins d'une opération au coût exorbitant, et dont le succès n'est pas garanti.

— Tu vois, Choura, pas la peine de se faire des idées. Pour moi, pas de maison, pas d'enfant, et encore moins avec Igor !

Tu parles d'Olga, de Tania, de tes amies danseuses. Elles disent que tu gâches tes talents, que tu ne sais pas user de tes charmes pour obtenir la vie dont tu rêves. Une vraie dinde.

— Eh bien, elles ont raison, tu t'y prends mal, Lachenka. Tu te souviens d'Alla Toumanova ? À ses débuts, quand elle n'était personne, elle a épousé un homme utile qui l'a emmenée à Paris. Aujourd'hui, elle donne des concerts alors que tu continues à te produire dans des restaurants.

C'est vrai, toi, tu tombes sous l'emprise de brutes qui prétendent t'aimer et t'achètent pour leur plaisir. Et tu les crois, tu persistes à attendre quelque chose d'eux.

À la table d'à côté, on se retourne. Vous parlez trop fort. Choura pose une main sur ton bras et demande :

— Angel ?

Tu acquiesces sans un mot. Oui, tu le revois, malgré les avertissements de tes amis. Tu as peur de lui et tu lui cèdes. Tu admires l'homme d'affaires, son assurance. Tu aimes sa cour assidue, ses déclarations. N'a-t-il pas déjà annoncé au manager du Caucase qu'il allait t'épouser ? Il se renseigne sur le tour de ton annulaire pour la bague de fiançailles, te couvre de cadeaux inutiles. Puisque tu tardes à répondre, il prend ton silence pour un « oui ». Il veut que tu cesses de danser, que tu partes avec lui en Amérique, que tu emménages au Métropole, l'hôtel où il réside quand il est à Shanghai, que tu portes les robes qu'il t'offre. Irlandais de naissance, américain de nationalité, catholique de religion, il sait d'où il vient, où il veut aller. Il voyage souvent, tu ne sais pas où. Il t'appelle *honey*, t'emmène dîner au Park Hotel ou Chez Louis, et te tient la main devant tout le monde. Tu aimerais plus de discrétion. À dire vrai, tu as parfois peur de lui, de ses colères, de ses exigences. Peut-être faudrait-il filer avant qu'il ne soit trop tard. Choura t'y encourage en hochant la tête silencieusement.

—J'aimerais croire qu'il y a autant de manières d'aimer qu'il y a de cœurs, comme le dit Anna Karénine.

—Ça s'est assez mal terminé pour elle, conclut Choura.

Un lourd, lourd manteau
Derrière moi, sur moi, l'amour…
Je n'ai de forces ni pour l'ôter, ni pour le ramasser,
Ce fardeau d'un bleu majestueux.
Peu importe qui me séduit
J'aime mieux laisser mon cœur trembler
Personne n'échappe
Au mirage bleu. […]

Au bord du vide

Shanghai, hiver 2019

CETTE VILLE PUE le tofu, les égouts, les canalisations bouchées, le moisi qui mousse sur les fenêtres mal isolées. Cette ville pue les cadavres de ceux qu'elle a écrabouillés, qui ont courbé l'échine. Elle les digère, lentement, dans un rot aux relents d'œuf pourri. Elle ne fait pas de quartier : elle rabote, ronge, cisaille, dans les pleurs, la dépression, la fatigue. Cette ville est une femme jalouse, dure, vénale, qui s'insinue dans le cœur des autres femmes, dans leurs doutes et leurs fragilités – elle les connaît bien. De l'intérieur, elle s'acharne, tente de les faire renoncer.

Devant le café Alimentari, un cordon de sécurité empêche les curieux de se blesser sur les éclats de verre qui jonchent le sol. Dans sa chute, le corps a pulvérisé l'auvent du café avant de s'écraser dans la rue, en milieu d'après-midi. Il s'agit d'une femme, la cinquantaine, qui a chuté du dix-neuvième étage de la résidence surplombant l'établissement. Suicide. Son mari est en déplacement. Elle laisse deux enfants, de sept et dix ans. Elle était pieds nus.

Sur place, les Occidentaux sont choqués de voir le corps exposé au regard des passants pendant de longues heures. Pas une couverture pour le recouvrir avant qu'il soit emporté. Les Chinois, eux, semblent indifférents à la scène. « On n'a pas à se réjouir de la vie, comme on n'a pas à se sentir contrarié par la mort. »

Cependant, la femme qui vient faire le ménage chez moi a décommandé un baby-sitting chez une famille de cette résidence le soir même. Ici, on ne plaisante pas avec les fantômes. Le drame nourrit les conversations, pousse aussi chacun dans ses replis intérieurs jusqu'à cette question que je n'arrête pas de me poser : aurais-je pu sauter, moi aussi ? Une voisine affirme qu'elle connaissait bien la femme défenestrée. Rien dans son attitude, dans ses propos, n'aurait pu faire penser à une telle détresse. Connaît-on une personne sans avoir frôlé ses ombres, sans avoir touché du doigt ses fêlures, ses renoncements ?

Ton journal intime ouvre la porte dérobée, permet une incursion là où personne ne va, derrière la vitre sans tain. Voilà ce qui m'émeut : te lire à cœur ouvert. J'ai vu une femme de mon âge déposer là ce qu'elle ne partage avec personne. Si je t'ai connue d'abord à travers ce que d'autres ont écrit sur toi, c'est dans tes carnets que j'ai découvert la femme dont je veux parler, cachée entre les lignes, retranchée derrière des mots écrits pour elle seule. Tu aurais pu te jeter dans le vide comme cette femme.

Tu songes plusieurs fois à mettre fin à tes jours, d'une manière ou d'une autre. Tu l'écris comme un chuchotement, effrayée par le vertige que cette idée t'inspire, cette damnation de l'âme qu'il entraînerait pour toi, croyante, chrétienne.

Amis, collègues, on me demande souvent ce qui m'intéresse dans ta vie. Je crois que ce sont tes combats intérieurs, ces moments – si tangibles dans tes journaux – où tu courbes l'échine, prête à rendre les armes. Et puis tu te relèves, tu reprends le fil de ta vie, dans son quotidien, dans son absence de grandeur, dans son absurdité. Avec ton sens de l'observation, tu as le don de saisir la beauté de l'instant. Il y a quelque chose à comprendre de l'unité inconsciente de toute chose avec le tout, du lien causal entre une action et une autre. Rien n'est anodin, rien n'est sans valeur. Les époques, les modes se succèdent, le combat reste le même : comment devenir la femme qu'on est par essence ? Comment encaisser les coups sans perdre son âme ? Comment combler ce manque qui étreint parfois et que rien ne semble pouvoir assouvir ? Comment continuer à aimer la vie quand rien ne s'est déroulé comme prévu ?

— Demandez-vous ce qui doit mourir en vous pour qu'y fleurisse la vie, avait conclu le vieux prêtre en se levant après presque une heure d'entretien impromptu.

Il m'avait trouvée en pleurs dans son église, quelques semaines après le départ de mon mari.

— N'oubliez pas que ceci est un processus qui implique lenteur et maturation, non un changement d'état brutal, m'avait-il avertie en me raccompagnant de la sacristie à la rue. Cessez de vous accuser de tous les maux, mettez-vous en chemin ! Jésus ne s'est-il pas montré aux disciples d'Emmaüs alors qu'ils étaient sur la route ?

Ils l'ont reconnu un peu tard, avais-je pensé. Mais, d'une certaine façon, je l'avais pris au mot en acceptant un poste à Shanghai quelques mois plus tard. Partir pour mieux savoir qui l'on est.

En décembre 1948, les mots envahissent les pages, insectes noirs à peine formés, étalés ou posés en rangs serrés. Des ratures, des pages arrachées, des mots noyés par des taches : des larmes ? Face à tes secrets, le cœur serré, je ne veux rien faire qui puisse te pousser dans le vide. Sur la pointe des pieds, je ramasse des cailloux blancs qui me rappellent ta bonté, ton courage. Il y a Kolka, mentionné une fois sans détails. Tu prends sous ton aile cet orphelin chinois, défiguré par une maladie de peau, et tu finances son traitement médical. Contre l'avis de tes amis, tu donnes tes dernières économies à un dénommé Berkhard et l'aides ainsi à payer son billet pour l'Amérique, consciente de ne jamais revoir cet argent. Tu écris avoir pitié de sa femme, de leur situation. On n'en saura pas davantage. Malgré les brimades d'Angel, tu prends le temps d'admirer la beauté d'un coucher de soleil à Moganshan, l'herbe qui respire sous la brise au cimetière chinois ou l'odeur des fleurs d'osmanthe.

Dans ton journal, dans tes poèmes, le mot « destin » revient souvent. Non pas synonyme de résignation ou de fatalisme, mais plutôt une acceptation, qui n'empêche ni la révolte ni l'incompréhension. Cette conception du destin, le *soudba* de Dostoïevski ou de Grossman, rejoint celle de la culture chinoise, le *tian ming* ou l'« ordre du ciel » de l'écrivain Yu Hua. J'y découvre une humilité qui n'a rien de lâche. Ce qui arrive est nécessaire, irrévocable. Mais, dans l'attitude positive ou négative adoptée face à cette situation, se trouve la liberté, la grandeur de l'homme.

Je repense au vide, celui dans lequel s'est jetée cette femme, celui dans lequel gît ma vie. Sans avoir attendu les découvertes de la mécanique quantique du XXe siècle, Lao Tseu avait déjà l'intuition du vide comme origine de tout. Selon les taoïstes, le vide est ce lieu où s'opèrent les transformations, aussi terribles soient-elles. Le vide, non comme la vacuité absolue des Occidentaux, mais comme un élément dynamique qui marque un passage.

Danser seule

Shanghai, 20 décembre 1948

De la fenêtre, tu observes les passants à l'angle de Jiangxi Road, le halo des phares haché par la pluie et l'ombre dansante de rares *rickshaws*. De l'autre côté de Fuzhou Road, la façade éclairée de Hamilton House te donne des frissons. Elle t'a toujours fait penser à une prison, plus encore depuis ces jours glacés de décembre 1941, après l'attaque de Pearl Harbor. Tu revois la longue file des résidents américains, anglais, hollandais venus se faire enregistrer là, sur ordre de la police militaire japonaise, la Kenpeitai, qui venait d'y installer son quartier général. Non, tu n'aimes pas cette pierre grise, l'ombre jumelle de ces deux immeubles qui écrasent les passants, broient les destins. Hamilton House et l'hôtel Métropole se font face, se jettent à la figure leurs lignes modernes et la richesse insolente de celui qui les a pensés et financés. Qu'est devenu Victor Sassoon, avec son monocle et ses mains baladeuses ?

Derrière toi, l'unique lampe allumée éclaire le bureau et un bout du tapis. Le reste sombre dans l'obscurité. Tu sors d'un bain chaud, un luxe sur lequel tu ne peux pas compter chez toi. D'habitude, tu te laves chez les autres quand c'est possible, obligée d'attendre pour avoir les cheveux propres. Des objets devenus familiers montent la garde – cendrier, étagère, vase. Angel est parti pour ses affaires, tu ne sais pas où. Tokyo ? New York ? Va-t-il continuer à louer cette chambre longtemps ? À l'heure où tous les Américains fuient Shanghai, il martèle qu'il n'a pas peur des communistes et ne fuira nulle part. Il dit aussi qu'il ne te laissera pas ici. Comme il a promis qu'il t'épouserait. En attendant, il est parti et tu ne peux compter que sur toi-même. Parfois, il te semble qu'il est sur le point de se séparer de toi. Parfois, c'est toi qui veux mettre fin à votre histoire. Un air connu grésille à la radio. Tout à coup, une folle envie de danser te prend. Tes pieds nus effleurent le tapis, ta chemise de nuit joue autour de tes jambes.

Tu danses pour ton père – vivant, mort ? – dont tu es sans nouvelles depuis le début de l'année 1946. Le doute fait trembler tes doigts.

Tu danses les promesses d'Angel, ses grandes déclarations, ses cadeaux inutiles, ses interdictions. Il ne veut plus que tu te produises au Caucase, il veut que tu arrêtes de travailler, à la bonne heure ! Mais c'est pour t'avoir pour lui seul, dépendante, soumise, une poupée disposée à satisfaire tous ses caprices. Sous ses yeux avides, tu lèves ta chemise et dévoiles tes jambes. Il voudrait que tu ne danses pour personne d'autre que lui.

Tes mains devant les yeux, tu danses son hypocrisie, lui l'homme d'affaires d'origine irlandaise et catholique, qui va à la messe tous les dimanches et te promet, sur un banc d'église, que tu es la femme de sa vie. Lui, qui jure de t'épouser mais veut juste te baiser. Lui qui cache dans un tiroir de son bureau des lettres de femmes, des Betty, des Béatrice, qui l'attendent à Tokyo, à New York. Tu virevoltes comme une toupie et Angel te fait tourner, tourner encore, tisse sa toile autour de ton corps. Bientôt, tu ne pourras plus bouger, captive dans ses filets, immobile sous son emprise.

— Pour qui vous prenez-vous ? Vous n'êtes qu'une femme, qu'ai-je à faire de vos envies ? Toutes les Russes s'achètent, non ?

Tu tombes, gémis, rampes. Tu danses ta faiblesse, ta honte. Ses gestes brutaux quand il te déshabille, ce qu'il te demande de faire au nom de l'amour. Comme un chien errant qui cherche un maître, tu quémandes une caresse, la sécurité d'un homme qui sait décider.

« Larissa, jusqu'où es-tu tombée ? », crie ton âme. Tu te sens sale, tu n'oserais pas embrasser le Christ en croix à l'église orthodoxe.

Tu danses la petite fille que tu n'es plus, celle que tu aimerais tellement avoir et que tu n'auras jamais. Tu danses pour les chatons que tu as dû noyer.

Tu danses l'amour enfantin d'Igor, ses yeux bleus qui attendent. Tu l'aimes et tu le rends malheureux, comment est-ce possible ? Son dévouement te laisse insatisfaite. Au fond de toi souffle un vent d'orage qui ne trouve pas d'écho chez lui. Dans ses yeux, il manque cette lueur sombre, presque inquiétante, des aventuriers, des escrocs, des séducteurs. Tu l'as décelée chez Angel, bien sûr, chez Roy aussi, et tu ne peux résister, poussée par le désir, sur des chemins de larmes et de désillusions.

« Adieu, Igor, mon petit garçon. Pardon pour le mal que j'ai fait, pour l'amour que je n'ai pas su prendre. »

Ta main lui envoie un baiser dans la direction du Bund où il embarque demain pour les Philippines. Il t'a proposé de partir avec lui, tu as refusé.

Tu danses le désarroi de ces milliers de Russes, ici, dans cette ville, sommés de prendre une décision. Les questions sans réponse tourbillonnent, roulent autour de tes bras comme des bracelets trop lourds. La Chine bientôt communiste voudra-t-elle de vous ? L'URSS, qui vous fait les yeux doux, tiendra-t-elle ses promesses de pardon ? Comment reconstruire sa vie en Amérique, en Argentine, en Australie, quand on est apatride ? Cet asile, offert par les Philippines sur l'île de Tubabao, pour tous ceux qui n'ont pas encore reçu de visa, sera-t-il aussi court que la Croix-Rouge le promet ? Fuir encore, fuir toujours. Tu ne peux pas, tu ne veux pas quitter la Chine en laissant ton père derrière toi. S'il était vivant, il n'y aurait plus personne pour s'occuper de lui.

Tu danses ta maison qui s'éloigne encore, mais ta mère ne t'avait-elle pas avertie en rêve il y a quelques semaines ?

On vous chassait de la maison d'Harbin, et vous pleuriez l'une contre l'autre.

Tu danses les forêts de Corée, les torrents, le soleil de ton paradis. Tu danses pour Valéri, l'homme de 1933 aux yeux infiniment bons, l'homme de l'impossible oubli dont tu ne sais s'il est encore en vie. Valéri, Irma, Arseni, Victoria, Iouri Mikhaïlovitch, où êtes-vous ?

Tu souris. On te prend pour une danseuse de cabaret, une femme facile. Qu'ils causent donc ! Leurs commérages glissent sur toi comme l'eau sur les plumes d'un cygne. L'âme de l'artiste doit passer par toutes les épreuves. Humiliations, vexations, mufleries, regards qui avilissent, mots blessants. Il faut tenir, s'accrocher. D'autres femmes, d'autres artistes n'ont-ils pas traversé ces mêmes ravins ?

Tu danses au rythme de ton âme, à faire éclater ton cœur, faible, malade, qui te trahit et ne sait plus comment battre normalement.

La vie est une danse, la vie est bonheur. La Mère de Dieu saura bien intercéder en ta faveur. Ne voit-elle pas clair en toi ?

Je ne deviens ni sainte ni forte –
Mes pieds sont habitués
À se fatiguer sur les chemins terrestres,
À danser dans les prairies terrestres.
D'un logis à un autre :
D'où vient cet appel, ce caractère rebelle
Qui m'enivre comme un poison ?

Le parfum des herbes au bord de la route.
Ce que je cherche, après quoi je languis,
Demeure pour moi un mystère.

S'en remettre au destin

Shanghai, hiver 2019

LE CIEL BLEU et la lumière mordorée sur les dernières feuilles de platanes encore aux branches ont poussé tout le monde dans les rues. La silhouette familière d'une femme s'est détachée de la foule qui ondule devant et derrière elle. Mes yeux suivent sa tête qui se balance d'avant en arrière, son corps massif qu'elle déplace d'un pas rapide. Comme toujours, sa robe ballon, gonflée par un jupon, lui arrive au ras des fesses. Malgré le froid, ses bras sont nus. Corpulente, le crâne rasé et surmonté d'un diadème, elle parle à voix haute, parfois elle grogne. Indifférente au réel qui l'entoure, tout entière happée par son monde imaginaire, elle garde les yeux rivés droit devant elle. Autour, les passants sourient et j'ai envie de pleurer. Elle me fait penser à moi, à toi, à nos rêves idiots. Devant le silence du premier amour qui a suivi quelques mots sur un écran blanc ; devant les petites humiliations du mari, les remarques quotidiennes comme des échardes toujours à vif.

Il a fallu une gifle, partie dans un accès de colère, après une énième dispute, pour m'ouvrir enfin les yeux. Épouvanté par le scandale d'une épouse violentée claquant la porte à grand fracas, il m'a tendu un glaçon et, dans un même mouvement, a ouvert sa valise. C'était ma faute, a-t-il affirmé à certaines connaissances. J'étais une femme sèche qui ne savait pas l'aimer. Fuir les hommes, fuir mon désir pour eux, synonyme de catastrophe et de souffrance, laisser la colère tout embraser, la diriger vers ceux qui auraient dû m'avertir, ceux qui n'avaient rien vu.

Au fil des pages, les semaines et les mois de cette année 1948 s'écoulent et je te vois attendre, quémander une caresse, ravaler des sanglots, avoir honte. C'est mon mari qui n'aime pas ta robe et te traite de pute, c'est Angel qui me repousse et me dit d'aller pleurer ailleurs que sur son épaule. Comme toi, j'ai été attirée par un homme plein d'assurance, j'ai cru à ses grandes envolées. Puisque l'amour dont j'étais si sûre s'était volatilisé, je laissais aux autres le soin de savoir pour moi. Moi aussi, j'aurais pu écrire dans la même semaine : « À part ça, je vois que c'est un roublard, une vieille brute et un débauché et j'ai peur de lui », puis, deux jours plus tard : « Plus nous nous disputions, plus je l'aimais et plus il m'embrassait avec fougue. » Ce vieil homme d'affaires a fait de toi sa chose, te privant peu à peu de ta liberté, de ta conscience. Plus votre relation s'étire, plus tu parais vénale, dépourvue de la moindre estime pour toi-même. Tu attends, des jours et des semaines, une lettre d'Angel parti on ne sait où. Puis, voilà qu'il rentre sans crier gare, il te veut à l'aérodrome pour l'accueillir, dans sa chambre d'hôtel pour assouvir ses désirs. Et avec toi, j'accours, pleine d'espérance, avide de mots tendres, très fatiguée.

Oui, je suis en colère de nous voir si désireuses d'être aimées, tomber dans les rais d'hommes trop sûrs d'eux ou trop hésitants. Que faire de ce manque qui nous pousse dans les premiers bras qui s'ouvrent ? Tu refuses de fuir, continues de vivre, d'admirer les couchers de soleil et la lune orange qui se lève. Tu portes l'entière responsabilité de ce qui arrive : « Tous les malheurs viennent de moi », écris-tu. Des amis ont tenté de te mettre en garde contre Angel, mais tu n'as rien voulu écouter. Le spectacle du beau t'emplit d'une force de vie, t'ancre dans le présent, ouverte, ardente. Personne ne m'a alertée. Amis, famille se réjouissaient de me voir enfin tourner la page. Et j'ai continué à murmurer « quand je serai grande » à ma vie, piochant chez mes amies ou des femmes observées dans la rue un ton de voix, une moue des lèvres, un geste de la main, une démarche, un peu de cette assurance qu'elles dégageaient, celle de savoir qui elles étaient. Cette phrase que tu jettes dans ton journal en 1946 : « J'ai encore l'impression qu'un jour je trouverai comment vivre, m'habiller et prendre soin de moi pour de bon », c'est moi qui l'ai écrite. En marchant vers l'église orthodoxe Saint-Nicolas qui vient de rouvrir ses portes sur Gaolan Road, je bous. À ces mails envoyés de Hong Kong après dix ans de silence, il faudrait que je réponde, que j'accoure comme un chien trop heureux que son maître ne l'ait pas oublié ? Non et non ! Pas de réponse.

Entre les murs de l'église Saint-Nicolas où tu es venue si souvent assister aux offices, je ne retrouve rien de ce que tu as connu. Une structure d'acier découpée en lamelles et montée en bibliothèque forme un grillage qui monte jusqu'au dôme et dissimule les fenêtres et les peintures murales restaurées. Au centre de ce nouvel espace consacré à la poésie, le comptoir d'information se donne des airs d'autel, et trois panneaux de bois imitent les trois portes des autels orthodoxes. Les marteaux-piqueurs ont éventré tant de vieux bâtiments à Shanghai que je me réjouis d'abord de voir ces bulbes encore debout. Transformée tour à tour en entrepôt, usine de machines à laver, restaurant, bureaux, club, l'église échappe au zèle destructeur des Gardes rouges pendant la révolution culturelle grâce au portrait de Mao que des fidèles accrochent au-dessus de l'entrée principale. Aujourd'hui, la voici transformée en librairie, peut-être la réincarnation la plus respectueuse de l'âme du lieu après tout.

Les yeux clos, assise dans l'aile est de l'église transformée en café, je pense à toi et aux milliers de Russes venus ici prier, se marier, fêter Noël et Pâques, interroger Dieu sur leur destin, le maudire peut-être aussi, en cette année 1949, de rester silencieux devant la terreur rouge qui vient les chasser de chez eux, une fois de plus. En décembre 1948, tu notes dans ton journal : « La question des communistes est sur toutes les lèvres. Où sont-ils ? Et on me répond : En chemin. »

J'ai apporté les photocopies de ton journal de l'année 1949, année qui commence d'ailleurs sans carnet dédié. Prise de court, tu utilises les pages restantes de celui de 1945. Tu débutes le 23 janvier par une rare mention des événements qui secouent la ville : « Inquiétants, sombres, pesants sont ces jours, comme une boule dans la gorge de milliers de gens. Peu se décident d'un coup : ici ou là-bas ? La majorité a construit sa vie entre les deux, comme moi, et ils ne dorment pas la nuit, ils errent les yeux rouges et finissent par s'en remettre au destin. »

Tu évoques la vieille dame qui refuse de rentrer en URSS pour ne pas vendre son âme au diable et préfère l'exil sur une île des Philippines, entre des singes et des crocodiles. Tu écris la panique, la course dans les rues, pour abandonner son passeport soviétique, pour échapper aux bombes, pour faire partie du prochain voyage aux Philippines, pour fuir, sans plus savoir quoi, parmi les animaux abandonnés dont personne n'a plus pitié. Que faire ? Tu dois rester, pour ton père. Ta décision prise, indifférente à la foule affolée, tu tiens bon, les yeux rivés aux arbres et aux fleurs, le corps tenu par la danse. Une rougeole sévère manque de t'emporter au début du mois de février.

L'Armée populaire de libération, menée par Mao Zedong, inflige défaite sur défaite aux armées nationalistes de Chiang Kaï-shek. Le 31 janvier 1949, Pékin tombe aux mains des communistes. Shanghai attend son tour, dans la violence et le désordre. Les derniers Européens qui le peuvent prennent d'assaut avions pour Hong Kong et bateaux pour l'Europe, laissant derrière eux maisons, villas, appartements, la clé sur la porte. « Nous recherchons quelqu'un de responsable pour s'occuper de notre appartement, meublé, deux salles de bains, téléphone, cuisinière électrique, eau chaude, dans le quartier Western District », propose cette annonce du *North China Daily News*, le 10 février 1949, trouvée à la bibliothèque de Zi-ka-wei. Sur la même page, une autre annonce confirme ce que tu écris en janvier :

« Nous, soussignés G. P. Nepomniachy et G. V. Nepomniachy, déclarons ici que, le 9 février 1949, nous avons retourné nos passeports soviétiques n° 1514/1517 et 1600/1603 au consulat général de l'URSS de Shanghai et faisons une demande d'un certificat d'apatride auprès des autorités chinoises. »

Fini, l'enthousiasme de la communauté russe pour l'URSS au lendemain de la victoire de 1945. À l'époque, les demandes de passeport soviétique s'étaient envolées. Plusieurs milliers d'apatrides avaient choisi de rentrer au pays. Mais, dès la fin 1948, l'élan retombe : on est sans nouvelles de ceux qui sont partis, et les rares informations qui parviennent jusqu'à Shanghai confirment que l'accueil réservé aux exilés est bien loin de celui qu'on leur promettait. Ne vaut-il pas mieux rester apatride mais libre en terre étrangère que prisonnier dans son propre pays ? Beaucoup de Russes abandonnent leurs passeports soviétiques et déposent une demande de visa pour s'exiler ailleurs. Le processus nécessite la publication d'une annonce dans la presse locale, d'où ces encarts qui se multiplient.

Tes amis Iossip et Lvova Korot t'appellent : as-tu l'intention de retourner ton passeport, toi aussi ? Non. Pas par idéologie, mais pour ton père, et aussi – est-ce honteux ? – par fierté. Tu nages à contre-courant dans un climat de panique.

Igor t'écrit de Hong Kong. Il flirte avec une jolie Française. Il t'aime toujours. Quand arrive-t-il précisément à Samar, sur l'île de Tubabao, avec ses parents ? Probablement début mars.

De janvier à fin mai 1949, par bateau ou en avion, près de six mille Russes blancs de Shanghai sont évacués aux Philippines, sur l'île de Tubabao. Cet accueil temporaire permet à l'Organisation internationale pour les réfugiés de déplacer les Russes blancs en attente de visa avant l'arrivée des communistes chinois. Le séjour à Tubabao ne devait pas excéder quatre mois. Pour certains, il va durer près de quatre ans, dans des conditions sanitaires déplorables. Un article du *North China Daily News*, daté du 1er février 1949, se veut rassurant : la vie des réfugiés de Tubabao s'organise avec un chef de police, des coiffeurs, un hôpital et deux églises : « Les hommes sont divisés en groupes et travaillent par rotation. Les femmes restent à la maison et s'occupent de la préparation des repas. » Quels repas ? Quelles maisons ? Des rations de boîtes de conserve, pas de produits frais. Des tentes trouées qui ont servi à l'armée américaine pendant la guerre. Les coupures d'électricité sont fréquentes et l'eau potable manque. Mais, poursuit l'article, « l'inquiétude majeure concerne le sort de ceux encore à Shanghai et la crainte qu'ils n'arrivent pas à en sortir à temps ». Jolie pirouette.

Le 2 mars, ton cœur « fuit aux Philippines », pas seulement à cause d'Igor. L'exotisme du nom même, « Tubabao », n'annonce-t-il pas les palmiers et la mer ? Une vie en campement, loin du brouhaha de la ville, de ton orgueil et de ta fierté qui s'opposent à l'abandon du passeport, à l'étiquette « je ne suis rien ni personne » qu'il faudrait se recoller sur le dos. Si Igor continue de t'écrire, a-t-il réduit à néant tes illusions sur la vie de camp à Samar ? Tu ne l'évoques pas, mais je découvre que tous les courriers qui partent de l'île doivent être rédigés en anglais et soumis à la censure. Interdiction d'évoquer les tentes qui fuient, malmenées par des pluies tropicales souvent violentes. Ne pas parler de la chaleur étouffante, de la dysenterie, des maladies véhiculées par les moustiques, des serpents venimeux et des typhons. Pas un mot sur l'absence de médicaments, le manque d'eau potable et les suicides qui se multiplient. Ces Russes blancs ne sont-ils pas les nouveaux « pionniers de l'Ouest » ? Il ne faudrait pas inquiéter les proches restés à Shanghai (qui ne sont pas dupes), ni donner du grain à moudre aux Soviétiques : voyez comme l'Organisation internationale pour les réfugiés s'occupe bien des apatrides sous leur protection !

Igor n'a rien pu te dire. Il peint des paysages et des portraits en attendant de décrocher un visa pour n'importe où, pourvu que ce soit loin de ce prétendu paradis.

Tu loges encore au Métropole. Angel n'est pas là, parti pour ses affaires. Tu l'attends le 10 mars, puis le 13, puis le 20. Toujours rien.

Les communistes se rapprochent. Tu fuis dans tes rêves, cherches refuge dans tes chimères.

Je suis bien protégée
Par mes chimères et mes songes,
Un mur solide et aérien,
Étendard nuageux, victorieux.

Le 21 avril, ils franchissent le Yangtsé et avancent vers Nankin. Le 23, la loi martiale est instaurée à Shanghai. Les exécutions de suspects communistes se multiplient, sans jugement, parfois d'une balle dans la nuque en pleine rue. L'inflation bat tous les records.

Le 22 avril, après avoir enfin quitté Angel, ses acolytes, leurs magouilles et le sinistre Métropole, tu prépares Pâques et arranges un bouquet avec des branches de pin et d'érable dans la maison silencieuse de Hongqiao Road.

La vie en friche

Shanghai, 4 août 1949

ENCORE QUELQUES MÈTRES et te voilà arrivée. Il y a trois jours, un violent typhon a déraciné les vieux cyprès qui cachaient la maison de ce côté-ci, elle forme maintenant une tache claire dans l'ombre du crépuscule. Depuis l'arrivée des communistes à Shanghai fin mai, c'est la deuxième fois que tu retournes à vélo dans les quartiers du centre depuis Hongqiao. Les pluies diluviennes qui ont suivi le typhon ont rafraîchi le fond de l'air, et tu entends les feuilles des arbres frissonner sous la brise. Ton guidon à la main, tu pousses la barrière du jardin et glisses dans le silence comme dans une eau profonde. Après la chaleur de la journée, la puanteur qui stagne au coin des rues et les assauts incessants des moustiques, l'agitation des rues drapées de banderoles à la gloire de l'Armée populaire de libération, les applaudissements et les cris au passage de parades improvisées, tu restes immobile, saisie par la beauté autour de toi. La blancheur de la lune se répand sur les branches arrachées, éclaire les feuilles et l'herbe, miroite au-dessus du petit étang. Ta main frôle les impacts laissés par les tirs de l'armée communiste. Le 24 mai dernier, les troupes de Mao atteignaient enfin l'ouest de Shanghai après des bombardements. La maison se trouvait sur leur route pour prendre la ville et a essuyé quelques tirs. Tu aurais bien aimé rester, mais Valéri Perelechine t'a obligée à te réfugier dans le garage où se réunissait le Cercle du Vendredi pendant la guerre. Toi, ton amie Rosita et tes deux chats. Tu en nourris bien plus, mais deux seulement vivent sous ton toit.

Un canard erre parmi les racines des cyprès, se dirige vers l'étang. Tu le suis. Assise sous un jeune saule, tu écoutes le silence, tu penses à Valéri. Où a-t-il été envoyé ? Son arrestation et sa déportation au goulag t'ont été confirmées. Tu te rappelles l'été 1941, le dernier. Après l'annonce de l'invasion de l'URSS par Hitler, Valéri souhaitait s'engager en tant que traducteur pour défendre son pays, ses frères le suivaient. C'est la première chose dont il t'a parlé en venant vous libérer à la frontière, Irma et toi. Mais cette décision a rendu son père fou furieux. Leurs discussions s'achevaient dans des cris que même le bruit de la cascade ne suffisait pas à couvrir. Tu retrouvais Valéri dans son cabanon, sombre, agité. Vous fumiez des cigarettes sans parler, assis côte à côte sur le vieux sofa.

— Vous ne partirez pas ! Ni toi ni Arseni, encore moins Iouri ! C'est une folie ! Je ne leur fais aucune confiance ! Ils ont saccagé Sidemi, tout le travail de mon père. Je ne leur laisserai pas mes fils !

Déchiré entre respect filial et élan patriotique, Valéri s'était quand même présenté mais on l'avait refusé : la patrie n'avait que faire des émigrés. En août 1945, la requête des trois frères est finalement acceptée. Plus tard, on vient les arrêter, donnant raison à Papa-Tigre. Où que Valéri ait été envoyé, tu espères un ciel au-dessus de sa tête, des arbres tout proches pour lui redonner des forces. Presque neuf mois séparent l'arrestation de Iouri Mikhaïlovitch de celle de ses fils. Pourquoi cet homme clairvoyant n'a-t-il pas fui comme il l'avait déjà fait en 1922 ?

Le coassement d'une grenouille, les froissements liquides du monde aquatique, le ronronnement de ta chatte venue t'accueillir. Chaque son résonne dans son essence, à sa place. Chacun de ces êtres vivants fait bloc, oppose son unité intérieure au désordre du monde. L'amour aussi fait bloc. Iouri Mikhaïlovitch n'aurait pas pu fuir, bien sûr que non ! Comment laisser ses fils derrière lui ? Il les a attendus, il a espéré s'être trompé.

Tu es comme cette peau moirée qui scintille sous la lune, impossible de saisir tous les éclats qui la composent. Tu es toi sans réussir à l'être en totalité, une femme dont l'image diffractée se recompose au gré des coups du sort.

Il y a la femme des amours déçues, la femme contrainte par l'amour filial, par ce père que tu ne peux te résoudre à abandonner. Il y a la femme des possibles avortés, celle que Miss Allen regardait avec pitié lors de sa visite il y a quelques jours. Amie d'Igor, artiste aux cheveux blancs, elle se souvenait de tes yeux, « les plus beaux que j'aie jamais vus », répétait-elle en se promenant avec toi dans le jardin.

Elle venait prendre des nouvelles d'Igor, triste de te savoir seule, dans cette maison au jardin en friche, à l'électricité et aux lignes téléphoniques coupées. Pourquoi n'êtes-vous pas partie avec Igor aux Philippines ? Miss Allen n'a pas posé la question, mais celle-ci se lisait dans ses yeux.

Il y a aussi la femme des grands espoirs, ceux des Soviétiques qui aimeraient tant mettre ton nom sur une affiche de propagande. C'était un peu ce qu'ils avaient voulu faire lors de la réception donnée au consulat soviétique pour la fête des Femmes, le 8 mars précédent. La grande salle avait pris des airs de boucherie, surchargée de tentures et de banderoles écarlates. Tu passais d'un groupe à l'autre, amusée de voir si peu de femmes et trop d'hommes parler à leur place. Sur l'estrade, ils exaltaient la femme soviétique, l'égale de l'homme, une héroïne à célébrer. Bientôt les voix se sont faites plus véhémentes pour fustiger les riches propriétaires paysans, les *koulaks*, et appeler à l'édification d'un nouveau monde sur le sang des capitalistes. Tu aimerais y croire, mais cette femme soviétique idéale, tu lui ressembles si peu. Ton tour est venu de monter sur l'estrade pour danser, une danse tatare, exécutée à merveille. Toi qui as toujours eu si peur du péché et du jugement, tout d'un coup, tu as voulu être toi, pécheresse mais pas peureuse, insignifiante mais toi-même. Était-ce la femme soviétique parfaite qu'ils appelaient de leurs vœux ? Tu n'en es pas certaine.

Et puis il y a la femme seule au bord de cet étang, au bord de sa vie. Ces dernières semaines, à contre-courant de la population de Shanghai, qui se masse aux parades et applaudit les soldats, l'incertitude du lendemain t'écrase. Tu ne danses plus, tu n'écris plus, tu ne dors presque pas, multiplies les songes étranges. Dans l'un d'eux, tu tendais les mains vers un bouquet de fleurs, mais un homme prenait leur place et te jetait l'eau sale à la figure. Tu as senti l'humiliation monter et tu t'es réveillée, en pleurs.

La police chinoise est venue te voir il y a trois jours. Elle était là ce matin encore, et tu dois leur rendre visite demain. Tu rentres et t'assieds à la petite table du salon. En finir ? Mais qui s'occupera de tes chats ? Et ton père, comment survivra-t-il ? Des larmes brouillent les mots de ton journal : « Je n'ai plus envie de vivre, c'est tout. »

Des pistes qui ne mènent nulle part

Shanghai, hiver 2019

Sur Changle Road, des travailleurs en casques et combinaisons orange s'agitent dans un enchevêtrement de branchages. Le vacarme des tronçonneuses assourdit tout le reste. Sans harnais, debout, les pieds sur une branche, l'un d'eux secoue la partie qu'il vient de sectionner pour la faire tomber. Il faut élaguer, redonner aux platanes une vigueur nouvelle pour quand viendra le printemps. J'ai l'impression de faire la même chose avec ta vie. Faut-il refermer ces pistes qui ne mènent nulle part ? Et dans ma vie ?

J'ai repensé à cette réception au consulat soviétique de l'année 1949. Tu as dû bien les contrarier ce soir-là, ces officiels béats d'admiration devant la femme dans toute son odieuse splendeur, aux antipodes de l'ouvrière dissimulée sous un bleu de travail qu'ils viennent d'exalter. Et puis le soir au bord du petit étang de la maison d'Hongqiao Road. L'envie de mourir, cette inquiétude, la police… Un doute affreux m'a saisie et ne m'a pas lâchée : as-tu quelque chose à cacher ? Pourquoi ces visites de la police chinoise, le 1er août 1949, puis de nouveau les 4 et 5 août ?

Amir K., qui a signé la postface du livre *Seule sur le pont*, a répondu à mon mail et confirme : tu es bien allée à Harbin après la victoire de 1945, probablement au début de l'année 1946, à la demande des Soviétiques, pour un entretien. Il a trouvé cette information dans les dossiers du BREM, le Bureau des émigrants, à Khabarovsk. Toutefois, dans ton journal de 1946, aucune mention de ce séjour. Ayant eu la chance de te rencontrer dans les années 2000, Amir K. t'a posé la question, mais, curieusement, tu n'en gardes aucun souvenir. Tamara s'émerveille pourtant de ta mémoire : Larissa n'oublie jamais rien.

Fondé par les Japonais en 1934, le BREM permettait aux nouveaux occupants de la Mandchourie de surveiller les émigrés russes et de lutter contre le bolchevisme, m'explique Amir K. Pour obtenir un travail, tous les Russes de Mandchourie avaient l'obligation de s'y enregistrer. Ce bureau servait de centre de renseignement et alimentait régulièrement les services spéciaux japonais. Dirigé par des Russes à la botte des Japonais, de sa création à sa dissolution en 1945, on soupçonne pourtant nombre de ses membres d'avoir été agents doubles pour les Soviétiques. Lors de la prise d'Harbin, le 18 août 1945, les services secrets sde l'Armée rouge font main basse sur les dossiers des émigrés et les transfèrent à Khabarovsk. Ces documents serviront de base aux arrestations et déportations en URSS d'un grand nombre de Russes d'Harbin.

En 1945, tu es sans nouvelles de ton père. Ce qui se passe à Harbin au mois d'août, tu l'apprendras plus tard. Peu de temps après leur arrivée, et bien informés par les dossiers du BREM désormais entre leurs mains, les Soviétiques organisent un grand banquet auquel ils convient les émigrés russes influents d'Harbin : journalistes, directeurs d'école, poètes, éditeurs de revues et de journaux. À l'issue du banquet, tous sont arrêtés, rapatriés de force en URSS et envoyés au goulag. Parmi eux se trouvaient le journaliste et éditeur Evguéni Kaufman que tu croisais chez les Iankovski en Corée, le ténor V. Tourtchaninov avec qui tu as travaillé au Théâtre Moderne d'Harbin à la fin des années 1930, ou encore Serge I. Iavorski, correspondant au journal *Roubiej* dans lequel quelques-uns de tes poèmes ont été publiés. Parmi eux se trouve aussi le poète Alexis A. Atchahir, ton pygmalion. Le SMERSH, département de contre-espionnage de l'armée soviétique pendant la Seconde Guerre mondiale, n'oublie pas non plus les anciens protagonistes de la guerre civile russe. Au total, près de dix-sept mille cinq cents Russes sont déportés en URSS d'août 1945 à avril 1946.

Je me suis souvent demandé comment ton père avait échappé à cela. En août 1945, il vit à Harbin, travaille comme contremaître dans une usine de jouets. Le SMERSH a la mémoire longue, comment peut-il oublier son passé d'officier dans l'armée impériale, son activité politique comme membre du parti monarchiste de Vladivostok au début des années 1920 ?

Le 30 janvier 1946, l'heure est au soulagement: «J'ai reçu une lettre de papa, grâce à Dieu, il est vivant, même s'il se plaint de la vieillesse et de sa faiblesse.» Si, donc, tu te rends à Harbin après la prise de la ville par l'Armée rouge, tu n'as pas dû le voir ou avoir de ses nouvelles. Ou alors, pendant l'intervalle qui sépare ton séjour à Harbin et ce cri de joie du 30 janvier, tu as craint pour sa vie. Pourquoi? Que souhaite savoir le SMERSH en te faisant venir à Harbin? Que te demandent-ils?

Le doute m'assaille. Je repense à mon étonnement de ne trouver aucune mention des Japonais dans tes journaux des années 1940. Pourquoi ne t'auraient-ils pas approchée, toi, l'une des plus belles femmes de la ville? La danseuse la mieux payée de Shanghai? Ils quadrillent chaque rue, s'infiltrent partout, sont au courant de tout. Ils aiment les jolies femmes, et ils ont un faible pour les Russes blanches.

Dans des souvenirs écrits à la fin des années 1970, tu évoques cette période, ces clubs pris d'assaut par les Japonais qui exigent des danseuses qu'elles viennent s'asseoir à leur table. Du jamais vu. Par prudence, tu limites tes déplacements, réduisant par là même tes sources de revenus. Oui, mais… Tu côtoyais ces Japonais depuis quelques années déjà. Ils te connaissent, c'est certain. Au printemps 1936, tu pars même en tournée au Japon avec la troupe du Lyceum. N'ont-ils jamais cherché à mettre la main sur toi? Ne t'ont-ils pas recrutée comme informatrice, ce qui expliquerait à la fois pourquoi tu n'en parles pas et pourquoi tu n'es pas inquiétée? Est-ce Eugene Pick

– cet espion féru de danse, de chant et de théâtre, qui recrutait ses informateurs dans le milieu artistique russe – qui t'aurait approchée ? Au Lyceum justement, où il avait ses habitudes ? Ou bien *via* des informateurs rencontrés au sein des rédactions que tu as côtoyées à Shanghai ou Harbin ?

Peut-être te fait-on venir à Harbin en 1945 pour te demander des comptes là-dessus. Te proposer un marché : effacer tout cela et laisser la vie sauve à ton père, en échange de ta collaboration avec les services secrets soviétiques. Tout s'imagine, je n'ai pas d'autre choix que de spéculer. Tout ce que je sais, c'est que les autorités chinoises refusent de te laisser quitter le territoire au début des années 1950. Un refus qui va durer cinq ans, motivé par une raison, c'est certain.

Tamara m'a envoyé une copie de ton dossier BREM, celui qu'elle a consulté à Khabarovsk. Les pattes de mouche de l'agent N. Sobolevski, qui le remplit lors d'une entrevue avec toi à Harbin le 29 décembre 1939, me sont aussi impénétrables que des poèmes en mandarin, et Tamara prend gentiment de son temps pour le déchiffrer avec moi au téléphone. Partout, il est question des Soviétiques :

Avez-vous été un agent de renseignement soviétique ?
Disposez-vous d'un passeport soviétique ?
Avez-vous appartenu à des organisations soviétiques ?
Êtes-vous proches de citoyens soviétiques ?

Les réponses à donner en 1939 pour ne pas être inquiété sont précisément celles qui risquent de te condamner en 1945.

Indiquez vos orientations politiques :
– *Républicain*
– *Monarchiste*
– *Libéral*
– *Légitimiste*
– *Démocrate*
– *Socialiste*
– *Fasciste*

Sous domination japonaise, la bonne réponse est « monarchiste », synonyme d'inoffensif. C'est la tienne. Puis vient la question n° 57 :

Pourquoi n'êtes-vous pas rentrée en URSS lors de l'évacuation massive des citoyens soviétiques ?

À ceci tu réponds : « Je suis une ennemie des bolcheviques. » Bonne réponse en 1939, mais comment ont réagi les agents du SMERSH en lisant cela en août 1945 ? De même, à la question n° 56 demandant la liste des personnes proches parmi les émigrants, les Japonais, les Mandchous, les citoyens soviétiques et les étrangers, tu mentionnes Evguéni Kaufman, directeur du journal *Zaria*, et le poète Alexis Gryzov, *alias* Atchahir. Les deux seront arrêtés en août 1945 et rapatriés de force en URSS. Atchahir sera condamné à dix ans de camp de travail, Kaufman mourra après quinze années passées dans l'Oural.

Trois pages et demie se succèdent pour détailler les années allant de 1910 à 1938. Toute ta vie défile, en notes synthétiques et précises. À la question n° 37 : *Raisons et date du départ d'URSS*, tu réponds : « Je n'ai jamais vécu en URSS. » En effet, l'URSS n'existe pas encore en octobre 1922, quand tu fuis Vladivostok avec tes parents. Tes réponses concises concordent avec ton attitude ce jour-là, et l'agent Sobolevski de commenter : « De taille moyenne, calme. Se tient de façon modeste, donne des réponses exhaustives. Habillée sobrement, mais propre et soignée. » Seul petit mensonge ? Ta date de naissance, que tu repousses au 14 février 1914. Te voilà rajeunie de trois ans. Coquetterie ? Ruse pour brouiller les pistes ? Je l'ignore.

S'il a bien eu lieu, où se trouve le compte-rendu de l'interrogatoire de 1945 ? Amir K. affirme avoir vu cette information à Khabarovsk, dans ton dossier du BREM. Tamara m'assure que les pages envoyées et lues sont les seules de ton dossier. Amir K. me laisse entendre que beaucoup de dossiers ont été mutilés dans les années 1990, au moment où les archives ont été ouvertes. Tamara refuse d'envisager ton voyage à Harbin à la demande des Soviétiques. Qui croire ?

Je retourne dans les pages de ton journal. Si voyage il y a, il n'a pu s'effectuer qu'après août 1945, après l'arrivée des Soviétiques à Harbin. Je relis dans le détail les premiers mois de 1946, tenus avec beaucoup plus de régularité que 1945. En février 1946, tu fais allusion à une danse sur un bateau de guerre soviétique. Il n'y a pas à discuter, c'est tout de suite et tu n'as pas le choix. Le 4 mars 1946, tu évoques des responsables soviétiques que tu dois accompagner à un important repas. Ils promettent d'envoyer de l'argent à ton père resté à Harbin. Tu ne leur fais pas confiance. Le 16 mars, un certain Gaïdarov te propose de partir en Mandchourie avec un collectif avant de rejoindre l'URSS. Tu te sens assaillie par les demandes et tu es lasse. Le 28 mars 1946, tu te résignes à faire la demande d'un passeport soviétique.

Pourquoi obéis-tu aux directives des Soviétiques ? Au contraire de nombre de tes amis, tu n'as jamais écrit de poème politique, jamais montré un enthousiasme débordant pour l'URSS. Je reviens sur ton journal de 1945, irrégulier, qui s'interrompt le 11 août. Tu le reprends le 13 novembre pour décrire l'ambiance d'après-guerre, les clubs et les bars, les Américains partout. Puis tu ajoutes : « S'il faut croire aux rêves, alors on compte sur ma mort prochaine, ou quelque chose du même genre. » Ton amie Lydia Haindrova t'a appelée et te demande de prendre soin de toi. Elle t'explique avoir vu son défunt mari s'approcher de toi et t'agripper la main, lors d'une séance de spiritisme ou d'un rêve, tu ne le précises pas. De même, tu as rêvé de Nikolaï (Nikolaï Peterets ton ami, mort en décembre 1944), te prenant la main lors d'une soirée pour te faire sortir. Puis tu détailles un autre rêve étrange où, transformée en cygne, tu couvres de ton corps celui d'un autre et une balle t'atteint au ventre. « Je ne suis jamais morte avant, dans un rêve. »

La convocation pourrait-elle se loger là, entre août et novembre 1945 ? As-tu failli y laisser ta peau ? Est-ce à ce moment-là qu'on t'oblige à collaborer ?

Douceur du soir

Shanghai, 2 mai 1951

Ton père est parti se coucher. Avec l'aide de la Croix-Rouge, vous vous êtes enfin retrouvés l'automne précédent et vous voilà tous deux à Shanghai. Il a vieilli, se déplace avec une canne et ne supporte plus aucune critique – les a-t-il jamais supportées ? – prompt à des colères explosives.

Dans le jardin, les fleurs du magnolia embaument, pétales blancs grands ouverts, abandonnés à la douceur du soir. Adossée à la baie vitrée, te voilà prête à embrasser la nuit qui vient. Comme à Harbin, accoudée à la clôture du jardin. Quel âge avais-tu, douze, treize ans ? Tu contemplais l'obscurité, le corps tendu, le ventre délicieusement serré. Derrière les nuages, à quoi ressemblait ce qui se cachait pour toi ? Un grand amour, une vie palpitante, quelque chose d'extraordinaire pour combler ton désir, immense. Ce soir, il n'y a plus rien à attendre, il faut tenter d'exister pour ne pas disparaître. Exister tout entière dans ce silence, dans la douceur d'un trille, le chuchotis des feuilles du saule, dans la blancheur presque irréelle des pétales du magnolia. La lune, occultée par des nuages, surligne leurs contours d'une dentelle de lumière. Elle attend son heure, immobile, certaine d'éclairer l'obscur de nouveau.

Et peut-être brillera-t-elle enfin pour toi. Tu as survécu au typhus et à la rougeole. Tu as retrouvé ton père en vie. Tu tiens bon lors des nombreux interrogatoires de la police chinoise, lampe braquée sur le visage, questions lancées en mitraille. Et, tu l'espères, bientôt le départ. Vos demandes de visa pour le Canada sont en bonne voie. Le consul y ajoute même une lettre de recommandation pour toi, adressée à des théâtres locaux. Vous partirez séparément, d'abord ton père par avion – billet gratuit en raison de son âge –, puis toi en bateau, avec des escales en Italie et ailleurs. Oui, ce sera le Canada. Irma vient d'y arriver avec son nouveau mari épousé à Harbin et Sergueï, le fils qu'elle a eu de Valéri. Tu n'as aucune nouvelle de ce dernier. Pourquoi ne pas rentrer en URSS ? Il te manque la foi en un avenir radieux. Qu'y fera ton père à son âge ? Et toi, écrire des vers à la gloire des bolcheviques ? Danser dans des cabarets où l'on trinque à la santé de Staline ? Quant au rêve américain, il a perdu de son charme depuis que ton amie Véra, danseuse comme toi, t'a envoyé des photos d'elle publiées dans la presse féminine. Les légendes vendent une fille « sauvage, sexy, exotique » bien plus jeune que son âge. Dix ans de lutte pour se voir réduite à cela, une publicité vulgaire et mensongère, sans avoir son mot à dire. De toute façon, il est trop tard pour changer d'avis : le consulat américain a fermé ses portes il y a un an.

Partir ! Quitter cette ville qui n'est plus que l'ombre d'elle-même. Mois après mois, les communistes la vident de sa substance, mettent au pas le Paris de l'Orient. Tard le soir, tes numéros de danse au Cercle sportif ou au Caucase terminés, le silence s'abat sur les rues comme une chape de plomb. Plus de néons qui brillent, d'éclats de rire sur fond de jazz, de flirts et de cris d'ivrognes pour alléger les ténèbres. Les communistes de Mao interdisent, ferment, rééduquent. La population espère qu'ils apporteront la reprise économique, l'équité, l'espoir, les voilà à semer la mort autour d'eux. Les entrepreneurs chinois voient leurs affaires et leurs propriétés reprises en main par le nouveau gouvernement. Beaucoup choisissent les hauts immeubles de la Nanjing Road pour se jeter dans le vide et s'écraser, à l'heure du déjeuner, sur les pousse-pousse et les piétons. Les vendeurs de rue ont disparu, et avec eux leurs harangues familières, les odeurs sucrées du nougat, celles épicées des soupes aux nouilles. Rien pour étouffer les détonations, dont l'écho sec claque dans l'air, à toute heure du jour. Des balles destinées à ces pauvres malheureux, au visage couvert de sang et de crachats, que tu vois passer dans les rues, assis à l'arrière des pick-up décapotables abandonnés par l'armée américaine. Accusés d'espionnage pour le Kuomintang après un simulacre de procès, ces contre-révolutionnaires retournent en prison ou sont exécutés à la hâte d'une balle dans la tête. Au Canidrome par exemple, rebaptisé place de la Culture, des centaines d'exécutions ont été annoncées hier, à l'endroit où les lévriers couraient. Depuis le mois dernier, plus de trois mille personnes y sont internées. Tu as si souvent dansé là-bas, au bras d'hommes qui te désiraient. Tous envolés, enfuis, morts. Il ne reste plus personne à Shanghai. Juste ton père et toi. Et la lune, presque ronde, enfin dévoilée. Cette envie de chevaucher l'immensité, et ce rêve d'un balcon de pierre au-dessus de la mer.

Dans ton dos poussent les cheveux roux de tes songes.

Regarde les étoiles, emmêlées parmi les branches,
Qui tremblent doucement. L'obscurité est si épaisse.
Les étoiles ? Un secret. Sens-tu
Leur étrange pouvoir sur ton âme ?
Sais-tu, Fée-Lune, que nous avons toutes deux
Le même rêve ? Regarde autour de toi :
La tristesse dans tes cils parle de ta Sibérie,
Le bleu de mes yeux rappelle les vagues.

Sur tes traces

Shanghai, hiver 2019

Assis sur sa chaise pliante, il ne bouge pas, un masque sur la bouche, chauve, maigre. Seuls ses yeux suivent l'activité de cette fin de journée, à l'angle de Wulumuqi et de Anfu Road. Comme les autres jours, ce vieil homme a accroché son panneau derrière lui, à l'aide d'une tringle et de pinces, sur une affiche du comité de quartier vantant les mérites du vivre ensemble. Parmi les caractères tracés à la main, je reconnais celui qui veut dire « maison » : *jia*. Le vieil homme ne parle pas, il reste assis, jour après jour, devant ce long mur qui clôt un vide, ceinture un immense terrain vague, là où se trouvait sa maison parmi d'autres, aujourd'hui démolies.

Cet emplacement, situé dans l'un des quartiers les plus cotés de Shanghai, de la taille de trois terrains de football, laisse perplexe. Quelles sombres tractations se jouent entre la municipalité, propriétaire du terrain, et les promoteurs immobiliers chargés d'y construire des logements ? Pourquoi attendre si longtemps quand des tours immenses sont sorties de terre aux alentours, résidences pourvues de piscine, clubs de gym et terrains de tennis ?

Avant les années 2000, ces terrains abritaient des milliers de personnes dans un entrelacs de petites maisons en briques rouges et grises, alignées les unes à côté des autres et desservies par d'étroites allées. Ces maisons typiques de Shanghai qu'on appelle *shikumen* reflètent parfaitement la rencontre entre influences occidentales et inspirations asiatiques. Plans à l'occidentale, aménagement respectant la tradition orientale, ces maisons constituent soixante pour cent des logements à Shanghai au début du XXe siècle. Les Chinois s'installent progressivement dans ces demeures construites par et pour les étrangers. Elles seront habitées tour à tour par des commerçants de la classe moyenne dans les années 1930, des ouvriers dans les années 1950, puis elles feront partie des logements attribués par le parti communiste aux bons éléments. Au début des années 2000, en plein essor économique, des quartiers entiers sont détruits, leurs habitants expulsés et relogés loin du centre-ville. En lieu et place des *shikumen*, on construit d'énormes complexes résidentiels aux loyers juteux. Certains habitants ont résisté, comme Zhu Shuikang, vétéran de la guerre de Corée, et sa femme qui habitaient ce *shikumen* à l'angle de Anfu et Wulumuqi Road depuis plus de soixante ans. L'équipe de démolition est chargée de les faire fuir : menaces, jets de pierre, coupures de gaz et d'électricité, ils vont jusqu'à déverser des eaux usées par les fenêtres. Rien n'y fait. Et puis, un matin de janvier 2005, trois hommes ont aspergé la maison d'essence et y ont mis le feu, certains de voir le couple décamper en hurlant. En quelques minutes, les flammes ont tout englouti. On a sorti de la maison deux corps calcinés. En Chine, on pense la terre habitée, les lieux imprégnés par la vie de leurs habitants, leurs joies et leurs souffrances. Depuis quinze ans, selon la rumeur populaire, les fantômes en colère de Zhu Shuikang et de son épouse errent parmi les herbes folles et empêchent toute construction sur un terrain dont la valeur dépasse aujourd'hui le milliard de renminbi, soit près de cent cinquante millions de dollars.

Devant ce terrain en friche, je pense aux mémoires englouties, à ces vestiges du passé qu'on ne pourra plus exhumer. Les lieux parlent, ils chuchotent aux vivants que ceux qui les ont précédés ont laissé leur empreinte, que leurs témoignages subsistent dans la pierre, dans le sol, dans l'air. Il suffit de retrouver ces traces, de les arracher à l'oubli pour que rien ne meure jamais tout à fait. C'est pour cela que je sillonne Shanghai, à vélo, à pied ou en taxi, sur tes traces.

Dans le soir qui tombe, l'hôtel Métropole pèse encore de toute son ombre sur le carrefour de Jiangxi et Fuzhou Road. Le Canidrome a été remplacé en 2005 par une imposante structure blanche en forme de crabe géant : le Performing Arts Center. Les restaurants Arcadia et Caucase ont fermé, eux aussi. De l'un, il reste l'immeuble et la façade. De l'autre, juste le souvenir. Tout passe, à Shanghai plus vite qu'ailleurs.

Le Lyceum où tu te produis encore au début des années 1950 tient toujours debout, à l'angle de Maoming et Changle Road. Plus loin sur Maoming, la façade néo-classique du Cercle sportif français est aujourd'hui surmontée d'une tour moderne abritant les chambres de l'Okura Garden. Sur le site de l'hôtel, pas un mot sur l'histoire de ce bâtiment, première et plus célèbre réalisation de deux architectes français, Alexandre Léonard et Paul Veysseyre, qui ont durablement marqué le paysage architectural de Shanghai dans les années 1930. À partir de 1959, Mao Zedong aimait y séjourner lors de ses passages à Shanghai. Il nageait dans la piscine olympique couverte et fumait sur les balcons, hérissés de paravents afin qu'il ne soit pas vu depuis la rue. Au début des années 1950, tu t'y es souvent produite lors de concerts ou de spectacles suivis d'un dîner dansant, « avec la musique de Tino et son orchestre », précisent les programmes. La piscine a été démolie, la salle de bowling remplacée par un restaurant, mais la salle de bal est restée intacte. Une épaisse moquette recouvre le parquet flottant, mais tout le reste, le vitrail coloré du plafond, les appliques Art déco sur les murs, les balustrades en fer forgé des balcons, t'a vue danser *Tango argentin*, *Danse hindoue*, *Danse espagnole* et tant d'autres.

Je cherche des murs qui t'ont vue danser parce qu'il ne reste aucun film, juste des photos figées et des témoignages. Je cherche des murs qui t'ont vue danser parce que, je le sais, quand tu quitteras Shanghai, tu ne danseras plus.

Tout est perdu

Shanghai, 14 septembre 1953

« CHER VALÉRI,

J'ai reçu votre lettre il y a longtemps. [...] J'ai tant écrit l'année dernière, tous ces formulaires et déclarations de bonne foi, ma biographie même pour les autorités locales, que la vue d'un bout de papier me donne la nausée. »

Tu poses ton stylo, lèves la tête un instant vers le jardin qui s'est invité jusqu'à ta table à travers les vitres de la véranda. Là réside le charme de cette petite chambre au rez-de-chaussée, dans laquelle tu t'es installée en avril dernier, à l'angle de Huashan Road et Huaihai Road.

C'est à Valéri Perelechine, l'ami poète, que tu adresses cette lettre. Que de choses vécues ensemble ces dix dernières années. Comme tous les autres qui ont fui, sur l'île de Tubabao, en Australie, en Amérique, en Argentine, le voilà installé au Brésil. Tu aurais pu l'y précéder.

En janvier 1952, les bureaux de l'Organisation internationale pour les réfugiés à Shanghai ont fermé leurs portes. Grâce à eux, ton père est parti au Canada, mais sans toi. Les autorités chinoises t'empêchent de quitter Shanghai. Ils t'exhortent à avouer. Avouer quoi ? Tu es restée ferme. Plus tard, des amis réussissent à t'obtenir un visa pour le Brésil, mais tu souffres de la tuberculose. De toute façon, les autorités ne sont toujours pas disposées à te laisser partir.

Valéri demande des nouvelles. Que dire qu'il ne sait déjà ? Juste après son départ, les propriétaires allemands n'étant jamais revenus, la maison sur Hongqiao Road est passée aux mains des autorités, et tu en as été chassée. Tu ne danses presque plus, seulement dans le restaurant chinois qui a remplacé Arcadia. Tu donnes des cours de russe à des enfants, des cours de yoga et de danse à qui veut. Tu continues de sourire sur scène et sur les photos, mais, dans ton cœur, tout est mort, même les rêves. Tu n'écris plus de vers, ne tiens plus de journal. Tu attends ce qui va venir et dont tu n'as aucune idée.

Valéri demande des nouvelles de ton père. Il se languit au Canada dans l'attente de te voir arriver enfin. Valéri se souvient-il d'Irma, celle qui a épousé Valéri Iankovski à ta place ? La voici avec son deuxième mari au Canada, à prendre soin de ton père comme une fille dévouée. Dire que tu ne l'as pas revue depuis ce dernier été en Corée, en 1941, il y a plus de dix ans déjà.

Dehors, Shanghai s'éteint, mais Valéri le sait déjà. Les communistes continuent de faire la chasse aux exploiteurs des masses, ces « chiens de collaborateurs » : propriétaires, industriels, trafiquants en tout genre. Les entreprises privées sont taxées puis réquisitionnées. Les biens des étrangers sont saisis, à commencer par les écoles, les clubs, les usines. Ton ami Valéri était encore à Shanghai au moment du lancement de la campagne des Cinq Anti par le gouvernement communiste (contre la corruption, le vol, l'évasion fiscale, la fraude sur les marchés publics et l'État stationnaire). Dans les rues, les haut-parleurs continuent d'encourager la délation sous toutes ses formes. Dénoncer ou se faire dénoncer. Au sein de chaque entreprise, de chaque comité de quartier, des séances hebdomadaires d'autocritique et d'endoctrinement sont organisées. On exhibe les capitalistes, une pancarte en bois attachée au cou, forcés de confesser leurs crimes en public, poussés au suicide. La nuit, dans le silence, effrayés à l'idée d'une dénonciation ou d'une perquisition, tes amis chinois brûlent des papiers devenus compromettants, se débarrassent des armes à feu désormais interdites, enterrées dans le jardin ou lestées puis jetées dans la rivière Suzhou. Les *qipao*, ces belles robes en soie au col droit coupées près du corps, et les costumes à l'européenne ont disparu. Rien ne doit distinguer un travailleur d'un autre travailleur, chacun se fond dans un même bleu, paralysé par la même terreur.

Tu as quarante-trois ans et, pour la première fois, tu n'as plus peur. Comme pour Shanghai, les couleurs, la vie, les lumières ont déserté ton cœur, tu n'attends plus rien, tu subsistes.

«Je suis maintenant habituée à l'idée que tout est perdu, qu'il faut vivre la vie comme elle vient. Il y a même un certain soulagement de la conscience à l'idée qu'il ne faut développer aucun talent ici-bas ni aucune carrière. Ces talents ne font qu'alourdir l'âme et n'évitent en rien de se heurter à toutes les portes closes.»

Empêchée dans tes enfantements, tes ailes entravées par d'obscurs liens, tu rends les armes. Quelle est ta place dans ce nouveau monde : artiste ? Des parasites, des fainéants à mettre au travail. Danseuse ? Un métier de débauchée à rééduquer. Fille ? Une autre le fait beaucoup mieux à ta place. Épouse ? Tu n'y crois plus et tu le redoutes. Mère ? Ce rêve n'est plus à ta portée. Femme, tout simplement ? Une différence à gommer dans l'univers communiste. Ne m'appelez plus «femme», mais «camarade». Seule ? Oui, très.

«Eh bien, Valéri, écrivez quand vous vous souviendrez de moi, j'en serais très heureuse, je vous embrasse tendrement, saluez votre mère pour moi.

Larissa»

Sublimes guerrières

Shanghai, hiver 2019

ENCORE UN MESSAGE reçu aujourd'hui, et la solitude s'en trouve agrandie. Un premier amour *digéré* conditionne-t-il la réussite d'une vie amoureuse ultérieure ? Rien ne m'est apparu ensuite aussi brillant, aussi fulgurant, aussi certain. Et s'il ne m'avait pas abandonnée, que serait-il arrivé ? Pendant les années qui suivent l'arrestation de Valéri, quand tu ne sais rien, quand tu apprends sa déportation au goulag, quand tu n'as aucune nouvelle, aucune certitude de le savoir vivant ou mort, t'es-tu aussi posé la question ? Si tu n'étais pas montée sur ce dernier bateau pour Shanghai en septembre 1941, aurais-tu pu empêcher ce qui est arrivé ? Serais-tu au goulag, toi aussi ?

Je m'absorbe dans les livres, y colle ces questions qui ne servent à rien, les souvenirs d'un homme qui n'existe plus, d'un amour trop lointain pour être ravivé.

Toujours à la recherche du passage de Valéri sur toi, je parcours un livre prêté par Mikhaïl D. qui rassemble les écrits des femmes de la famille Iankovski : la mère de Valéri et ses deux sœurs, Mouza et Victoria. De cette dernière, tu es restée très proche malgré la distance, vous vous êtes écrit jusqu'à sa mort, en 1996. À Harbin, en Mandchourie, à Shanghai, tes amies et toi faites l'expérience d'une immense solitude. La guerre vous a fauché vos rêves, votre jeunesse, votre pays, vos amours. Vos hommes sont faibles, volages, ivrognes, séquestrés. De vous dépendent parfois de jeunes enfants dont il faut s'occuper, seules. Et je m'émerveille de vos âmes de guerrières, en dépit de tout. Dans les journaux et souvenirs de Victoria, je tombe sur cet épisode : après un mariage malheureux et la mort brutale de sa petite fille, Victoria rejoint son frère Valéri en Mandchourie, au printemps 1945. Elle s'installe dans l'une des maisons du domaine avec son dernier-né, âgé de dix mois. En août de la même année, ses deux frères Valéri et Iouri rejoignent le front, puis sont arrêtés. Sa belle-sœur Irma retourne en Corée pour accoucher. Victoria reste seule pour gérer les terres de Valéri. Après la capitulation du Japon, les paysans tentent de brûler les habitations plusieurs fois, veulent la traîner au « procès du peuple » contre les propriétaires parasites. Elle doit assister au massacre d'un certain nombre d'entre eux. Assignée à résidence, on la menace de partager le sort des femmes japonaises capturées. Ce qui la sauve ? Tous ces gens de la campagne ne savent pas très bien ce qui est arrivé à ses frères : arrêtés ou invités par le pouvoir soviétique à aider les Chinois dans leur nouvelle vie ? Dans le doute, on finit par la laisser tranquille. Pendant les huit années qui suivent – oui, huit ans ! –, elle n'a d'autre choix que de rester là, sans aucune nouvelle de l'extérieur, avec son jeune fils. Désherber à la serpe des journées entières sous le soleil, vivre dans la peur, parler aux disparus à voix haute pour faire fuir les intrus qui, la nuit venue, s'introduisent dans la maison et piétinent les jouets de son petit garçon. Victoria survit, nourrie par ses souvenirs de jeunesse en Corée, la certitude de faire partie d'un clan uni, d'être la fille d'un père aimant dont elle fera toujours la fierté.

Un soir d'août 1947, au chevet de son fils brûlant de fièvre – est-ce le typhus ? –, sans aucun médicament, elle écrit à la lueur d'une bougie : « [...] La vie de ma mère et celles de mes enfants ont plus de valeur que la mienne. Ma vie telle qu'elle est m'est inutile. Se contenter de vivre pour vivre, non. Il faut vivre une vie pleine et belle. Mais végéter ? Quelle horreur ! »

Un mois plus tard, la vaillante Ora écrit encore : « Oui, en une année, je suis devenue une petite vieille. Mais pour toi, mon garçon, je traverserai tout ! [...] Je me battrai pour ce domaine ! Je me BATTRAI ! »

Sublime guerrière. Pas un instant elle ne doute de l'amour des siens. Personne ne vient ? « Où êtes-vous, mon père, mes frères ? N'êtes-vous pas en grand danger pour ne pas venir aider votre sœur ? »

Et encore ce surnom de Papa-Tigre pour le père adoré, dans ce passage écrit le 6 janvier 1947 : « Où es-tu, Papa-Tigre ? En vie ? La terreur me saisit à l'idée de ne pas te revoir, toi, le dernier des Mohicans ! Tant de choses à demander que personne d'autre que toi ne sait. »

Irma, la femme de Valéri, accouche seule d'un fils à Novina. Elle assiste, impuissante, à l'arrestation de son beau-père chez lui, en septembre 1946, puis voit le domaine rasé par les Soviétiques. Réfugiée à Harbin avec un nourrisson, sans nouvelles de Valéri, elle se résigne à épouser un Allemand en 1950. Elle prend la fuite dès qu'elle obtient son passeport.

Et toi, Larissa ? Dans ta solitude résonnent des centaines de « je t'aime » qui amplifient le silence d'un seul. L'arrestation de Valéri rompt pour la première fois le fil de vos échanges depuis ta descente du train, à l'été 1933.

Tu as été très seule et très aimée. Voilà le plus grand paradoxe de ta vie.

Dernière danse

Shanghai, 31 décembre 1953

La salle de bal est plongée dans l'obscurité. De la scène, Tino suit ton avancée au milieu des tables disposées en arc de cercle. Une fois sous la verrière du plafond, et à ton discret signe de tête, il lancera la première note et l'orchestre suivra. Tu avances, le dos droit, les yeux baissés, attentive au contact de tes pieds avec ce parquet flottant dont tu connais chaque secret. Combien de fois as-tu dansé dans cette salle de bal ? *Valse*, *Danse tsigane*, *Blue Smoke*. De longs gants en dentelle noire découvrent tes doigts et remontent au-dessus du coude. Avec les années, le maintien a remplacé les acrobaties. Ton corps a gagné en allure ce qu'il a perdu en élasticité. Du noir de ta robe bustier, tes épaules et ton visage jaillissent dans la lumière tamisée, et se meuvent, irréels, morceaux de lune, cou de cygne, pivoines blanches, l'éclat avant le crépuscule. Tu lèves les bras, tourne la tête vers Tino. Danser ici, une dernière fois.

D'un mouvement tu repousses l'avenir, les « pourquoi » refluent loin. Demain, les portes du Cercle sportif français qui t'a vue arriver à Shanghai il y a vingt ans seront closes. Personne ne sait si elles ouvriront de nouveau un jour. Les communistes iront-ils jusqu'à le détruire, symbole trop visible d'une suprématie occidentale à pulvériser ? Nul ne le sait. Demain, toujours captive dans cette ville, sans aucune perspective, tu attendras encore. Alors, tant que tu le peux, danser. Corps ami, corps habité, avec ses affaissements et ses raideurs, avec ses années d'entraînement, avec cette exigence qui te tient malgré tout. Il supporte toutes les femmes en toi, Marthe l'affairée, Marie la contemplative, Marie-Madeleine la pécheresse. Ton corps est un temple où couvent une joie confuse et une confiance obstinée en la vie.

Ce Français, Maurice Chaize, viendra-t-il comme il te l'a promis alors qu'il se tenait à la porte, son chapeau à la main, après son premier cours de yoga chez toi ? Tu le cherches des yeux, au détour d'un mouvement. Grand, mince, les cheveux noirs plaqués en arrière, le visage sérieux, il doit avoir à peu près ton âge. Lors de votre rencontre à une autre soirée, un mois auparavant, il t'avait raconté être séparé de sa femme, restée à Marseille, et père d'un garçon. Il semblait distant, presque timide, une alliance à l'annulaire gauche qu'il ne cessait de faire tourner autour de son doigt. Il venait d'arriver à Shanghai comme agent général du bureau des Messageries maritimes. Les paquebots. La mer.

« Vous épouserez un homme qui a un lien à la mer. Je vois beaucoup de navires autour de vous, beaucoup. » Juste après la guerre, tu n'avais pas pris au sérieux les prédictions de cette cartomancienne. Un homme lié à la mer, comme un marin par exemple, un de ceux qui pullulaient dans les clubs et les bars de la ville ? Mais, depuis le soir de ta rencontre avec Maurice Chaize, cette prédiction tourne en boucle dans ta tête. Quand il se présente à ta porte pour prendre des cours de yoga, tu comprends. Sous l'enveloppe de l'homme comme il faut, galant et prévenant, couve un feu qui semble l'étonner lui-même, une passion naissante dont l'intensité t'a ébranlée.

Les applaudissements crépitent, les lumières s'allument, tu souris, salues. On t'offre un bouquet de roses, tu marches vers la porte donnant sur le hall. Maurice Chaize est là, debout. Il saisit ta main libre, la serre et la porte à ses lèvres. Dans le brouhaha, la valse des lumières et des rires, les gens venus te saluer, tu fixes ses doigts : son alliance a disparu.

Dans tes pas

Shanghai, hiver 2019

Après notre rencontre à Vladivostok, Tamara et moi préparons nos retrouvailles en France, dans la maison où tu as vécu les quarante dernières années de ta vie. Le petit-neveu de Maurice Chaize, Jean-Christophe, y habite toujours avec son père. J'hésite à lui écrire. Que va-t-il penser ? Je ne te connaissais pas de ton vivant, nous n'avons aucun lien de parenté, rien si ce n'est cette sororité d'âme, si j'ose dire. Que faire s'il refuse de me laisser entrer, de me parler de toi ? J'ai peur de trouver porte close, peur qu'on ne m'empêche d'approcher ton mystère.

Cette peur me renvoie à toutes celles de mon enfance, dont la présence rassurante de ma mère suffisait à venir à bout. Depuis quelque temps, je pense beaucoup à elle. Peut-être parce que tu parles si souvent de la tienne dans ton journal. Elle te parle en rêve, te console ou te gronde, t'avertit aussi. Son ombre veille sur toi. Ma mère a passé sa vie à attendre : mon père qui travaillait trop, la fin des problèmes, l'autonomie de ses enfants, la possibilité de vivre enfin sa vie comme elle l'entendait… Attendre au bord de sa vie presque, et puis regretter ce qui n'avait pas eu lieu. Depuis, il me semble qu'elle a trouvé refuge dans l'oubli. Absente à elle-même, comme lorsqu'elle attendait encore, et je n'ai plus le temps de l'interroger : de quelle femme ai-je été enfantée ? Si je parle russe, c'est grâce à elle, qui m'a transmis son amour de ce pays, de sa langue, de sa littérature. Au moment où elle s'en désintéresse, je m'y replonge, et c'est ainsi que je te rencontre.

Si ton petit-neveu refuse de me recevoir, ce voyage en France me permettra au moins de passer quelques jours avec ma mère, dans ce coin reculé de Bourgogne où j'ai l'habitude de passer mes vacances. Feu de bois dans la cheminée, lumière rasante à travers les branches nues, la fumée qui monte de la terre après la pluie, senteurs d'herbes gorgées d'eau. Assise à son côté sur les marches du perron, je regarderai avec elle le soleil se coucher, les doigts gourds, dans le meuglement des vaches. J'irai aussi faire un tour sur l'île Robinson, le nom donné à ce bosquet d'arbres isolé dans un champ, au milieu duquel court un ruisseau entre les pierres et les racines. Enfant, j'y jouais avec ma sœur. Adolescente, je m'y suis réfugiée en larmes après l'annonce du décès brutal d'une camarade de classe. La mort rentrait à grand fracas dans ma vie et ce ruisseau l'avait domptée. Son eau transportait brindilles et fleurs de tilleul, son tintement joyeux m'avait assuré que tout passe, même le plus terrible des chagrins.

Parfois, j'imagine ma mère marcher seule dans des corridors de plus en plus blancs, vidés des hommes, des lieux, des objets qui ont été chéris, incapable de se raccrocher à des souvenirs, et, si je prends sa main, elle ne me reconnaît plus. Terreur. Arrivée là où j'en suis dans ma vie, je comprends mieux certains de ses combats, ses espoirs, ses échecs. J'ai l'impression de lui ressembler de plus en plus. Si j'en ai le courage, je lui murmurerai cela, et aussi que je ne lui en veux plus d'avoir fait ce qu'elle a pu, avec sa vie, avec la mienne. Elle l'oubliera, mais je l'aurai dit, et ma colère, peut-être, se dissipera, comme la buée échappée des lèvres dans l'air froid d'une journée d'hiver.

Tous ces fils entre passé et présent, futur et passé, qui courent de toi à moi, de mère à fille, empêchent de tomber dans le vide. Rien ne meurt, tout se transforme. Les villes, les hommes, le temps. Chercher des traces de toi dans cette ville amnésique, c'est montrer que rien ne disparaît jamais tout à fait. Oui, j'exhume tes traces pour lutter contre l'oubli, celui qui ronge les souvenirs de ma mère, celui qui menace d'engloutir ta vie. Et je le fais en français, cette langue apprise pour Maurice, cette langue qui t'a entendue mourir.

Qui est cet homme avec lequel tu as quitté Shanghai ? Un homme sérieux qui ne sourit sur aucune photo, ni sur celles qui figurent dans le livre *Seule sur le pont*, ni sur celles d'un de ses albums de famille, atterri on ne sait comment chez Tamara à Vladivostok. C'est un homme ordonné. Chaque photo de son album est numérotée, et le numéro répertorié sur une fiche collée sur la garde, assorti pour chacun d'une date. Tout le contraire de toi. Au début de l'album, des photos en noir et blanc montrent des enfants en bonnet de dentelle et bottines noires, un bal costumé devant le perron d'une maison de maître. De grands arbres, un jardin qui s'étend derrière l'objectif. Les photos d'une famille bourgeoise française, qui en rappellent d'autres. On entendrait presque la vieille dame sur la gauche sermonner les enfants : « Un peu de tenue ! » Maurice a été bien éduqué, il n'en manque pas. À l'observer, je le sens collé à son arbre généalogique, aux valeurs familiales, aux traditions catholiques séculaires qui le tiennent à distance de l'inconvenance, de la vulgarité, des états d'âme et des remises en question.

Il a dû tomber fou amoureux de toi pour oser demander le divorce, scandaliser les siens et offenser sa religion. Tout cela pour épouser une danseuse russe divorcée. Bientôt, il s'absente cinq mois en France pour régler les derniers détails de son divorce, puis revient te chercher à Shanghai. Tu n'es toujours pas autorisée à sortir de Chine, et les interrogatoires reprennent.

J'essaie d'y voir plus clair sur ces interrogatoires. Les gens qui ont gravité autour de toi pendant cette période ont laissé entendre que cette interdiction de sortir serait liée à une erreur de traduction sur la nature de tes activités, lors d'un échange de dossier entre Soviétiques et Chinois. Tes *activités poétiques* seraient devenues *activités politiques*. J'ai du mal à y croire… D'autres affirment que cette interdiction est due à la dénonciation d'un de tes anciens collègues, issu du milieu littéraire de Shanghai. Le nom de Valentin Sergueïevitch Vale, de son vrai nom Pressiajnikov, a circulé, sans jamais être confirmé. Rédacteur en chef du magazine *Projector*, il t'a recrutée en 1933 pour divers travaux de secrétariat. Il n'était pas insensible à ta beauté, tu l'as éconduit comme beaucoup d'autres. Détenu par les Japonais pendant la guerre, il occupe ensuite un haut poste au bureau du TASS, l'agence de presse soviétique à Shanghai, de 1945 à 1947. De retour en URSS en 1947, il est arrêté comme espion à la solde des Occidentaux, interrogé et envoyé au goulag. S'il te dénonce auprès des autorités chinoises comme espion soviétique avant son retour en URSS, pourquoi ces derniers s'en offusqueraient-ils ? En très bons termes à cette époque, les deux pays multiplient les échanges. Alors peut-être t'a-t-il dénoncée comme espionne à la solde des puissances occidentales ou des Japonais ? Est-ce de son fait ou à la demande des Soviétiques, parce que tu refusais de coopérer avec eux et de rentrer en URSS ? Peut-être aussi agit-il par dépit amoureux.

Ce qui est sûr, c'est l'intérêt que te portent les Soviétiques. Amir K. voit des similitudes entre ton histoire et celle de Thaïs Jaspar. Je devrais creuser, ne serait-ce, ajoute-t-il, que pour mieux comprendre les méthodes de recrutement du NKVD. Ce nom m'est familier, je le retrouve mentionné plusieurs fois dans tes journaux, en 1946, puis en 1948. Vous étiez bonnes amies, me confirme Tamara, tu l'admirais beaucoup. En 2019, un documentaire russe retrace le parcours de Thaïs Jaspar et ses liens avec les services secrets soviétiques. Je découvre leur grand intérêt pour le milieu aisé et influent fréquenté par Thaïs dès les années 1930, et pour le public que sa beauté attire. Ton contrat au Tower, propriété de Victor Sassoon, t'ouvre ce milieu. Avec ce documentaire, je découvre aussi les rapports qui s'empilent, les longues filatures avant d'enrôler une recrue, de la convier à un entretien, souvent dans une autre ville. Si l'entrevue à Harbin a bien eu lieu, l'objectif est clair : t'amener à travailler pour eux. Sans ressources, seule, avec un père vulnérable à Harbin, les leviers ne manquent pas pour te pousser à collaborer.

J'ai entre les mains le certificat de mariage de Maurice et Larissa. Les caractères chinois, imprimés à la verticale, sont entourés d'une frise d'épis de blé et de maïs liés par des rubans roses, des raisins et des grenades dont les pépins symbolisent une nombreuse descendance, des fleurs et des oiseaux blancs, symboles de prospérité. En bas, le caractère du double bonheur, utilisé encore aujourd'hui pour souhaiter la félicité aux jeunes mariés. En haut, centré, l'étoile rouge communiste d'où partent six drapeaux chinois, étoiles jaunes sur fond rouge. Malgré les années, les couleurs ont gardé tout leur éclat. Sur le certificat figurent vos deux noms, votre district de résidence et la date : le 1er septembre 1955, à la mairie du district de Changshu.

Munie de ton certificat de mariage et de ton acte de décès, Léa a pu consulter ton dossier au bureau des archives du district de Xuhui, sur Pubei Road. Elle n'avait pas le droit de prendre des photos, seulement des notes. Il est écrit que tu es professeur de yoga, que tu donnes des cours à Maurice. Il travaille dans les bureaux des Messageries maritimes, sur le Bund, et habite au 62 Fuxing West Road, appartement 8. Les dates de vos premiers mariages figurent dans le dossier, ainsi que vos âges lors de ce deuxième mariage. Tu t'es rajeunie de cinq ans alors que tu es l'aînée de Maurice de presque deux ans. Lui as-tu un jour avoué la vérité ?

Le dossier mentionne ton adresse avant le mariage : 2068 Huaihai Middle Road ; et la date de votre première rencontre : le 7 novembre 1953, à une soirée au Cercle français. Cette date est la même que celle d'une photo classée dans l'album de Maurice. Assise à table, lumineuse dans une robe bustier noire, tu es entourée d'hommes en smoking. Je reconnais Maurice à droite, intimidé. Dans tes souvenirs, tu mentionnes cette robe en tulle noire pailletée et quelques détails sur cette soirée. Tu y as dansé *Valse* et *Danse tsigane* avant d'être placée au dîner à côté d'un Français, tout juste arrivé à Shanghai…

Parfois, dans cette quête qui me pousse à reconstituer le cours des événements, je m'imagine picorant sur les chemins de ta vie les miettes que la guerre et le temps n'ont pas encore englouties. Me voici devant l'adresse de Maurice, qui fut aussi la tienne après votre mariage et jusqu'à votre départ, presque deux ans plus tard. Le 62 Fuxing West Road est un bâtiment de style espagnol encore debout, à l'angle avec Yongfu Road, plus connu sous le nom de Cloisters Apartments. Le bâtiment de style mauresque abrite aujourd'hui un musée sur les trésors architecturaux du quartier. Le premier étage, où tu as habité, n'est pas encore ouvert au public. À l'issue des travaux de rénovation, ton ancien appartement laissera place à une librairie – encore une.

Debout de l'autre côté de la rue, les yeux perdus sur les ferronneries des grilles et les colonnades en pierre qui soutiennent de grandes fenêtres en ogive, je t'imagine entre ces murs. Es-tu heureuse de te réveiller chaque matin aux côtés de Maurice ? Sa présence apporte-t-elle l'apaisement tant recherché ces dernières années ? Je n'ai aucune trace de ce début de vie commune, seulement des intuitions, deux photos de Maurice et toi prises lors d'une promenade en dehors de Shanghai et l'actualité historique d'une ville que tu essaies de fuir. Si tu ne quittes pas la Chine, tu sais ce qui adviendra. Détentrice d'un passeport soviétique, les autorités chinoises finiront par te renvoyer chez toi, c'est-à-dire en URSS où tu risques de subir le même sort que Valéri et les autres. Est-ce cette menace qui t'a poussée à épouser Maurice ? Qui suis-je pour le dire ? Je crois que l'amour qu'il éprouve pour toi t'émeut, te rassure. Pour toi, il a fait voler en éclats sa vie bien rangée. Il est distingué, galant, bien fait de sa personne, et français, la patrie de ton cher Victor Hugo, de *Notre-Dame de Paris*, de la liberté.

En juillet 1956, le voyage de noces est aussi un voyage d'adieu. Longues heures d'indolence entre cabine et pont. La mer est calme, le temps clément. Une lune de miel entre ciel et eau. Maurice parle peu, prévenant sans excès, presque froid en société, avide dans l'intimité.

Tes pensées flottent, éparses, s'effilochent et se confondent, sans ligne claire, à la manière des traînées de nuages au-dessus de ta tête. Ton mariage t'arrache enfin à la Chine communiste, à l'URSS qui s'impatientait de te voir rentrer au pays. Tu nourrissais peu d'illusions sur ce qui serait arrivé si tu étais restée.

Ce paquebot des Messageries maritimes est immense, comme tes espoirs ; il est solide, comme ton mariage il y a tout juste un an ; il est français, comme Maurice, debout à tes côtés.

Un jour, noyé dans le brouillard.
Une heure perdue.
Nous voilà quelque part sur l'immense océan.
Les vagues nous portent, nous bercent.
Et tout est bien, comme s'il n'y avait eu aucun chagrin,
Même l'incertain de demain ne semble plus si terrible.
Notre maison est un paquebot. Notre rue, la mer,
Par-dessus bord, le clair de lune ruisselle dans la nuit.
Et chuchote… Dans le confort de la cabine, roulé en boule
Comme le chat, le cœur somnole… […]
Nul besoin de terre – la mer seulement !
Nul besoin de bazars, de guerres, de journaux !
La mer seule – et dans les nappes de brume
Cette lumière unique, magique, miraculeuse.

D'ombre et de lumière

Shanghai, hiver 2019

Dans un vrombissement permanent, Shanghai m'apprend la lenteur. Tous les jours, un autre tempo régit la ville, plus doux, plus intime. Un paradoxe de plus. Ce thé partagé en silence par deux hommes accroupis sur le trottoir, leurs triporteurs adossés aux troncs des platanes ; les petits pas de ce couple âgé qui déambule en pyjama dans la rue, main dans la main ; les visages tannés des joueurs de l'ancien parc Brunat, penchés sur une partie de dames chinoises à l'heure de la sieste. Ils ne disent rien, les yeux mi-clos, assoupis peut-être. Soudain, un geste, un pion avancé, des rires fusent. Les toiles du peintre Leng Hong, exposées dans la galerie d'une amie, fusion de lumières et de couleurs qui gorge le papier, donne vie aux songes, préserve le mystère des paysages intérieurs.

— Tu sais, me dit mon amie, il peut rester de longues heures, le pinceau à la main, sans rien faire. Il se nourrit de silence, de lecture, il aime et cultive sa lenteur.

Oui, face à mes impatiences, à mes angoisses, Shanghai m'invite à saisir l'instant. Comme le thé vert découvert ici : cela ne sert à rien d'agiter l'eau pour écarter les feuilles ; au moment opportun, elles se laissent glisser d'elles-mêmes au fond de la tasse.

Toutes mes questions au sujet d'une éventuelle collaboration avec les services secrets soviétiques s'arrêtent aux portes fermées des archives de la police chinoise après 1949. Il faudrait consulter ton dossier, découvrir l'objet de la dénonciation et son auteur. Hélas, cela est impossible. Ces archives restent closes, en particulier pour les étrangers. Boîte de Pandore qui, si elle s'ouvrait, donnerait lieu à d'innombrables réclamations sur les droits bafoués pendant cette période : propriétés et biens spoliés, dénonciations abusives.

Restent des doutes, disséminés çà et là. Les scénarios s'articulent autour de deux charnières. La première se situe en 1940, à l'époque où le BREM est sous influence japonaise. Si les comptes-rendus témoignent d'un intérêt pour toi dès cette époque, la suite logique serait une invitation à travailler pour eux, c'est-à-dire pour les Japonais. Cela expliquerait que tu ne parles pas d'eux dans tes journaux, et les ressources qui te permettent de vivre sans danser pendant la guerre.

Dans la seconde hypothèse, ta collaboration avec les services secrets soviétiques commencerait après la guerre, en 1945. Si l'entrevue d'Harbin a eu lieu, j'ai peu de doutes sur le fait que tu es recrutée comme informatrice.

En échange de quoi ? La sécurité de ton père ? Ta sécurité ? Le silence sur ce qui s'est passé avant ? Là encore, je n'ai d'autre choix que de spéculer pour combler les lacunes de l'histoire. Les Soviétiques te tiennent, c'est tout ce que je pressens, à la lumière de notes dans ton journal comme celle-ci, écrite en décembre 1948 : « D'un point de vue communiste, j'étais utile quand je distrayais [...] Camarades, peut-être pourrais-je porter des fruits plus utiles dans le silence et en liberté ? »

Si collaboration forcée il y a, à quel moment prend-elle fin ? Les Soviétiques souhaitent que tu rentres en URSS, tu hésites. Le 21 janvier 1949, tu évoques une proposition : aller à Pékin comme correspondant diplomatique. Tu ne sais pas quoi en penser : « Est-ce dangereux ? M'enfermeront-ils dans la politique au point de me couper des miens ? » Qui sont-ils ? Tamara se tait, nourrit des doutes elle aussi. Elle se souvient de ta grande méfiance la première fois qu'elle évoque avec toi l'idée d'un livre sur ta vie. Quelle gloire personnelle espérait-elle en tirer ? Comment une femme comme elle, née et élevée en URSS, pouvait comprendre ce qu'une émigrée comme toi avait traversé ? Il a fallu du temps pour vous apprivoiser.

De nombreux doutes planent sur ta vie. Cela change-t-il mon regard sur toi ? Non. Quels que soient les liens qui t'entravent, tes journaux des années 1940 trahissent un désespoir profond, une douleur née du décalage entre ce que tu fais et ce que tu voudrais faire. Cela concerne-t-il uniquement ta quête amoureuse, les difficultés de la vie quotidienne en des temps si troublés, tes ambitions professionnelles ? Je suis certaine d'une chose en lisant tes lettres, tes poèmes, tes journaux : ta bonté, ton amour de la vie, ta capacité à puiser la joie y compris dans les jours sombres. Tu es vivante, entière, et ta lumière est peuplée d'ombres. Elles font partie de toi, je n'ai pas envie de t'en dépouiller.

Léa m'a expliqué le mot *waidiren*, terme péjoratif pour désigner les « gens du dehors », les provinciaux, ceux qui n'ont pas le *hukou* shanghaïen – sorte de passeport intérieur rattachant chaque Chinois à son lieu de naissance –, comme les balayeurs, chiffonniers, réparateurs en tout genre, aiguiseurs de couteaux, ouvriers, livreurs, chauffeurs de taxi, masseuses, bonnes à tout faire. Ils ne sont rien à Shanghai, et la seule empreinte de leur passage s'évanouit bientôt, engloutie dans le magma de la ville. C'est pourtant en grande partie à ce peuple de l'ombre que Shanghai doit sa croissance insolente. Nous, *waiguoren*, les « gens d'un autre pays », partageons avec eux cette racine *wai*, « à l'extérieur », « au-dehors ». Réfugiés d'hier, migrants d'aujourd'hui, étrangers, vivre à Shanghai n'implique-t-il pas d'être de passage ? Un clandestin parmi d'autres.

Fin juin 1956, tu es partie au bras de Maurice vers un pays dont tu ne connais rien, avec le rêve de t'arrimer un jour quelque part. Peut-être avez-vous organisé un *farewell* avec ceux qui restaient. Comme tous mes amis de Shanghai qui, chaque année, prennent le large. Dis-moi, l'âme russe sait-elle s'envoler si elle n'est pas jetée sur les chemins ? N'est-elle pas vagabonde par essence ? Gogol, Tourgueniev, Dostoïevski, Tolstoï, dispersés sur les chemins de l'exil, ou errants volontaires sur les routes du monde. Et plus proches de nous, Tsvetaïeva, Nabokov, Vertinski et toi, « l'apatride définitive sur Terre », selon tes propres mots. Séparés du terreau originel, ballottés sur de lointaines routes, livrés à l'échec et l'angoisse, le plus court chemin qui mène à la Russie passe par un long détour. Mais, aussi impénétrable que soit la forêt dans laquelle vous errez, les mots semés indiquent toujours l'emplacement de la maison. Ils rendent les lieux d'enfance perdus, la maison abandonnée, la mère disparue, les bouleaux de votre Russie.

[...] *Notre patrie ne se trouve pas sur une carte,*
Notre patrie n'est pas une terre,
Ni les azalées sur les fenêtres au mois de mars
Ni les bouleaux ni les peupliers.
Notre patrie, ce sont les contes,
Les chansons que notre mère nous chantait,
Ce sont les livres et les images et les couleurs
Dont l'âme s'est imprégnée jadis.
C'est la tristesse de la maison perdue,
Demeurée parmi les bouleaux [...]
C'est un trésor, une coupe, un calice,
Qu'on n'a pas bu jusqu'à la lie.
Et peut-être aussi les paroles d'un poète,
Qui ont volé un jour, jusqu'à notre mémoire,

Et infusé longtemps dans les profondeurs
Pour brusquement s'enflammer… Et ce bouleau
Me les chuchote en russe…

Mon scooter s'enfonce par les rues mal éclairées, troue de grandes nappes noires. Ici, la nuit ne me menace pas, elle m'abrite. J'éprouve du plaisir à errer à la bordure de ce monde magique, domaine de la réinvention, de la réalité dissolue, des sensations agrandies, des immenses chimères. Pour la première fois, je m'allonge sur un tapis pour une heure de relaxation. Par la fenêtre, des petits carrés jaunes éclairent le ciel noir. En fermant les yeux, un souvenir refait surface dans un éblouissement. Je suis avec lui. J'ai de nouveau vingt ans, le corps tremblant contre le sien. La nuit n'existe plus. Baisers fous, vertige, mes bras autour de sa taille, une moto file sur le bitume mouillé, la rue défile sous les réverbères parisiens comme une traînée de lumière.

Décalage

Yssingeaux, août 1956

TU NE DORS pas. Les yeux grands ouverts, tu devines la forme des dahlias sur la commode, les valises béantes au sol, vos vêtements étalés sur les fauteuils. Ton mari s'est enfin assoupi. Malgré la fatigue du voyage – l'arrivée du bateau hier à Marseille, le train aujourd'hui jusqu'à Yssingeaux –, ton esprit vagabonde, excité et nerveux, et ni le ronronnement familier du chat qui a voyagé avec vous, ni l'épuisement de ton corps n'arrivent à le maîtriser. Parviendras-tu un jour à te sentir ici chez toi ? Cette maison est-elle le lieu d'ancrage que tu espérais ? Dans l'imposante procession des maîtresses du lieu, as-tu ta place, toi, l'étrangère venue d'Asie ? Maurice ne comprend pas, bien sûr. Un moment, alors que vous vous trouviez seuls dans votre chambre, après le déjeuner, fourrageant dans une valise, il a lancé par-dessus son épaule :

—Je suis soulagé par l'attitude de ma mère. Elle t'a très bien accueillie, tu ne trouves pas ?

Oui, bien sûr. Elle a descendu les quelques marches du perron à ta rencontre, a souri poliment à tes deux mots de français, puis a noyé sa gêne sous un flot de paroles incompréhensibles. Plusieurs fois dans la journée, son regard a pesé sur toi, chargé de questions, de doutes, de colère aussi. Ta beauté n'a-t-elle pas jeté l'opprobre sur une famille respectable ? Dans les pièces aux cheminées de marbre, avec l'odeur rance des vieilles maisons, flottait une hostilité subtile, de femme à femme, qu'un homme, et de surcroît un fils, ne pouvait saisir. Toute la journée, tu as subi. Les messes basses et les regards en coin, la curiosité à peine voilée, les conversations qui n'en finissaient pas. Tu as souri à en avoir des crampes, potiche qui ne sait pas où se range la vaisselle, où se trouvent les ustensiles de cuisine, quel torchon utiliser pour essuyer les plats, où fumer, quand s'éclipser sans froisser personne.

Tu viens humer l'air de la nuit par la fenêtre ouverte. Effluves de citron et de vase, d'herbes. Un rossignol se met à chanter, accompagné par les coassements des grenouilles du bassin. Tout un monde palpite là, dans l'obscurité. Au fond, le long du mur de clôture, les pins se dressent, sentinelles immenses. Quel charme dans ce coin de jardin laissé à l'abandon. Le lierre s'enroule autour des troncs, rampe d'une pierre à l'autre, le sol disparaît sous un tapis d'aiguilles et de pommes de pin. Dans l'après-midi, tu as flâné sous les branches, empruntant les marches d'un escalier qui ne mène nulle part, dont les rambardes de pierre s'abandonnent au fouillis végétal, vestiges d'un passé oublié. Pour la première fois depuis longtemps, tu as posé ton errance quelque part, contre ces troncs verts de mousse, sous l'ombre courbée du vieux marronnier. De tous, le jardin est le seul à t'avoir vraiment accueillie.

La vieille maison attend d'être séduite, comme la mère de ton mari, comme le fils de ton mari, comme les générations passées qui gémissent à travers les murs, affaissent l'assise des fauteuils du salon, maintiennent courbées sur leur ouvrage la tête des femmes d'aujourd'hui. Tu les entendrais presque, ces femmes d'autrefois, chuchoter entre elles. Non pas des filles sorties d'un conte, mais des bonnes ménagères, des épouses fidèles, des mères dévouées dont les portraits ornent les murs. Toi la bohémienne, divorcée, sans enfants, étrangère de surcroît, toi qui as envoûté leur héritier, tu voudrais t'inscrire dans leur lignée ? Une longue galerie de femmes liées entre elles par les hommes d'une même famille. Ta belle-mère appelle Maurice « mon cher grand ». Et voici l'aîné de la fratrie redevenu enfant, ton mari redevenu fils, puisant dans les yeux maternels l'adoration qu'il y a toujours trouvée. Depuis ce matin, tu le sens loin de toi, heureux de reprendre sa place dans cette routine familiale qui donne le droit aux hommes d'être servis quand les femmes s'affairent.

Au bord du sommeil, la main dans la fourrure du chat, tu penses à la source qui frémit sous les pins et alimente le bassin. À chaque instant, une vie nous est donnée, à toi de la faire résonner.

Une datcha en France

Yssingeaux, hiver 2019

DANS QUELQUES MINUTES, la gare de Retournac. Nous y retrouverons Jean-Christophe, qui nous emmènera en voiture à Yssingeaux, où j'ai retenu une chambre d'hôtel. Assise à côté de moi dans le train, Tamara s'abandonne aux couleurs d'automne qui flamboient derrière la vitre. Sa veste bleue fait ressortir ses yeux, je la sens heureuse. À Yssingeaux, accueillie dans ta maison, qui est celle de Jean-Christophe maintenant, elle perçoit ta présence. La nuit, me confie-t-elle, tu fais irruption dans ses rêves, cela n'arrive jamais ailleurs. Elle prépare un autre livre, la publication d'une partie de ta correspondance avec Valéri. Je brûle de la lire, m'approcher encore plus près de ton mystère, mais le trésor est bien gardé. Dans tout ce qu'elle entreprend pour honorer ta mémoire, la délicatesse de Tamara me touche. Avant de publier, elle passe un temps infini à se demander ce que toi tu aurais aimé. Pas question d'étaler tout au grand jour ;

elle veut te faire connaître avec un infini respect pour toi et pour les tiens.

Nous nous sommes retrouvées à la gare de Saint-Étienne, elle arrivait de Vladivostok, moi de Shanghai. Terminus : Yssingeaux, petite ville de Haute-Loire, proche du Puy-en-Velay. Combien de temps m'a-t-il fallu pour détricoter la traduction phonétique du russe que j'avais sous les yeux et retrouver le mot français originel ! Une carte Michelin m'a sauvée.

À travers les vitres, des bourgs succèdent aux champs. Le soleil a amorcé sa descente et diffuse une lumière chaude sur ce paisible coin de France. Prise dans la vitesse du train, mes yeux suivent un moutonnement de nuages, une mousse verte, jaune, pourpre, faite d'herbe et de feuillages. Au loin, des monts bleus, les sucs d'Auvergne. J'ai bien cru ne jamais arriver là, tant les retards et les imprévus se sont multipliés depuis mon atterrissage à l'aéroport Charles-de-Gaulle, le matin même. Pourquoi venir ici ? Je ne me pose plus la question. Tu as vécu là presque quarante ans. Comment puis-je remonter le fil de ta vie sans connaître ton dernier sanctuaire ? Je ne pouvais pas te laisser sur un paquebot en route vers mon pays, au bras d'un Français, sans essayer de savoir si tu as finalement trouvé un port d'attache. « Un coup de foudre heureusement partagé », commente une préface au sujet de votre histoire. J'aimerais y croire, mais où tonne-t-il ? Dans quels poèmes ? Si ma mémoire est bonne, aucun d'eux n'est dédié à ton mari.

Jean-Christophe nous attend à la gare, grand gaillard d'une quarantaine d'années, les cheveux dans les yeux, souriant et affable. Le moment est venu de te rendre visite. La rue qui mène au cimetière monte tout droit. Au bout, les deux grands piliers du portail marquent littéralement l'entrée vers le ciel. D'en haut, les tombes dévalent le versant, croix de pierre adoucies par la rondeur des sucs, dressées vers un ciel bleu à ras de terre. Je suis heureuse de te savoir ici. Ce n'est pas la mer auprès de laquelle tu souhaitais reposer, mais ce point noir, là-haut, n'est-ce pas une mouette venue trouver ici refuge ?

Je vais mourir, ne nous disputons pas
Sur les détails de mes funérailles,
Quel dommage que le fil de ma vie
S'arrête si loin de la mer. […]
Les vagues m'auraient bercée,
M'emmenant vers ce monde
Où il n'y a ni douleur ni chagrin,
Mais où, peut-être, il n'y aura pas la mer.

Le lendemain matin, je découvre la maison où tu as vécu de 1972 à ta mort. La vieille propriété familiale a été vendue au début des années 1970, et ton mari a dessiné, puis fait construire, une maison à Montchaud, lieu-dit en bordure d'Yssingeaux. Il a acheté un terrain en pleine nature, à côté d'une ferme, et s'y est installé à sa retraite, avec toi. Pourquoi l'ancienne maison, qui a vu naître et mourir plusieurs générations de Chaize, a-t-elle été vendue ? Dans la rue des notables d'Yssingeaux, elle tient toujours, bien assise sur ses pierres, des touffes de lierre abandonnées le long du mur de clôture. Pendant toutes ces années où tu suis Maurice, de poste en poste, d'Inde en Afrique, d'Asie au Pacifique, vous y posiez vos valises entre chaque affectation. Ici, plus de mondanités, l'air vivifiant de l'Auvergne, le charme d'un coin reculé de France où il fait bon s'ennuyer. Les Chaize ont fini par l'abandonner. Tu te révoltes, mais tu ne peux rien y faire, tu n'es pas de la famille. En février 1972, tu écris à ton amie Marie Krousenstein :

« Malheureusement, le progrès se sent aussi ici. Ils ne restaurent plus les vieilles maisons mais se contentent de les abandonner. On les dépouille de leurs tuiles, de leurs pierres pour construire un mur. On en bâtit de nouvelles (mignonnettes, semblables à celles des publicités, quand les vieilles ressemblaient à celles des contes). Au-dessus de nous, sur la colline, où ondoyait le blé sous le vent, où broutaient les vaches, on construit d'énormes maisons pour les jeunes. Dans le jardin, sûrement, les oiseaux vont hurler. À cause du choc, la source claire du jardin s'est transformée en rivière boueuse. On ne peut plus en puiser l'eau. »

La nouvelle maison n'a aucun autre charme que celui d'avoir hébergé tes dernières années. Mal orientée, sombre, elle souffre également d'une mauvaise isolation qui la rend humide et impossible à chauffer. La véranda, véritable puits de lumière, c'est toi qui l'as fait construire en 1998, bien après la mort de Maurice.

La maison n'est pas non plus assez vaste pour entreposer les souvenirs rapportés de vos voyages. Vaisselle, mobilier, toiles, tissus, tapis ont fini entassés dans des cantines au grenier. La vie de Maurice se tient là, dans la boîte en carton qui contient des enveloppes en papier kraft tamponnée de dates, titrées *Lettres Édouard* ou un mystérieux *Q*; des papiers bleus, à lignes, à en-tête, écrits à la main, dactylographiés, de Marseille, d'Yssingeaux, de Madras, de Djibouti. Tout ce qui reste d'un homme devenu poussière, qui a cru trouver le ciel en te faisant entrer dans sa vie. J'en suis sûre maintenant, seule la force d'une passion a pu pousser un homme comme lui à pulvériser, à quarante-deux ans, son milieu bourgeois, son mariage convenable, sa vie de famille, ses convictions religieuses et sa respectabilité.

Sous un grand ciel bleu, Tamara et moi partons marcher sur le « chemin poétique », comme tu l'appelais, une route bordée de frênes, de pins et de sycomores, offrant une vue dégagée sur un moutonnement de feuillus et de sapins, couvrant monts et vallées. Tu t'y promenais chaque jour, seule, à pied ou à cheval. Ton moment à toi, ta bouffée d'air.

Les débuts à Yssingeaux n'ont pas été faciles. Pour ta belle-famille, ton activité de poète reste un passe-temps un peu loufoque. La place des femmes est en cuisine, en tenue de service, effacées derrière l'époux. À peine le petit déjeuner terminé, il faut s'atteler à la préparation du déjeuner. Végétarienne à l'époque, me révèle Tamara, on ne conçoit pas de te préparer un plat à part, tu te forces donc à manger de la viande. Tu ne parles pas un mot de français et personne ne comprend l'anglais, encore moins le russe. Parachutée dans un nouveau pays, une nouvelle langue, une nouvelle culture, pas une amie à qui te confier. Et cette hostilité larvée des regards en coin, d'une moue des lèvres, des messes basses. Ton mari ne voit pas de quoi tu parles. On semble te reprocher de l'avoir envoûté, de l'avoir arraché à sa femme, à leur fils. N'est-ce pas le contraire qui s'est produit ? Maurice ne t'a-t-il pas affirmé que Jeanne et lui étaient séparés ? N'était-ce pas la raison pour laquelle elle ne l'a pas accompagné à Shanghai ?

Je découvre non sans étonnement les lettres de Jeanne à Maurice, datées de janvier 1954 :

« Mon chéri [...] Je languis de recevoir ce que tu m'as envoyé mais surtout la chemise de nuit, je la garderai pour ton retour. »

« Je suis très contente que tu puisses faire du yoga, et avec un professeur. En effet, cela doit être amusant. Et ça te distraira un peu. »

« Mon chéri, j'ai reçu ce matin ta douzième lettre qui n'est malheureusement pas très longue, on voit que tu n'as pas grand-chose à me dire, ou alors le temps te manque. Je comprends que ton travail, ton yoga, tes dîners te prennent beaucoup de temps. »

Appelle-t-on « mon chéri » un homme dont on est séparée ?

Reliées entre elles par une ficelle et rangées dans un document titré *Lettres Mme J. Chaize*, je tiens dans mes mains la faiblesse de Maurice. À toi, il parle d'une épouse restée en France dont il est séparé. Au même moment, à son épouse, il écrit deux fois par semaine de Shanghai, évoque des dîners fastidieux et des femmes décaties… Jeanne et lui n'étaient pas séparés. Avec régularité, sa femme se désole de le savoir si loin, décrit le quotidien à Marseille, l'avancée des travaux dans leur appartement, les résultats scolaires de leur fils Édouard, le temps qu'il fait, les nouvelles de la famille.

Pourquoi s'imposer une séparation de deux ans, sans appel téléphonique possible, avec des lettres pour seul lien, quand on est mariés ? J'essaie de deviner ce qui est resté tu. Jeanne est amoureuse et fidèle, cette séparation permet de faire des économies afin d'acheter une villa. Elle compte les sous, détaille le prix des bonbonnes de gaz pour se chauffer, des tissus pour les rideaux, des dépenses de santé. Pour se distraire, elle va au cinéma, égrène les semaines et les mois jusqu'au retour de Maurice et regrette d'avoir accepté cette longue séparation. Ses lettres affectueuses sentent l'ennui et la routine. Pourquoi Maurice l'a-t-il épousée ?

— Parce qu'elle était enceinte de leur fils alors qu'ils n'étaient pas encore mariés, me répond Tamara, qui le sait de toi.

Alors, je comprends. Maurice fuit, il fuit les travaux et les meubles achetés, «les porte-savons et verres pour la toilette qui rentrent sans problème», les pannes du chauffe-eau, les visites à sa mère, la même vie toujours, qui recommence à chaque saison, ces longues années d'ennui et de conventions. Il accepte ce poste à Shanghai et convainc sa femme de ne pas l'accompagner. Le pays n'est pas sûr, ce serait exposer leur fils de douze ans à des dangers inutiles. Il veut couper tous ces liens non choisis, respirer enfin. Il veut décider seul.

Un mois après son arrivée, il te rencontre. Tu es l'autre face de la femme, la *geisha* que la tradition japonaise distingue de l'*okusan*, la maîtresse d'intérieur. Quand Jeanne incarne la femme privée, reproductrice, Maurice découvre avec toi une femme cultivée, une muse, terriblement érotique. Tu lui inspires un désir si puissant qu'il bouleverse tout sur son passage. Après dix mois de simulacres et de silence envers Jeanne, de réflexions et d'hésitations envers lui-même, Maurice demande enfin le divorce. Dans ses lettres, il dit avoir «trouvé l'âme sœur», « le seul être qui puisse me rendre heureux». Jeanne ne comprend pas, elle oscille entre colère et pardon, entre patience et suppliques. Elle finit par s'incliner: «À présent je sais que c'est fini, que cette femme t'a envoûté et que même ton fils ne te fera pas changer d'avis.»

Dans la famille de Maurice, cette décision subite provoque une onde de choc. N'es-tu pas une intrigante qui se sert de lui pour rentrer en France? Il n'a pas osé avouer que tu n'es même pas française…

Maurice n'a été honnête avec personne, si ce n'est avec lui-même. Pour la première fois, il reste fidèle à son désir. Malgré les restrictions liées aux bouleversements économiques et politiques en Chine, malgré le climat éprouvant et un foie malade, il prolonge son séjour à Shanghai pour rester avec toi. Il te veut. Tu es la clé d'une vie nouvelle, un moule à la forme de ses rêves. À Shanghai, Maurice rêve grand.

De ton côté, tu te laisses charmer. Après tant d'histoires malheureuses, d'hommes violents, faibles, indécis, tu as envie de croire à cet amour-là. Difficile de lire dans les pensées de cet homme secret, mais tu as compris une chose : il ne t'abandonnera pas. En refermant les boîtes du grenier, je me demande à quel moment tu en as pris conscience.

Correspondances

Shanghai, mars 2020

Au moment où tu arrives enfin à quitter Shanghai, m'y voici prisonnière.

D'une cinquantaine de cas suspects de pneumonie à Wuhan, nous voilà sur le seuil d'une pandémie mondiale. En Chine continentale, les morts ont dépassé l'épidémie de SRAS, et la vague submerge maintenant l'Europe. Les écoles sont fermées jusqu'à nouvel ordre, les rassemblements de toute nature interdits, le travail à distance recommandé. À Shanghai, tandis que l'Europe se confine et compte ses morts, certains commerces réouvrent timidement, redonnant aux rues un semblant d'activité. Le silence d'une ville de vingt-cinq millions d'habitants, voilà une vision que je ne suis pas près d'oublier. Dans ce bouleversement mondial, il faut poursuivre sa petite vie de fourmi, faire les courses, préparer ses cours, continuer l'enseignement à distance, maintenir un quotidien. Me voici, comme toi, prisonnière d'un territoire hier encore synonyme de liberté. Avec la plupart des cafés, bars, restaurants fermés, je retrouve des soirées en solitaire, et cela ne me déplaît pas. J'en profite pour me plonger dans ta correspondance avec Maurice.

Après six mois en France, ton mari est nommé à Madras, l'actuelle ville de Chennai, dans le sud-est de l'Inde. Enfin seuls, ou presque. Ton père arrive du Canada. Après six ans de séparation, il ne te quittera plus jusqu'à sa mort, le 24 décembre 1961. Pour te remettre d'un kyste ovarien et échapper à la chaleur de Madras, tu séjournes avec lui et quelques amis à Kodaikanal pendant plus d'un mois, de fin avril à début juin 1958. Entre deux excursions, tu écris à Maurice, resté à Madras. Tes lettres-jungle sur papier bleu répondent aux siennes, dactylographiées, sur un papier à en-tête des Messageries maritimes. Il te surnomme « Mon bébé », tu réponds « *Dear* Koushik ». Après avoir lu Jeanne languir de Maurice, je lis Maurice languir de toi :

« Mon bébé, bien que je ne m'attende pas à te voir te ruer sur un stylo dès ton retour du lac Periyar, j'espère quand même que le facteur m'apportera des nouvelles de Kodai aujourd'hui. »

« Après un si bon moment [ton excursion sur les bords d'un lac], j'ai l'impression que tu n'as pas du tout envie de rentrer à Madras. Tu parles de la chaleur mais il fait chaud ici jusqu'à mi-octobre ! [...] Le jour où tes animaux et tes affaires te manqueront de nouveau, tu me le feras savoir. »

« Mon bébé [...] Je t'attends mercredi soir. Pas plus tard s'il te plaît. Love. »

Des dessins humoristiques émaillent ses lettres et illustrent des événements relatés par l'un ou l'autre. Un crayon à la main, Maurice a un talent fou, c'est charmant, drôle, tendre. Il parle du temps, des dîners, des bateaux qui arrivent et repartent, l'installation d'une climatisation chez vous. Il s'occupe de tes chats, s'acquitte de tes demandes, s'enquiert de ta santé. Contraint par l'usage de l'anglais, par son caractère introverti, par son éducation, il ne s'épanche pas, mais comme il aimerait que tu écrives plus, que tu rentres vite pour être tout à lui. Il n'arrive pas non plus à bousculer sa routine de travail, venir te voir ne serait-ce que deux jours comme tu le lui demandes. Il n'y voit qu'un gâchis de temps et d'argent quand tu imagines une échappée volée, un inattendu pour construire des souvenirs communs. Délicats, vous touchez du bout des doigts les contours de l'autre. La manie de numéroter s'oppose au fouillis bohème, l'esprit cartésien français à l'âme russe exaltée. Combien de temps encore avant les premiers agacements ? Peut-on mettre un tuteur sur un tronc déjà mûr ?

La fourrure de tes chats semble te manquer plus que la peau de ton mari. Tu évoques des histoires de fantômes chuchotées par des connaisseurs de la région, tu ris au souvenir d'un bain de minuit à la suite d'un pari perdu, tu t'enchantes du paradis autour de toi, beauté que tu aimerais partager avec Maurice. Dans tes lettres, pourtant, je ne retrouve pas la flamme allumée par Roy ni la tendresse que t'inspire Igor. Tes mots se dispersent en désordre sur la feuille, mais ton âme, elle, semble contenue.

Non, tu n'as pas envie de rentrer à Madras, et ce que tu ne peux avouer à Maurice, tu le confies des années plus tard, à des amis. Tu ne veux pas retrouver l'atmosphère tendue d'une pièce quand Maurice et ton père s'y trouvent ensemble, ni les six domestiques dont tu ne sais que faire, ni la misère sordide des rues de Madras quand tu vis dans un tel luxe, ni ton rôle de maîtresse de maison et d'hôtesse qui dévore tout ton temps en tâches stériles et assommantes. Fuir, tu le fais parfois. Un sari, un billet de train en troisième classe, aller n'importe où pourvu que ce soit loin de ces dîners entre Français, où rien ne ressort d'une langue incompréhensible si ce n'est l'ennui, féroce. Quelque chose aurait dû se lier là, à Madras, dans ces premières années de mariage, quelque chose qui n'a pas lieu. Vous êtes ensemble mais séparés. Par quoi ? Par qui ?

Un nouveau message clignote depuis ce matin dans ma boîte de réception. Malgré l'absence de réponse, il persiste, sans reproches, sans questions sur mon silence, demande des nouvelles, m'espère bien protégée. À Hong Kong, des mesures radicales ont tout de suite été prises : port du masque obligatoire, contrôle de température, interdiction de réunions et de fêtes, dépistage massif. L'envie me prend soudain de remonter le fil de notre correspondance. Si je lis des lettres qui ne me sont pas adressées, celles de Jeanne, de Maurice, les tiennes, et me permets d'en tirer des conclusions, peut-être devrais-je sonder notre correspondance avec la même attention.

L'un de ses mails, six mois après notre rencontre, commençait ainsi : « Dans ton dernier message, aucune mention de ma soutenance, qui s'est bien passée, merci ! » Dans un autre, envoyé des États-Unis, je relève cette remarque : «Je ne peux pas répondre à tous tes problèmes, Amour, j'ai aussi les miens. » Un autre comporte une seule phrase : « Au téléphone hier soir, tu n'as parlé que des attentes de ton père, mais TOI, que veux-tu ? », ou bien encore : « Qu'espères-tu de notre histoire ? » Jusqu'aux mots couperets du dernier message : «Je ne suis plus sûr de moi, de nous. Trop de questions. Je veux vivre un amour, non le subir. J'ai besoin de temps, seul. Toi aussi, je crois. »

Je ne sais si l'homme d'aujourd'hui ressemble encore à l'homme qui m'écrivait ces mots, mais j'ai du mal à me reconnaître dans les réponses de cette fille inquiète qui doute de tout. Ai-je mûri ? Qui espère-t-il revoir en m'adressant les messages de ces derniers mois ? La jeune fille d'autrefois ou la femme que j'espère être devenue ?

Si je pouvais recommencer à vivre

Yssingeaux, été 1960

Ce matin, en marchant sur le chemin poétique, le tracé de ta vie suit la ligne cotonneuse laissée par un avion dans le ciel d'août. Une femme, puis une jeune fille, puis une petite fille saute d'un nuage à l'autre, remonte la trace avant que tout s'efface, là où tout a commencé, au bord de l'eau.

Je n'ai pas encore connu le malheur,
Je suis encore jeune et ardente,
Et je vis au bord de la mer –
Devant moi, au-dessus de moi – l'azur !
Je n'ai encore aimé personne,
Ni causé la mort de quelqu'un qui m'aimait,
Et aucune tombe chérie
Ne m'a éloignée de toi.
J'ai grandi pour te plaire. Aucune ombre,
Aussi furtive soit-elle, ne se dressera entre nous.

Enfant, je jouais avec les vagues,
Avec le sable doré du rivage.
Du sable viennent ces nattes d'or,
Des vagues le bleu des yeux.
On raconte que sur le dos d'un cachalot
J'ai navigué aux heures chaudes de midi.
Ce corps souple et basané,
Comme une perle, j'en ai pris soin…

Voici ce que j'aimerais lui dire,
Si je pouvais recommencer à vivre.

Une panoplie d'épouse

Shanghai, printemps 2020

L'ANNÉE DERNIÈRE, UNE amie chinoise m'a emmenée au rez-de-chaussée d'un immeuble du district de Minhang. Nous y retrouvions un certain M. Yang, qui abrite dans son appartement une importante collection de chaussons pour pieds bandés. Il en possède plus de deux cents paires, entreposées dans des vitrines qui courent le long des murs. Dans son minuscule appartement, une pièce entière est dédiée à cette passion. Les chaussons tiennent dans la paume de ma main, brodés de couleurs vives et de mille symboles que M. Yang décrivait avec force détails.

Les chauves-souris ou les navets, symboles de longévité, sont réservés aux femmes âgées, le rouge aux femmes mariées, le jaune sombre à celles qui vont au temple, les fleurs de lys aux veuves qu'on empêche de se remarier afin de garder intacte leur pureté. Une femme brodait sur ses chaussons les vœux qu'elle faisait pour son mari ou pour sa famille : un coq pour l'ascension sociale, des grappes de raisin pour la fertilité, un écureuil pour demander un fils. Devant la finesse des broderies et l'éclat des couleurs, j'en avais presque oublié les cris de ces millions de petites filles à qui on a brisé les orteils. Elles hurlaient de douleur, la nuit, cherchant à arracher ces bandes serrées qui, petit à petit, les asservissaient au désir des hommes. Toutes ces souffrances depuis un jour lointain où l'empereur Xuanzong, de la dynastie Tang, a déclaré qu'il jouissait plus facilement à la vue de tout petits pieds, et a demandé à l'une de ses concubines de se bander les pieds pour danser plus gracieusement la danse du lotus, et lui donner encore plus de plaisir. Sur la semelle, à l'intérieur de certains chaussons, des dessins suggèrent des positions du *Kâma-Sûtra*. Destinés à être portés pendant la nuit de noces, ces chaussons permettaient à la mère – qui les brodait – d'expliquer à sa fille ce qui allait se passer.

Sept centimètres et demi : la garantie d'une vie de félicité. Avec des petons menus, une jeune fille fait un riche mariage, apporte satisfaction à un mari excité par des pieds mutilés et passe le restant de ses jours recluse dans sa maison. Avec des pieds atrophiés, on rêve de fuir, on ne peut plus le faire.

Dès cinq ans, quand les os sont encore souples, une fille apprend à se soumettre. Parfois, elle meurt des suites d'une septicémie ou des nécroses. Jamais plus elle ne pourra retirer ces chaussons qui couvrent la partie de son corps devenue la plus intime. Souviens-toi, ma fille, que tu ne peux rien faire seule, que la mutilation fait la féminité, que tu n'es rien sans le désir d'un homme. Longue chaîne de servitude qui passe de mère en fille. Car ce sont les mères qui infligeaient ce supplice à leurs petites filles. Le regard, l'ambition d'une mère pèsent parfois aussi lourd sur les épaules d'une femme que le désir des hommes.

Comme ces pieds enfantins, serrés dans des chaussons toujours plus petits, pourquoi te tasses-tu dans un costume d'épouse trop étriqué pour toi ? Pendant ces trois années à Madras, et les sept suivantes, tu n'écris plus. Ta vie n'a plus de trajectoire propre, arrimée désormais à celle de ton mari. En fait, à partir de 1956, tu choisis la dépendance conjugale et tu n'as plus le temps de rien. Je te perds, je ne sais plus très bien qui tu es. Apparemment, toi non plus.

Je suis contente de tout le monde, et tout le monde est content de moi :
Mes proches et mes amis.
Je m'adapte à chacun :
Voilà qui je suis, qui ne me ressemble pas.
Pour ceux qui sont fatigués, je suis un oreiller,
Pour l'offensé, une épaule sur laquelle pleurer
Un divertissement pour l'amie,
À peine une poète pour un autre poète. […]
Je suis sans forme et débordante,
Comme l'eau, je me répands partout !

Dans un poème, tu t'interroges : si tu n'as pas de maison fixe, toujours ballottée d'un pays à l'autre, n'est-ce pas le châtiment pour avoir refusé d'être femme au foyer quand tu étais plus jeune ? Mais, si tu fuis encore, où trouveras-tu l'abri que tu espères ? Il est temps d'enfiler la panoplie de l'épouse modèle, de se conformer aux désirs d'un mari, un homme à qui tu dois beaucoup. En t'épousant, Maurice t'a en effet arrachée à la Chine, et à l'URSS qui te réclamait, il t'a sauvée. En échange, tu lui as donné accès à une vie plus libre. Pour faire renaître ce qui était mort en dessous, Maurice t'a demandé ton cœur, comme tu avais ravi le sien, un soir de novembre 1953. Mais tu n'as pas pu lui donner ce qui ne t'appartenait plus. Maurice ne sait pas que, depuis l'été 1933, ton cœur bat en Corée, pour un chasseur aux yeux bleus. Rien ni personne ne pourra jamais effacer cette trace-là.

En 1957, après six ans de goulag et cinq ans de résidence surveillée, Valéri Iankovski est réhabilité. À Madras, pour la première fois depuis plus de dix ans, il t'écrit de la ville de Magadane, dans la région de la Kolyma, où il travaille comme forestier. Il te raconte son père entrevu en mai 1947 dans un camp, les impossibles retrouvailles derrière des barbelés, les dernières paroles échangées. Il t'annonce la mort de Papa-Tigre, le 13 mai 1956, quelques jours avant sa libération. Il te parle de ce mot qui a brûlé devant ses yeux, jour et nuit, pendant toutes ces années de goulag : *pourquoi ?*

Maurice, je crois, a fini par comprendre. Alors, puisqu'il ne peut ravir ton cœur, il prendra ta liberté.

[…] *Je suis entrée par hasard dans cette famille, dans cette maison.*

Ce n'est pas pour rien si cette même année, dans le jardin, on a trouvé,

Bagué à la patte, un oiseau mort.
Gravé sur la bague, le nom d'une ville russe.
L'oiseau venait de Sibérie. Laissé-pour-compte ?
Est-ce difficile de voler avec une bague ?
Et voici qu'il a cru reconnaître le jardin.
Mauvais présage…

Et tu n'écris plus.

De quoi as-tu manqué pour plonger en poésie après avoir raccroché tes tenues de scène ?

« La principale raison de mon silence, je pense, se trouve dans le fait d'avoir perdu l'environnement adéquat. Écrire des vers en russe quand on vit parmi des étrangers (et j'ai toujours écrit dans ma langue maternelle), c'est un peu comme danser dans une salle vide », affirmes-tu dans l'avant-propos de *Seule sur le pont*.

L'« environnement adéquat » : un pays aimé où s'enraciner, une langue commune pour se dire et se comprendre, des hommes qui te donnent confiance en tes capacités. Oui, des hommes qui croient au talent des femmes, et mettent leur force au service de leur éclosion. Alexis Atchahir, Alexandre Vertinski, Valéri qui te pousse à écrire de la prose, ou encore Emmanuel Stein. Ce professeur polonais exilé en Amérique collectionne les livres rares, notamment ceux de l'émigration russe dans le Pacifique, qu'il fait réimprimer par centaines d'exemplaires *via* sa propre maison d'édition. En 1988, il publie, dans un recueil intitulé

L'Île de Larissa, les pages d'un vieux carnet en cuir que tu lui as envoyé. Retrouvé dans tes affaires à Yssingeaux, il t'avait été offert par ton amie Marie. À l'intérieur, une vingtaine de poèmes inédits écrits par les poètes russes de Shanghai, tous dédiés à leur muse : toi. Valéri Perelechine, ton ami poète, n'écrivait-il pas dans ses mémoires : « Larissa fut chantée, presque sans discontinuer, comme la nouvelle Solveig » ?

Sans eux, nous n'aurions jamais eu l'occasion de découvrir ton talent. Mais ton mari ne prend pas le relais. Il se tient à distance, vaque à ses occupations, retourne dans le silence de sa caverne.

Ce manque de confiance en soi est-il inscrit au plus profond de l'être féminin ? Entériné par des milliers d'années d'asservissement et de théories sur l'infériorité du sexe faible ? « Comme c'est dur d'avoir une femme en soi ! », écrivais-tu. Nous sommes nos pires ennemies. Pourquoi les femmes se fanent plus vite que les hommes ? Quel est ce réservoir de vie qui maintient les hommes vivants ? Une illusion ? L'orgueil ? L'égoïsme ? Ou bien la confiance en leur légitimité ? Les femmes meurent de leurs doutes, leurs frustrations, leurs sacrifices. Tout cela les ronge de l'intérieur, les assèche, leur donne une amertume triste.

Je ne sais comment tu as gardé l'enfance intacte en toi. Sous tes yeux, toujours, danse une petite fille de neuf ans sur son île du bout du monde. Je crois bien que réside là le secret de toutes les femmes qui rayonnent. Je les reconnais à cet éclat dans les yeux, à l'assurance d'une démarche, à la liberté de leurs rires, à la séduction d'un corps assumé. Elles restent fidèles à leur désir, à l'écoute de ce murmure en elles, comme une source profonde, la voix d'une petite fille qui rêve grand. Personne n'a de prise sur cette dernière, même la vieillesse, même la maladie, même l'oubli. Sur les mémoires en ruine, elle seule continuera de danser.

Après Madras, Yssingeaux, puis Marseille, Maurice repart à Djibouti au printemps 1961, seul. La lune de miel est terminée. Tu restes en France auprès de ton père, malade, qui s'éteint le 24 décembre 1961. L'officier de l'Armée blanche, prisonnier des Allemands pendant la Première Guerre mondiale, décoré par l'amiral Koltchak lui-même, fait prisonnier par les bolcheviques, obligé de quitter son pays à cause de la révolution et de refaire sa vie en Chine avec sa famille, repose désormais dans le caveau familial des Chaize, en grand uniforme.

«Mon père gît dans ce petit cimetière d'Yssingeaux, parmi quelques générations de familles bourgeoises françaises aisées, qui ont oublié depuis longtemps ce que veut dire révolution…», écris-tu à ton amie Marie Krousenstein, le 10 février 1972.

Je ne comprends pas comment Maurice et toi avez pu rester aussi longtemps séparés. Le cœur et le sexe d'un homme détestent le vide. Comment continuer de lutter sans l'admiration d'une mère, d'une épouse, d'une amante? Maurice a besoin de porter les couleurs d'une femme qui l'admire, qui l'aime. Comme sa mère, comme Jeanne.

Il n'a pas dû supporter de ne pouvoir te satisfaire, de te voir sortir du cadre imaginé pour toi. Il n'a jamais connu cela. Je crois aussi qu'il t'a beaucoup jalousée. Ton caractère bohème, ton talent, tes nombreux amis, la lumière autour de toi, ton caractère fait pour la joie.

Il te faut la chaleur des couvertures,
La protection des volets et des portes
Quand j'ai besoin que les câbles mugissent
Au vent sourd des terres en friche.
Que les mâts noirs se balancent,
Alarmants, pour baptiser le firmament,
Que les pins sombres se taisent
Sous la démence des eaux de montagne.
Comment ne pas comprendre mon bâillement
Quand on me donne, pour toute réponse,
Si minutieux, si mesurés,
Une tâche définie,
Un confort raisonnable.

Viêtnam

Saigon, janvier 1965

LES CARTES DE vœux s'empilent, tes amis s'inquiètent : que deviens-tu ? Après Djibouti, un séjour de six mois en France, te voilà à Saigon depuis l'automne dernier. Que raconter ? À ton arrivée, la maison reste à construire. La chaleur, puis les pluies, puis la chaleur de nouveau. Ta seule escapade, c'est le jardin, où gambadent deux chiens, tes chats et un lapin prénommé Carolina. Les excursions hors de la ville sont interdites. Tu enchaînes les dîners et les cocktails assommants, où se pressent les mêmes personnes bien comme il faut. Dans cet entre-soi où tout est codifié, se distinguer d'une manière ou d'une autre est une faute de goût. Quelle perte de temps et d'argent ! Tu prends des leçons de français pour comprendre enfin ce qui se dit à ces interminables soirées et cesser de sourire dans le vide. Il faudrait évoquer aussi la peur. Tu la vois partout, dans les gestes nerveux des militaires américains en faction, sur les visages creusés des réfugiés du Nord-Viêtnam, dans le pas pressé des jeunes filles le long des avenues. Dans une ville en état de guerre, entre deux cocktails mondains, c'est la détonation des bombes et des voitures piégées qui marque le tempo. Ces explosions réveillent chaque fois des souvenirs douloureux. Tu pensais en avoir fini avec la guerre, avec ces visages d'enfants terrifiés, de réfugiés hagards. Fuir, tout quitter, avoir faim, ne pas savoir de quoi demain sera fait, tu connais cela. Qu'en savent-ils, tous ces Français bien peignés qui te baisent la main, avec leur smoking impeccablement repassé et leur sourire pincé ? Et Maurice, distant, dandy, volage. Tu ne saisis pas la teneur de toutes les conversations, mais il est des gestes, des regards qui ne trompent pas. Non, mieux vaut ne rien écrire. Certains amis te pensent heureuse et comblée, te jalousent même. Laissons durer l'illusion.

L'âme

Je souffrais de vivre avec toi
Et je t'ai tuée. [...]
Le monde, autrefois bleu,
Puis sombre, terrible,
Est devenu informe, ni ennemi ni ami,
Incolore et transparent.
Tu as longtemps pleuré, appelé,
Tu t'es démenée, tu as langui...
Et moi ? Dans la brume, comme à travers un songe,
La pitié me tourmentait.

Je me suis refermée comme je pouvais,
Mais toujours ce poids
D'entendre ton râle d'enfant,
Mon âme, ma pauvrette.

Un coin à soi

Shanghai, printemps 2020

« La plus grave crise sanitaire depuis un siècle », « état de guerre », « urgence vitale », « aveuglement collectif », « la grande épreuve est engagée »... J'étouffe à la lecture des titres de la presse française. Le monde se confine, en guerre contre un ennemi invisible. Pandémie, attaques terroristes, les menaces d'aujourd'hui semblent aussi lâches que notre société, dangers invisibles qui prennent forme quand il est déjà trop tard.

En Chine, plus de confinement mais les écoles restent fermées, les rassemblements interdits, le port du masque obligatoire et la xénophobie bat des records. Bientôt, la Chine fermera ses frontières et nous serons bloqués ici, à voir la France souffrir de loin. Mes journées s'écoulent dans une succession de cours en ligne et ce contact, froid, contre nature, avec mes élèves qui me frustre et les décourage. Le décompte des victimes s'emballe. Pour la première fois, je suis sidérée par le vert tendre des arbres au printemps. Tout devrait s'arrêter, ne serait-ce qu'un instant, devant ces morts qu'on empile.

Un abri où se réfugier, un coin à soi pour se retrouver puisque rien d'autre n'est possible. Sous un grand ciel bleu, masquée, je marche sur Huaihai Road vers l'un de tes abris, cette chambre – la dernière avant ton mariage avec Maurice. L'immeuble se tient toujours à l'angle de Huaihai avec Huashan Road, briques rouges sur fond de tours modernes. Derrière la grille, une allée bordée d'herbe mène à la porte d'entrée. Une petite culotte rose virevolte sur un fil devant les fenêtres du rez-de-chaussée.

Le 15 février 1970, tu écris à ton amie Irina Lesnoï : « J'ai aimé par-dessus tout ma maison sur Hongqiao Road. Et aussi ma dernière chambre avant mon mariage. Je l'ai longtemps gardée, même après avoir déménagé dans l'appartement de mon mari, je m'y rendais parfois, j'y restais seule. »

Au retour, je te devine à mes côtés. Au lieu de continuer tout droit sur Huaihai Road, je bifurque à gauche. À l'effervescence de Huaihai, je préfère l'ombre des platanes et la beauté des villas Art déco. Tu marches avec moi, plus réelle que ces jeunes Chinoises qui posent sur le trottoir, rivées à leurs téléphones portables, obsédées par leur image dans l'objectif planté devant elles. Tu es là, plus intense, plus compacte, vivante. Il me semble que si je levais la main, je frôlerais ta jupe aussi sûrement que le tronc du platane devant moi. Toutes les deux, nous tournons à droite sur Fuxing Road. Tu as dû faire ce trajet souvent, qui va de ta chambre à l'appartement de Maurice où tu emménages après votre mariage. Je ne sais si tu as aimé y vivre, mais si tu continues de te rendre parfois dans ton ancienne chambre, c'est qu'il y manque quelque chose.

Je crois avoir trouvé la réponse dans la suite de ta lettre à Irina Lesnoï : « Je suis contente que tu aies trouvé ton coin. L'aimes-tu ? À cause d'un coin, j'ai longtemps été sombre et inquiète. [...] Oui, un appartement où il n'y a pas de coin pour moi, cela ne va pas. »

Un coin pour toi. Un abri pour laisser les mots affleurer, pour rêver sans témoins. Il faudrait lire et relire Virginia Woolf, remettre au goût du jour cet essai délicieux d'ironie, *Une chambre à soi*. Comment, écrasée par les contraintes liées au mariage, limitée par les conventions sociales qui la placent sous la dépendance économique et spirituelle des hommes, rongée par le discours masculin dominant affirmant l'infériorité intellectuelle féminine, comment donc une femme peut-elle écrire ? En 1929, Virginia l'écrit noir sur blanc, il manque aux femmes de quoi vivre, du temps et *une chambre à soi*.

À Shanghai, quand tu possèdes la chambre, il te manque de quoi vivre et du temps. Plus tard, Maurice t'assure de quoi vivre, mais il te retire le temps et la chambre. Je me demande pourquoi il n'a pas compris cela.

Nous voilà assises, sourires forcés,
De quoi parlons-nous ? Qu'importe ? Pourvu qu'on se donne la réplique.
C'est ainsi que font les gens comme il faut,
(Ces braves dames satisfaites...)

Si seulement j'étais oiseau, si je devenais poisson
S'envoler, s'échapper… quelque part…
Le fardeau pèse tant…
J'ai laissé des racines pousser dans le fauteuil.
Je ne bouge plus.

À Yssingeaux, dans la vieille maison, tu demandes l'autorisation à ta belle-mère d'installer une table dans un petit débarras. La lucarne donne sur le ciel et la cime des arbres, peut-être pourrais-tu t'isoler là pour écrire de temps en temps. La vieille dame refuse avant de se laisser amadouer. Écrire ? Quelle douce folie, bien inutile qui plus est !

« Pourquoi m'a-t-il été donné tant de capacités et si peu de possibilités ? », confiais-tu à ton journal en 1946. « La poésie dépend de la liberté intellectuelle, et la liberté intellectuelle des choses matérielles », répondrait Virginia Woolf.

Sur les chemins qui surplombent la maison, tu peux errer sans demander aucune permission. Les yeux levés, tu aimes suivre les traînées blanches que laissent les avions dans le ciel. L'un d'entre eux va peut-être en Russie. Vers ton Nord, vers Valéri à qui tu dédies ce poème :

[…] *Passent les années… Fuient les espoirs*
De revenir dans ce cher paradis,
Où la rivière chante, comme avant :
Que tu sois vivant ou mort.
Nous sommes en vie. Séparés. Ne luttons pas avec le destin,

Laissons l'empreinte chaude réchauffer nos mémoires :
Te souviens-tu de ce coucher de soleil sur la mer
Il y a cinquante ans de cela ?…

Après Saïgon, Tahiti. Votre maison est perchée sur les hauteurs, les fenêtres donnent sur la mer. Dans le jardin, des palmiers, des cocotiers, des fleurs à profusion. Rouge éclatant de l'hibiscus, jaune du frangipanier, abondance des bougainvilliers, des oiseaux de paradis, le parfum des fleurs de tiaré, et l'océan – *moana* pour les Tahitiens – que tu aimes tant. Le bruit des vagues sature le silence entre ton mari et toi, couvre les cris, berce les pleurs.

Le courrier continue d'arriver, du Canada, de Paris, d'Australie, de Washington, du Brésil. Dispersés aux quatre coins du globe, tes amis et toi tissez, lettre après lettre, les fils d'une toile qui vous tient serrés, soudés les uns aux autres. Dans l'exil, vous continuez d'écrire en russe, d'habiter, entre les lignes, le pays maternel.

À ces amis qui te supplient de reprendre la plume, tu opposes le temps gaspillé, les robes à coudre, les repas à préparer, les courses à faire, le jardin à nettoyer, les cocktails à honorer. Rien sur Maurice, sur le contrôle exercé pour la moindre de tes dépenses, sur son caractère de plus en plus sombre. Jamais tu n'écriras une seule plainte à son propos. Quand Valéri Perelechine écrit, publie, produit, tu cuisines, arroses, couds. Et quand il te gronde et te pousse, tu lui écris : « N'oubliez pas que je suis une femme et que cela m'est plus dur. Il nous faut nous disperser dans mille tracasseries […] alors que j'aimerais vivre comme vous, et lire, et écrire, et penser.» Quant à écrire de la prose, comme te le suggèrent tes amis, il faudrait avoir encore plus de temps, un bureau à ta disposition, et des encouragements. Ton ami le peintre russe Serge Grès se met en colère: «Il vous a été donné le don d'écrire, vous devez écrire. Et je ne sais comment vous occupez vos journées, mais certainement pas à écrire. Vous n'avez pas le droit...»

« Près du feu de camp, je remarquai une femme, qui se tenait un peu en retrait, comme pour éviter que les lueurs du feu ne tombent directement sur son visage. Mais déjà [...] je suis stupéfié par sa beauté. Elle me rappelle Vivien Leigh.» Lors de cette soirée de janvier 1968, tu as cinquante-sept ans. Tu n'aimes plus être photographiée, ni te voir sur des photos. L'auteur de ces lignes, Evguéni Evtouchenko – un jeune mais déjà célèbre poète soviétique de passage à Tahiti – est ébloui. Quand vous êtes présentés et qu'il apprend ton nom, il cite par cœur quelques-uns de tes vers, ému de rencontrer la muse de tant d'écrivains de la diaspora russe en Chine. De retour en URSS, il te réserve une place dans son anthologie de la poésie russe, *Strophes du siècle*, publiée quelques années plus tard à Moscou. Des poèmes surgissent après cette rencontre, comme des braises sous la cendre, qui s'enflamment de nouveau.

Et puis Maurice est muté à Paris. Il faut partir, plus tôt que prévu. Encore une fois, empaqueter ce bout de vie et tout recommencer ailleurs.

Tu penses mourir.

[…] *Le phare clignote avec inquiétude,*
Le coucher de soleil se consume sur Moorea…
Reviendrai-je ? Dites-le-moi vite !
Mes espoirs s'obscurcissent…
L'eau soupire avec tristesse,
Sur terre, les lumières vacillent,
Et les chants, toujours plus loin, toujours plus sourds…
Comme une réponse murmurée :
— Jamais.

Illusions perdues

Shanghai, printemps 2020

VALÉRI A-T-IL EU peur ? Est-il possible d'imaginer un manque de courage de sa part, et peut-être de la tienne, quand il s'agit d'amour ? Absorbée dans les extraits de ta correspondance publiés dans *Seule sur le pont*, je remarque un changement de ton dans les lettres échangées avec tes amis au début des années 1970. Après la perpétuelle quête d'un chez-soi, d'une frontière qui protège et ancre, après l'impossible équilibre de vies ballottées d'un continent à l'autre, vous semblez enfin installés quelque part et le tanin de vos existences se dépose, chargé de souvenirs et de regrets, teinté d'une lucidité presque bienveillante. Des retrouvailles sont enfin possibles, qui donnent lieu à de grands récits, des embrassades, une chaleur à être ensemble que l'amitié épistolaire ne permet pas. En juin 1970, tu écris à ton amie Nora Krouk, poétesse émigrée en Australie, pour lui raconter le passage d'Irma à Paris. Vous ne vous étiez pas revues depuis 1941 et ce dernier été en Corée.

« L'automne, je suis rentrée à Shanghai par le dernier bateau, et elle est restée en Corée avec les siens. Ensuite, nous avons tous été isolés les uns des autres. Et puis elle a épousé Valéri Iankovski (à ma place, en quelque sorte) et, alors qu'elle attendait un fils, on a emmené Iankovski. »

À ma place, en quelque sorte.

Je cherche sans trouver aucune critique sur Irma, aucune jalousie, ni dans tes souvenirs, ni dans ta correspondance, ni dans les extraits de journaux que j'ai pu lire. Rien de malveillant sur celle qui épouse Valéri, sur celle qui donne naissance à son fils, le fils que tu rêvais d'avoir, sur celle qui s'occupe avec dévotion de ton père au Canada, sur celle qui te ressemble comme une sœur.

À ma place, en quelque sorte.

Irma vit à Novina avec sa mère et son beau-père depuis sa plus tendre enfance. Irma est belle et jeune. Du haut de ses vingt ans, elle aime Valéri à la folie, tu le sens dans ses lettres dès l'automne 1941.

À ma place, en quelque sorte.

En six mots, dire enfin ce que tu pressentais sans réussir à le formuler clairement dès avril 1942, dans ce brouillon de lettre à Valéri, celle où tu le félicites pour son mariage avec Véra Maslakova. Il y a ce passage raturé : « Valéri, je te pose tout de même une question qui manque de tact. En souvenir de l'été 1933, réponds-moi honnêtement : étais-tu amoureux d'Irma lors de notre dernier été, ou bien après, ou pas du tout ? Si non, je suis une imbécile, mais dis-moi quand même. Je t'en supplie. »

As-tu maintenu ce passage dans la lettre finale ? L'as-tu seulement envoyée ? Dans cet extrait, je sens à quel point la perspective de perdre l'homme que tu aimes te rend folle. Le mariage de Valéri avec Véra ne t'inquiète pas. Tu le sais, il ne tiendra pas. Valéri n'éprouve rien pour elle. Mais se pourrait-il qu'il retrouve en Irma la belle et douce Larissa qu'il a laissée échapper en 1933 ? Qu'il voie en elle un moule parfait, une jeune femme moins éprise de liberté, plus docile, une femme qui n'aura besoin ni de la danse ni de la poésie pour trouver son épanouissement, une femme qui saura se contenter des joies simples du foyer ?

À ma place, en quelque sorte.

L'été 1941, tu vois peu Valéri. Il part pour une chasse, doit rentrer avant ton départ pour Shanghai, mais il est retardé. Tu lui écris sans recevoir de réponse. Le cœur se déchire de nouveau. À Shanghai, tu as ta vie, un travail, un cercle d'amis. C'est décidé, cette fois-ci tu n'attendras pas, tu pars. Bientôt, les liaisons avec la Corée sont coupées, Valéri t'échappe. Deux ans avant ce qui va arriver, tu as déjà tout pressenti.

Épouser son grand amour dix ans après, c'est s'exposer au risque d'une immense déception, trahir un rêve passé dont le souvenir permet encore l'illusion. Au moment de son union avec Irma, Valéri veut s'installer à son compte, développer les mêmes activités que son père à Novina. Il a besoin de faire ses preuves loin de l'aura paternelle, avec une femme à ses côtés, de la même trempe que sa mère, qui s'occupe du foyer et rassemble les différentes familles de la communauté. En épousant Irma, je pense qu'il aspire à cela. En conscience, devant la pression paternelle pour se marier, avoir des enfants, continuer la lignée, il choisit l'ersatz Irma, et il s'éprend d'elle autant que des rêves dont il l'entoure.

Et si la guerre n'avait pas joué les trouble-fêtes, Irma et Valéri auraient-ils coulé des jours paisibles, heureux, en Mandchourie ? La réponse se trouve dans les pages du journal de Victoria Iankovskaïa, en ce début d'année 1947, alors qu'elle se démène pour survivre à la Ferme du Tigre, seule, avec son petit garçon :

« Oui, l'année 1947 est arrivée, toujours dans cette ferme sinistre, qui n'a donné du bonheur à personne. [...] J'étais si impatiente de venir ici, j'aimais tout le monde, je voulais travailler [...] et qu'ai-je trouvé ? Hypocrisie, mensonge, provocation, envie, avarice (à tel point que j'ai crevé de faim, pas un mois, mais huit !). [...] La première, Irma – autrefois ma petite fille aimée – a coché toute la liste. Comme Valéri a dû souffrir en l'aimant ! Il venait dans mon jardin et me suppliait : "Aide-moi ! J'ai la tête qui va éclater !" Il aimait, et se laissait faire comme un pantin. Malheureux ! J'ai pitié de lui plus que tous les autres. Comme moi, il a tout sacrifié pour ce domaine. »

La faiblesse de Valéri auprès des femmes semble égaler son courage devant les tigres. Si amour il y a, il ne dure pas longtemps. Après l'arrestation de Valéri en 1946, Irma et lui ne se verront qu'une fois à la fin des années 1970, quand Valéri se rend à Vancouver pour faire la connaissance de son fils, Sergueï, qu'il n'a jamais vu. C'est tout.

«Je me sens de nouveau amoureuse des hommes et des arbres», notes-tu dans ton journal en juin 1943 alors que le destin vous a encore séparés, Valéri et toi. «Mais, Marie, il ne faut pas mourir quand il y a encore à aimer», écris-tu à ton amie en février 1972.

Les cocktails avalés presque à jeun ont fait leur effet, et me voilà adossée au parapet de la terrasse dans ce club où un ami fête son anniversaire. Devant moi, le fleuve étincelle dans la nuit. De la promenade du Bund monte le brouhaha des noctambules venus admirer le jeu des lumières sur l'eau noire. Je me sens légère et très ivre. L'alcool a permis ce dédoublement, tout à l'heure sous les spots. Je te suivais et j'étais toi. Je regardais ton sourire, celui de la première photo lors de cette conférence, et là encore tu m'as dit: «Viens!» Puis ton visage a disparu dans les éclairs des stroboscopes. J'ai vu ton corps onduler avec un groupe de jeunes femmes, tes jambes nues avec les leurs, tes bras gracieux levés au ciel. Yeux fermés, cheveux collés, j'exultais, j'étais en nage. Moi aussi, j'avais droit à l'oubli. Dans la transe, on m'a fait une place, un groupe s'est ouvert et je suis entrée dans le cercle. Danser jusqu'aux confins de la conscience et de l'abandon. Rien ne m'est apparu si solide, si sensé que ma vie à cet instant, sous les lumières et les pulsations de la basse. Pour la première fois depuis longtemps, je ne doutais de rien. J'étais toi sans cesser d'être moi. Libres.

À un moment, un homme s'est trouvé là, en face de moi. Son regard m'a enveloppée. Parmi les autres, il m'avait choisie. Mes yeux ont accroché son visage, j'ai suivi ses mains le long de mon dos. Épaules redressées, je n'ai rien esquivé. Ses gestes étaient doux, fermes, il me tenait mais ne me posséderait jamais. J'étais insaisissable, comme le fleuve qui coulait en contrebas, comme le fleuve Amour qui t'a vue naître.

Accoudée devant le Huangpu, dans la brume de la fête et la chaleur d'un corps tendu vers le mien, les larmes jaillissent sans crier gare. J'ai trop bu et je me sens nue tout à coup. La peur me saisit face à cet inconnu, et l'évidence que je fuis me rattrape : je dois le revoir, je veux le revoir. Oserais-je altérer le rêve de ce premier amour ? Oserais-je vivre ma vie ou vais-je me contenter d'ersatz et d'illusions perdues ?

Seule sur le pont

Paris, 10 mars 1971

La pluie gifle les vitres et ruisselle en gouttes pressées. La peur d'abîmer le parquet t'empêche d'ouvrir grand les battants. Les yeux levés au ciel, tu espères une trouée de bleu. Toujours ce gris accroché aux toits de Paris, qui tient ton cœur en étau. Prisonnière. La porte d'entrée a claqué il y a quelques secondes, quelques minutes peut-être, cela n'a pas d'importance. Ton mari est enfin parti travailler et ne reviendra pas déjeuner. Vendredi, dans deux jours, il rentrera et ne partira pas le lundi matin. Retraité. Trente-cinq ans de vie professionnelle, de responsabilités, de voyages, remisés dans un tiroir qui sera fermé d'un coup sec. Et que veut-il faire, lui qui a habité à Londres, à Madagascar, à Shanghai, en Inde, au Viêtnam, à Djibouti, à Tahiti ? Vivre à la campagne, à Yssingeaux. Rien ne le fait changer d'avis. Pourquoi pas Paris ? Trop cher. Alors dans les environs ? Un endroit pas loin d'une forêt, bien desservi par les transports en commun, pour aller à Paris, retrouver ce cercle d'intellectuels russes émigrés que tu commences à fréquenter. Il faut saisir cette dernière chance pour écrire, être publiée. Les poétesses Olga Mojaïskaya, Irina Odoevtseva, l'éditeur Iakov Gorbov, le poète et critique Iouri Terapiano, l'écrivain Boris Zaïtsev, tous reconnaissent ton talent. Pour la première fois depuis si longtemps, tu existes. Mais ton mari demeure inflexible. « Au diable tes activités poétiques ! Tu pourras écrire à Yssingeaux, tu as toujours dit que tu y appréciais le calme et la beauté. » Chaque matin depuis quelques mois, la moindre conversation avec lui vire à l'affrontement. Il ne supporte pas tes désaccords, toi qui lui dois tout, qui vis grâce à lui.

De l'autre côté de la rue, les travaux de construction s'achèvent. Une année de bruits quotidiens qui résument Paris à tes yeux.

— Tu es si contradictoire ! n'a pas manqué de lancer Maurice. Tu détestes Paris mais tu ne veux pas partir ?

Oui, étrange. Tu regretteras même les signes amicaux des ouvriers quand, la fenêtre de la cuisine ouverte, tu préparais le repas. Il y a plus d'un an, quand tu es arrivée ici, tu n'as pas compris l'enthousiasme de ton ami Serge Grès pour cette ville. Des chantiers partout, du bruit, des cris, des manifestations, une foule pressée. Mai 68 a laissé des traces, quelques affiches en lambeaux encore collées sur les murs, un désir de faire table rase du passé et de ses vieilles pierres. De ravissantes maisons sont détruites pour bâtir des tours modernes, des voies rapides, des dalles bétonnées. Le réaménagement du quartier des Halles et la destruction des pavillons de Baltard semblent se préciser.

Les Halles, le ventre de Paris, c'est un peu l'âme de la ville qu'on fait disparaître. De toute façon, qu'as-tu le temps de voir de Paris ? Une exposition entre les courses et le ménage, une brève promenade avant le retour de ton mari.

Mais cette vie intellectuelle, ces journaux russes auxquels tu pourrais collaborer, *La Pensée russe*, *La Renaissance*, cette deuxième chance à portée de main, va-t-il falloir aussi la laisser passer ? Troquer ta cuisine parisienne pour celle d'Yssingeaux, sans que personne, jamais, vienne te délivrer. Tes amis, si avides de découvrir ta vie parisienne, ne semblent percevoir ni tes fers ni ce manque de reconnaissance et de liberté dont tu souffres. Tu as honte. Maudit destin ! Comment aider financièrement Zoé Kazakova, la première femme de ton ami journaliste Vsevolod Ivanov, quand Maurice tient si fermement les cordons de la bourse ? Certains s'étonnent de ton silence, toi qu'ils ont tant aidée à Shanghai, toi qui es confortablement installée en France, avec un mari qui gagne bien sa vie. Si cela ne tenait qu'à toi, tu recommencerais tout à zéro.

La pluie a cessé mais le ciel reste gris. Quelques emplettes à faire, prétexte pour aller t'asseoir sur un banc, sous un marronnier détrempé, dans le petit square au bout de ta rue. Déjà deux mois depuis cette parenthèse enchantée en Russie. Ta tante, la seule parente qui te reste, va bientôt mourir d'un cancer à Kiev. Maurice n'a pas pu dire non. À l'aller et au retour, tu as passé deux jours à Moscou. Chez lui, le compositeur de jazz Oleg Lundstrem a mis un disque de Wagner, *Tristan et Yseult*, votre préféré, en souvenir de toutes ces années, de votre promesse de n'épouser personne qui soit insensible à cette musique. Tu es repartie avec le disque, mais tu n'as pas encore pu le réécouter. Vous vivez à Paris sans vous être vraiment installés et il n'y a pas de tourne-disque dans l'appartement.

À Moscou, Valéri était là. « Ton Valéri », comme l'écrit Marie Krousenstein. De la ville de Vladimir, il a pris le train pour venir te voir. Coup de poing au cœur, rien n'a changé. Un homme solide, ses yeux toujours aussi bleus au fond des orbites creusées. Les souvenirs débordent, houle si puissante que tu tiens à peine debout. Vous ne vous êtes pas revus depuis ton dernier été en Corée, il y a trente ans. Mains et regards, frottés l'un contre l'autre, expriment ce que les mots ne peuvent plus dire, vos vies comme des roues désaxées, ces années perdues qui grondent à vos oreilles comme les cascades de Novina.

Les récits enthousiastes de tes amis moscovites te font douter : aurais-tu mieux fait de rentrer en URSS au début des années 1950 ? Dans une lettre de mars 1971, écrite de Washington où elle vit, ta chère amie Marie Krousenstein te rappelle à quel point ceux qui ont pris le chemin du retour sont bâillonnés : « Ici, le mal du pays et la liberté. Là-bas, la vraie patrie, mais qu'a-t-on fait de la liberté ? »

Devrais-tu quitter Maurice ? Vous n'êtes pas faits pour être ensemble, chuchotent les amies qui ont compris. Il te fait vivre comme une sauvage, dans une campagne lointaine, alors que tu dois écrire, que ton avidité pour la vie bout, inchangée. Quitter Maurice ? Tu lui reproches d'avoir fait de la cuisine ton royaume. Mais, arrive-t-on à changer l'homme qu'on épouse à quarante ans passés ? Il est le seul à t'avoir offert un abri. Tu t'évades en pensée avec Valéri. Ces promenades dans Moscou, son sourire qui n'a rien oublié, comme un baume sur les rêves blessés.

Des pigeons roucoulent à tes pieds. Ils lèvent la tête, tournent un œil étonné vers cette forme immobile que leur brouhaha de plumes et de becs ne semble pas déranger. Je suis si fatiguée ! as-tu envie de leur crier. Ce rythme parisien *en attendant*, ces bouts de vie dans des cartons, des valises, cette immense nostalgie pour ton pays que le voyage a rouvert. À peine revenue de Moscou, des vers ont tinté à tes oreilles, un poème a surgi. Faudrait-il l'envoyer à Marie ? Il n'est pas publiable, l'allusion à la Russie, à l'exil est trop flagrante, tu ne veux pas de récupération politique, surtout pas. Oui, Marie saura te dire.

Sur cette rive-là, une petite ferme dans la clairière
Et le peuplier de mon grand-père devant elle, à son poste…
Je me souviens, je vois – à travers les larmes, dans le brouillard,
Mais, malgré tout, je suis partie et me tiens sur le pont.
Et le pont oscille, et le pont chancelle,
Des rives de mon grand-père à la rive étrangère.
Là, ni fleurs ni sourires pour m'accueillir
Et les portes, en silence, se ferment dans mon dos.
Là, les pins sombres grelottent et grimacent,
Pelotonnée contre le vent, une étoile vacille…

Là, les sourires se glacent. Les tempêtes de neige gémissent,
Non, je ne peux pas, je n'y arriverai jamais !
Je vais rester debout, tournant la tête, angoissée,
De ce côté-ci, de ce côté-là…
Au-dessus du précipice où coule une rivière maudite.
Seule. Sur le pont.

Trois points de suspension

Shanghai, juin 2020

Invisible, le virus continue de creuser des tombes partout où il passe. Plus de cinq cent mille morts à travers le monde, des mégapoles comme New York, Rio de Janeiro, New Delhi confinées, des économies au bord du gouffre, et je suis toujours bloquée en Chine, frontières fermées, visas annulés. Entre les tests Covid et les quatorzaines imposées à chaque sortie hors de la ville, entre les masques à porter et les relevés de température quotidiens, je me demande parfois combien de temps je tiendrai. Jusqu'à l'apparition d'un vaccin ? En ce début du mois de juin, l'école a rouvert ses portes, les cours ont repris. La joie de se retrouver se mêle à la peur de voir tout se fermer de nouveau. Je suis débordée de travail, en première ligne face aux inquiétudes de mes élèves et de leurs parents.

La France, confinée depuis trois semaines, s'impatiente, et la Chine tente de réécrire l'histoire. Selon le discours officiel de Pékin, rien ne permet d'établir que le coronavirus est d'origine chinoise, et la gestion de la pandémie est irréprochable. Le président Xi Jinping, en visite à Wuhan, annonçait une crise sanitaire maîtrisée en Chine. Lui, le héros national, a fait face à l'épidémie et l'a vaincue. Une photo le montre s'adressant au personnel soignant d'un hôpital de Wuhan. Silhouette bonhomme, visage placide, manteau à la coupe simple, tout rappelle son célèbre prédécesseur, Mao Zedong.

Je dors mal. Mon premier amour apparaît partout, dans un rêve, au travers d'une remarque qui n'a rien à voir, d'une scène de rue ou de paysage qui en font surgir d'autres dans ma mémoire. Certains soirs, j'ouvre mon ordinateur, je rédige une réponse que j'efface aussitôt. Je voudrais savoir pourquoi. Pourquoi la rupture il y a déjà dix ans ? Pourquoi ces mots aujourd'hui ? Les souvenirs affluent. Avec lui, je n'avais plus peur du dimanche soir, du manque de chance, de l'accident, du silence, de l'inconnu. Depuis, ces peurs sont revenues m'assaillir, il a fallu lutter pied à pied pour les contenir. Je n'aurai pas la force de m'abandonner de nouveau parce que je ne pourrai pas supporter d'être sevrée une fois de plus.

Et je repense à tes points de suspension. Trois petits points dans une lettre à Marie Krousenstein pour lier 1941 à 1971. « Valéri Iankovski est arrivé (il est venu de Vladimir) … Il a beaucoup parlé. »

Comment retrouve-t-on l'amour de sa vie après trente ans d'absence, des années de goulag, une guerre, des exils, des mariages, pas d'enfants ? Comment enjamber ces cicatrices aussi profondes que des ravins ? J'imagine un regard et le silence de trois points de suspension. Vos visages, vos mains, vos corps ont vieilli, mais la jeunesse de vos yeux reste intacte. Le goulag n'a pas changé Valéri, il l'a transformé. Cet homme qui chérit sa liberté plus que tout – ne s'est-il pas enfui une fois, ce qui lui a valu de voir sa peine alourdie à vingt-cinq ans ? – semble avoir découvert pendant ses années de captivité la liberté qu'on porte en soi. Détaché des obligations liées à sa famille, isolé, il a puisé sa force dans son attachement viscéral au monde vivant autour de lui. Libéré après six ans, il a travaillé comme contremaître dans une mine du district de Tchoukotka, puis forestier dans la région de la Kolyma. Il vit désormais dans la ville de Vladimir et écrit. Avec les mots, convoquer les souvenirs, réenchanter la vie.

Il y a les amis de toujours, ceux qui sont encore en vie depuis leur retour en URSS, Iouri, Ira, Oleg Lundstrem. Vous avez chanté, vous avez ri. Vous vous êtes raconté toutes ces années perdues. Valéri surtout. Vous avez bu à la santé du temps qui ne vous a pas épargnés, de l'amour qui vous a échappé, du futur qui n'a aucun intérêt. Peut-être aussi un verre en mémoire de la Corée, de votre jeunesse de conte de fées engloutie dans des paysages désormais scellés. Peut-être enfin un dernier verre au destin, cruel, en dépit duquel vous êtes restés liés. Et les verres jetés dans votre dos s'écrasent dans un bruit cristallin, laissant la joie se répandre au présent. Promenades bras dessus, bras dessous à l'Armurerie du palais du Kremlin, sur la place Rouge, conversations chez Oleg jusque tard dans la nuit, flâneries au bord de la Moskova, irisée dans les lumières du soir. Marcher avec Valéri le long de la rive, remonter le fil de vos vies pour mieux le laisser s'échapper de nouveau.

En 1978, Arseni Iankovski, le petit frère de Valéri, meurt aux États-Unis. Des cinq enfants de la fratrie Iankovski, il est le premier à disparaître, le seul homme de sa famille à avoir échappé au goulag.

Dans les souvenirs de Victoria, sa sœur et ton amie, dont je décortique les pages de notes, véritable mine d'informations, je découvre que deux mariages n'ont pas beaucoup plu aux parents Iankovski : celui de Mouza, la sœur aînée, et celui d'Arseni. Contre l'avis de sa famille, Mouza épouse en 1928 un ancien officier blanc dont elle divorce dix ans plus tard. Arseni, quant à lui, s'est épris d'une femme de neuf ans son aînée, mariée deux fois et mère de deux enfants, venue en villégiature à Novina en tant qu'épouse d'un écrivain renommé. « Elle a séduit notre fils, ce mariage est une folie ! », tonne le patriarche. Mais Arseni, vingt ans à peine, lui tient tête et épouse Olga Cherbakova en 1934.

1934. L'année où tu espérais une demande en mariage. Valéri s'est-il ouvert à ses parents de l'amour qu'il éprouvait pour toi ? Échaudés par les unions de Mouza et Arseni, ses parents ont-ils réussi à le convaincre de prendre son temps ou de renoncer à ses projets ? Sa mère ne lui a-t-elle pas dit qu'il avait besoin d'une vraie maîtresse de maison pour Novina, pas d'une poétesse ?

Après la mort d'Arseni Iankovski, voici le poème que tu lui dédies :

Le feu de bois crépite, cligne des yeux,
Et roucoule la rivière,
Et le crépuscule bleu, sur nous,
A étendu son voile. […]
Mais, à cet instant, nous ne pouvions pas échapper
À ce cercle ensorcelant.
Un oiseau de nuit,
Donne le signal dans la forêt :
Il existe des lieux étranges,
Une force mystérieuse…
Non, nous ne sommes pas si amoureux,
Le hasard s'est joué de nous !
Cette nuit-là, sous les rayons de lune,
Nous nous sommes un peu embrassés.
Nous rendions un simple hommage
À la lune et ses beautés !…
[…] *Le feu s'est éteint depuis longtemps… Mais ses traces*
Restent blotties au fond de l'âme.
Et l'odeur du feu, et le chant des oiseaux,
Et nos dix-neuf ans.

Un autre destin

Yssingeaux, hiver 2019

J'AI ENVIE DE rêver. Que serais-tu devenue si Valéri t'avait épousée ? Tu aurais fini au goulag, assure Tamara. Valéri n'avait pas épousé Irma de façon officielle, cela l'a sauvée au moment où le MGB, l'ancêtre du KGB, est arrivé à Novina, en septembre 1946, pour arrêter Iouri Mikhaïlovitch.

Toi, il t'aurait épousée en 1934, ou 1935, un été à Novina, dans la petite chapelle. Vous auriez fleuri l'autel du dieu Pan avec ton bouquet de mariée. Il y aurait eu toi, c'est tout. Pas de Véra, pas d'Irma. Que valait-il mieux ? Une douzaine d'années de bonheur et dix ans de goulag, ou bien les tours et détours de la vie qui fut la tienne ? Tamara secoue la tête : « Il ne faut pas raisonner ainsi, là n'était pas son destin, voilà tout. »

Sur ce chemin, sous les aboiements des chiens de garde derrière les grilles que nous longeons, je n'ose pas formuler tout haut la suite de mes pensées. Ta vie : un rendez-vous manqué ? Avec l'homme de ta vie, avec ta vocation de poète, avec tes rêves ?

Tu as failli tout quitter : la cuisine d'Yssingeaux, tes chats, l'ennui, ton mari. Partir aux États-Unis, rejoindre Igor. Oui, Igor Ossipov. Réfugié sur l'île de Tubabao en 1949, il a reçu un visa pour les États-Unis, y a fait sa vie, une femme, deux enfants. Mais il n'a pas réussi à t'oublier et t'écrit toujours des lettres enflammées. Ne t'avait-il pas assuré, en février 1946, qu'il voulait vivre et vieillir avec toi ? Veuf, ses lettres se font plus pressantes. Tu hésites. Tu as failli.

Votre couple était solide, m'assure Jean-Christophe. Sous ses yeux d'adolescent, vous arriviez peut-être à donner le change. Tamara est formelle : Maurice a cessé de te parler quatre ans avant de mourir. Plus un mot. Vous viviez côte à côte, en silence. Chaque jour, le facteur apportait des magazines, des colis qui s'entassaient dans la chambre de Maurice. Que commandait-il ? Tu le sentais obsédé par la mort. Tous ces objets inutiles, ces magazines qui restaient sous cellophane, dressaient un mur protecteur contre le vide, contre les questions sans réponse, contre le trou, noir, au bout du chemin. Était-ce une attaque cérébrale passée inaperçue comme tu le pensais ? Peut-être. Une dépression aussi. Chaque jour, tu préparais ses repas et tentais de le sortir de ses ressassements. Tu aurais aimé t'absorber avec lui dans la contemplation du jardin. Peine perdue.

Tu n'entends pas la vie et ne vois rien,
Ouvre donc tes yeux et tes oreilles !
Une pluie vive tambourine sur le toit,
Dans le ciel, un orage se forme.
Rafraîchie, l'herbe embaume,
Les oiseaux se cachent, l'orage gronde.
Comment se fait-il que tout cela, décidément,
Ne t'évoque rien ?

Maurice s'en va le jour de la Saint-Valentin 1988. Fidèle à lui-même, son testament est prêt. Il te lègue la maison, t'offre l'abri que tu as passé ta vie à chercher. Il ne t'a jamais abandonnée.

Relire sa vie

Yssingeaux, années 2000

Tu montes jusqu'à l'arbre qui t'attend en haut de la colline. À tout petits pas, avec, parfois, l'aide d'un bras ami pour te soutenir. C'est presque devenu un rendez-vous quotidien. Tu aimes y aller seule, faire des confidences au pommier. D'année en année, il a vieilli, ses pommes sont devenues petites et tachées, très acides, mais tu t'es toujours opposée à son abattage. Assise sur ton pliant, une main sur le tronc, tu écoutes ses plaintes, guettes les boules de gui qui le fatiguent, les rameaux non taillés qui s'emmêlent et se blessent. Parfois, tu ramasses ses branches mortes pour les rapporter chez toi, fascinée par leur contour tortueux, par la force paisible avec laquelle le bois s'adapte aux éléments. Les arbres te sont plus proches que ta famille, aussi est-ce au pied de leurs troncs que tu enterres tes animaux morts.

Sur le chemin du retour, tu aimes lever la tête et voir la maison en contrebas. *Ta* maison, devenue au fil des années comme un pays natal, le refuge que ne brisera plus aucune frontière, aucune guerre, aucun amour. Comme le pommier, tu peux enfin t'ancrer dans cette terre et laisser tes racines s'y déployer.

Au gré de la vieillesse, comme à travers une tempête,
Un rictus aux lèvres, le malheur a triomphé,
Je ne peux me défendre
Et je ne souhaite pas la victoire.
De l'impuissance j'ai fait mon alliée.

À plus de quatre-vingt-dix ans, tu prends le temps de relire ta vie, « tomber les bras, rejeter la tête en arrière et écouter, écouter doucement comment coule la lumière à travers les siècles clos, à travers la peau… ». Une petite lampe rouge veille sur le coin aux icônes. Tu avances à pas lents sur un sentier étroit, traverses tes souvenirs, courbée sur ta canne. Dans le ciel bleu, le soleil fait miroiter les ailes des mouettes. Tu te retournes avec tendresse sur la petite fille que tu as été. La voici courant dans l'herbe haute, vêtue d'un tricot rouge, les joues rosies par l'effort. Elle escalade les rochers, cueille des anémones, se désole de les voir se faner, converse avec les arbres. Le bonheur cherché une vie entière se cache peut-être là, dans ce simple bouquet de fleurs serré par une main d'enfant.

La peur de devenir aveugle te saisit parfois, la cataracte recouvre tes yeux d'un voile laiteux. Pourtant, à lire tes poèmes, tu vois enfin. Quand la jeune femme de 1943 s'écriait, perdue : « Je meurs d'un mélange de mélodies, de mouvements, de couleurs et de mots qui s'insurgent en moi », se révèle à la vieille dame la beauté d'un nuage, d'un chat à sa toilette, le charme d'un buffet au pied bancal, le doux chuchotis de la neige sur les arbres du jardin.

Tu continues à faire du yoga chaque matin pendant une heure. S'il fait beau, tu déroules ton tapis dans le jardin, toujours au même endroit. Puis, nichée dans ton fauteuil en rotin, tu fermes les yeux. En pensée, tu refais une chandelle dans les herbes hautes, retrouves cette joie brute de voir l'envers du monde. Il t'en reste le souvenir et cela suffit.

Le courrier se fait plus rare. Un à un, les fils se rompent, les amis disparaissent. Marie Krousenstein, Valéri Perelechine, Irina Odoevtseva, Victoria Iankovskaïa. Sonnerie redoutée du téléphone qui annonce d'autres morts.

Des fantômes visitent tes nuits d'insomnie, surtout un : Georges Granine, cet amour de jeunesse qui s'est suicidé un soir de décembre 1934. La vieille dame convoque la jeune fille encore et encore. L'as-tu assez aimé ? Lui as-tu laissé espérer un avenir que tu ne pouvais lui donner ? Ou bien a-t-il fabriqué une image qui n'était pas toi pour mieux jouer avec la mort ? Aux mots qui restent, tu opposes les tiens, tes regrets et tes larmes.

Me voilà, à mon tour sur le seuil,
C'est la fin du temps qui m'était donné,
J'espère trouver mon chemin
À la croisée des tiens,
Afin de pouvoir, ombre immatérielle, légère,

Me rapprocher de toi,
Te demander pardon,
De n'avoir su te sauver du Mal,
Et te rappeler ce tournant,
Où, les yeux dans les yeux, nous nous sommes séparés :
— Tu n'as rien « contre » ?
— Je n'ai rien « pour ».

Le photographe Vladimir Bazan t'a immortalisée en noir et blanc, assise dans ce fauteuil, de dos, ta tête aux cheveux blancs tournée vers les arbres. Doucement, tu te prépares à rejoindre les étoiles. Dans une lettre du 7 novembre 1984, tu écris : « À bien des égards, la vieillesse est une grande libération. » Les milliers de pages de tes journaux, les mots de tes poèmes disent, au bout des doutes, des contradictions, des chagrins, des reniements, ce long travail pour t'élucider toi-même. Chercher à être, avant de demander aux autres de te comprendre, de t'aimer, voici peut-être le plus important, et tu y parviens.

Je suis une vieille femme. Libre.
Et je n'ai rien à perdre.
Nul besoin d'être à la mode,
Ni d'être belle ni de danser.
Je ne suis ni grand-mère, ni mère.

Sur tes genoux, un chat s'est assoupi. Dehors, la brise fait trembler les feuilles des frênes.

Babouchka

Yssingeaux, hiver 2019

« Tes cheveux deviendront blancs comme la lune d'été », écrit le grand poète Li Bai.

Ton vieux fauteuil en rotin n'a pas bougé. Il est là où tu l'avais disposé, dans la véranda. Tout dans cette pièce parle de toi. Les plantes grimpantes, le chat en bois sculpté, les coussins aux couleurs vives, le coffre chinois, et cette lumière par la baie vitrée, qui vient des arbres tout proches – un bout de ciel à portée de main, un bout de Russie au fin fond de l'Auvergne. Les yeux fermés, je t'imagine, assise là, sur le seuil de ta centième année. À tes pieds, je serrerais ta main dans la mienne, j'observerais ton visage. Le ciel se voit déjà au fond des yeux, les rides tracent mille chemins sinueux, toutes tes vies, tes amours fanées. Ce visage ridé m'enchante, c'est celui d'une femme qui a aimé. Je te trouve belle, non plus la beauté physique, mais celle de l'élan intérieur, celle du désir, de l'ardeur qui renaît sans cesse. Je crois que de toutes les femmes que tu as été, la vieille dame est celle qui m'émeut le plus. C'est d'elle dont je voudrais me souvenir, elle et son combat silencieux, solitaire, pour continuer à voir la beauté de la vie. Celle que tu es devenue donne un sens à la vie de toutes celles qui l'ont précédée.

Peut-être, comme une babouchka, tu me caresserais la joue, me donnerais des conseils, comme celui de cette vieille femme sur l'île Rousski : « Quand tu voudras babiller et rire, prends garde que ce soit toujours avec l'âme. Sans cela, elle se fatigue, se tasse et ne reste qu'un crépitement vide. » Tu m'ouvrirais aux énergies de la terre, celle, nourricière, des ancêtres et de la mémoire.

Peut-être te poserais-je des questions sur ces deux portraits au fusain accrochés au mur de ta chambre. Une petite fille aux cheveux blonds, de face et de profil. Tu les avais trouvés dans une brocante, ils te rappelaient celle que tu aurais voulu mettre au monde. Tu évoquerais peut-être toutes ces fillettes qui dansent autour de toi : tes deux sœurs aînées mortes toutes petites, toutes celles que tu as été, celle que tu n'as pas eue, celles qui ont traversé ta vie, filles d'amis, élèves, petites-nièces de Maurice. Nous ririons avec elles, sans amertume ni tristesse. Je te demanderais ce qui se joue là, de mère à fille, de femme à femme, dans ce cordon sans cesse coupé, sans cesse renaissant. Que nous transmettons-nous entre femmes d'une même famille ?

Nous ne dirions rien, mais je m'interrogerais sur ce que tu serais devenue si tu avais eu une fille. Car une fille modèle sa mère, l'enfante elle aussi. Aurais-tu continué à entendre la voix poétique ? Aurais-tu mis ta vie entre parenthèses pour façonner la sienne ? Peut-être, au contraire, t'aurait-elle donné la force de rester concentrée sur ton désir, sur ce que tu aurais dû écrire. À celle que j'aurai peut-être un jour, les yeux dans les yeux, je voudrais dire ceci : « Rêve, ma chérie, tout est possible. Le monde appartient à celles qui croient en leurs rêves. »

Peut-être te confierais-je ce qui m'a le plus blessée lorsque divorcer est apparu comme la seule solution, mon désarroi devant les reproches de ceux qui auraient dû me soutenir. N'étais-je pas une enfant gâtée qui voulait tout obtenir sans effort ? On me tenait pour une triste représentante de ma génération, blasée, molle, de celles qui ne savent pas désirer dans la durée. Je m'étais retrouvée comme une petite fille devant eux, honteuse de les avoir déçus, furieuse d'avoir failli. Mon premier amour m'avait, le premier, ouvert les yeux sur cette tendance familiale à considérer que la vie consiste uniquement à souffrir avec dignité. Toi, tu es la vie même, parce que tu continues d'aimer.

En silence, sous le soleil de la fin d'après-midi, par-delà la véranda, je regarderais les arbres et, pour te décrire l'apaisement qu'ils me procurent, j'emprunterais tes mots.

En te quittant, je te chuchoterais que je préfère tes poèmes de vieillesse, le poids des années leur donne plus de densité. Détachée de toute envie de séduire, tu écris enfin librement.

Non, je ne reviendrai pas,
Je resterai dans les profondeurs,
Dans le silence de la forêt,

Et le calme de l'automne.
Ici, la respiration se fait douce,
Et les pensées simples,
Des hauteurs, le ciel bleu veille.
Au travers des rêves murmurés, le cœur prie
Quelqu'un, simplement,
Sans requête. Et sans mots…

La saison des pluies

Shanghai, juillet 2020

LA SAISON DES pluies n'en finit plus cette année et juillet se noie sous des trombes d'eau. Dans l'air chargé d'humidité, les odeurs s'étirent, gluantes, chaudes, presque écœurantes. J'aime ce moment juste après la douche où les moustiques se cachent encore, la rue fume, l'eau goutte des auvents, où l'activité reprend doucement. Loin de la pluie grise et froide de Paris, j'ai découvert ici des averses chaudes, vivantes, qui pulsent à nos tempes, nous aveuglent et nous étreignent.

Me reviennent en tête ces vers dédiés à Victoria Iankovskaïa :

Qu'importe s'il ne reste du passé que nos yeux pour pleurer.
Voici une fleur séchée entre les feuilles de l'album
Preuve que la Corée ne fut pas une illusion.
Ne la touche pas, sans quoi tout deviendrait poussière.

Le soir, en sortant d'un bar, une notification sur mon portable : encore un mail de Hong Kong. Il arrive à Shanghai dans un mois pour son travail. Pourrait-on se retrouver pour un verre à l'issue de sa quarantaine ?

Il s'est remis à pleuvoir et je suis sortie sans parapluie. Pas de taxi, mon appartement est à quelques rues. Plus de dix ans ont passé mais je me souviens de tout. L'odeur de sa peau, ses lunettes de travers, la moto dans la nuit, mes bras autour de sa taille. Je revois sa silhouette adossée au mur de la fac. Dans la nuit, il m'attend. Depuis notre premier baiser, je le laisse diriger ma vie, je ne sais rien, je ne suis rien, il est tout. La pluie s'est mise à tomber avec violence, elle ruisselle sur mon visage, transforme mes cheveux en algues brunes ; pour respirer j'ouvre la bouche comme un poisson. J'ai arrêté de courir. Gonflé par le vent, un rideau d'eau s'abat sur les platanes dans la lueur mouillée des réverbères. Avec la brume qui monte du sol, je ne distingue plus le bout de la rue, on se croirait sur le tournage d'un film. A-t-il gardé sa passion pour le cinéma ? Repense-t-il parfois aux nuits du Champo, rue des Écoles, aux films en noir et blanc que nous allions voir ensemble ? Son profil découpé, visage éclairé, sa main sur mes cuisses dans l'obscurité de la salle, le goût des croissants avalés après une nuit blanche, se coucher quand le monde se réveille, s'endormir dans un film de Buñuel. Je suis pleine de ces souvenirs, ils débordent, se déversent comme l'eau des toits, ils éclaboussent le trottoir, mon visage. Je me mets à pleurer. Dans le fracas de la pluie, personne ne m'entend. Les rares passants se sont agglutinés sous les auvents, à l'abri d'une gargote ou d'une supérette. Mes pieds glissent sur le cuir imbibé de mes sandales. Je n'ai pas oublié l'attente dans les gares, les sourires par-dessus nos livres, le cœur qui se serre dans le bruit des freins.

Quelques mots par mail, quelques mots depuis des semaines, des mois, et la chape de plomb se fissure. Est-ce que sa mémoire charrie autant d'espoirs crevés, de souvenirs maudits quand il chuchote mon prénom ? Le trottoir est jonché de débris, branches, feuilles, détritus qui viennent s'accrocher à mes pieds. Ma jupe longue s'est plaquée contre mes jambes, lourde d'eau, mon chemisier me colle à la peau, j'étouffe. Visibles d'un coup, mon corps, ses mains, lignes nettes. Oui, j'ai joui, lui en moi, moi sur lui. Quel homme est-il devenu ? Larmes, pluie, j'ai de l'eau plein les yeux, je vois à peine devant moi. Je ne dois pas m'interroger sur ce qu'il désire mais sur ce que je veux. Le revoir, recommencer, m'exposer au risque de souffrir encore ? Le gardien devant ma résidence me dévisage. Pieds nus, de l'autre côté de la rue, la tête basculée en arrière, je m'abandonne à la nuit. J'ai rendu les armes et tout palpite.

Liberté

Shanghai, fin juillet 2020

Au feu rouge, je fais maintenant comme les Chinois, je m'arrête à l'ombre, où qu'elle soit, devant le feu ou quelques mètres avant. Sous la chaleur, j'imagine ce trajet à vélo comme une succession de plongées et de remontées. À l'ombre des platanes, des vieillards en marcel s'éventent et des cigales s'égosillent. Des taches de soleil ondoient sur la route dans une lumière vert d'eau. Bientôt, il faut remonter à la surface, traverser Changshu Road écrasée de chaleur, longer la tôle brûlante des voitures, l'immobilité tremblée des poteaux électriques. La sueur me pique les yeux.

Aussi paradoxal que cela puisse paraître en cette période de pandémie qui a vu se fermer toutes les frontières, je ne me suis jamais sentie aussi libre qu'à Shanghai. Dans tes souvenirs, c'est la ville de la danse imposée, de la faim, des années de guerre et de privations. Pourtant, à regarder défiler ta vie, c'est aussi la seule destination choisie librement, poussée par l'envie de croire en tes rêves. Cette ville t'a permis de couper les liens, d'oser, de prendre des risques, de décider. As-tu fait les bons choix ? Qui peut le dire ? Quand on accepte de s'abandonner à elle, Shanghai a le pouvoir de nous révéler à nous-mêmes. Dans cette ville hantée par le fantôme de ton premier amour, s'est confirmée ta vocation de poétesse. Dans cette ville, n'ayant prise sur rien, j'ai l'impression de m'habiter, enfin.

Dans ta chambre d'Yssingeaux, pas un portrait de ton mari. Sur un coffre, une photo de tes parents et une de Valéri. Dans les livres de ce dernier, j'ai longtemps cherché ses mots pour te décrire. Je les ai trouvés, enfin : « Larissa, poétesse et ballerine, était une svelte beauté. Une abondante chevelure châtain, des sourcils comme dessinés, des yeux de violette sombre, un nez légèrement retroussé, un sourire éblouissant. Je la surnommais Lala en hommage à Essénine, et elle garda ce surnom. »

Lala, muse d'Azerbaïdjan. Dans l'un des poèmes qu'elle lui inspire, Sergueï Essénine, séduit, cherche la traduction persane des mots « je t'aime », « un baiser », « mienne » pour lui faire la cour…

Valéri, le premier garçon tant attendu par son père, un aîné avec le sens des responsabilités, a compris l'importance du pas qu'il faudrait faire avec toi. Ne se rappelle-t-il pas, cinquante ans plus tard, l'infinie délicatesse avec laquelle il se comporte avec toi, « comme [s'il tenait] un vase en porcelaine très précieux et [tremblait] à l'idée de le briser… » ? Valéri a déjà tué des tigres, il est capable de traquer une bête, lire ses empreintes, flairer sa trace. Qu'il soit engourdi par le froid ou en nage, aux heures les plus chaudes de l'été, il ne rate jamais sa cible, tire au bon moment, sait le danger d'une hésitation, la fraction de seconde de trop, celle où le tigre s'échappe, se jette sur l'homme qui le tient en joue. Mais, devant toi, Valéri hésite, ne se sent pas prêt. Il se laisse dérouter par ton caractère imprévisible, et c'est trop tard : le moment est passé. Il n'a pas compris, il n'a pas vu que là était sa chance, son unique chance, de vivre le grand amour.

Le 13 janvier 2009, à quatre-vingt-dix-huit ans, tu écris :

Merci pour le cadeau merveilleux de la neige.
Dans une chaleur tendre, je le garde.
Il me parlera de toi,
De nos discussions, de notre destin…
Me chuchotera que nos âmes ne font qu'un.

Plusieurs fois, dans le cadre de ses activités de journaliste, Tamara s'est rendue dans la ville de Vladimir. Elle en profitait pour rendre visite à Valéri et lui donner de tes nouvelles. Elle me confie :

— Un jour, mon dictaphone à la main, j'ai demandé à Valéri ce qu'il voulait dire à Larissa. Il a répondu, très calme : « Je t'aime, comme avant. » Il avait plus de quatre-vingt-dix ans. Je m'en souviens comme si c'était hier.

La troisième femme de Valéri, Irina, est dans la pièce. Elle a connu l'enfer du goulag elle aussi, ses années de jeunesse sacrifiées à cause d'un poème d'Essénine, encore lui, lu à haute voix lors de l'anniversaire d'une amie. Avec Valéri, elle a accepté de croire encore à des petits bonheurs : leur mariage, la joie d'avoir un fils, prénommé Arseni en hommage au beau-frère qu'elle ne connaît toujours pas. Irina ne s'offusque pas du passé, sait le chagrin des destins contrariés. Dans la vie, on peut aimer plusieurs fois, mais le premier amour est unique ; il laisse en soi une brûlure dont on ne veut jamais guérir.

Valéri Iankovski s'éteint le 17 avril 2010, dans sa quatre-vingt-dix-neuvième année. Sur sa tombe, tu fais porter une corbeille de chrysanthèmes blancs. Non pas la fleur associée à la mort, mais celle qu'on vénère en Asie, symbole d'un amour pur, détaché de toute contingence.

Quelque part dans ce monde,
Tu vis, pas pour moi.
Et grandissent des enfants qui ne sont pas les nôtres
Devant un feu qui n'est pas à nous.
Mais une force inconnue nous relie l'un à l'autre.
Je ne t'ai pas laissé partir –
Ni pour toujours ni pour une heure.
À peine endormi, tu vas rêver
D'un jardin sombre, d'un étang étoilé.
Et de nouveau mes cils
T'envelopperont d'obscur et t'entraîneront.

Parmi les plantes aquatiques, la barque
Se glissera dans un murmure –
Vers le silence où respirent les ombres,
Jusqu'à ces profondeurs où nous sommes, toi et moi.

La mort est comme un soleil

Yssingeaux, automne 2011

ÉTAIT-CE UN RÊVE ? Était-il vraiment là ? Dans l'aube froide, tu ne bouges pas sous tes couvertures, le corps ankylosé et douloureux, le cœur chaviré. Valéri. Il t'est apparu dans toute sa jeunesse, tel que tu l'avais rencontré à Novina, cet été-là. Peut-être faut-il fermer encore les yeux pour sentir de nouveau sa main saisir la tienne ?

Tu n'as jamais fait un rêve aussi net depuis bien longtemps. Dormais-tu vraiment ? Cette scène, tu l'avais déjà vécue. Un souvenir très douloureux, enfoui dans les méandres de ta mémoire et qui avait jailli là, intact, dans ton sommeil.

L'été 1934, celui de la non-demande en mariage, Valéri, jaloux de ton adoration pour Gary Cooper, avait simulé son exécution. Et voilà que tu te tiens de nouveau devant ce chêne centenaire au tronc duquel Valéri a fixé un portrait de l'acteur arraché aux pages d'un magazine. Les branches oscillent dans le vent, les trilles d'un merle oriental se perdent dans la frondaison. Ce chêne symbolise tout ce à quoi tu aspires ardemment, un lieu où s'enraciner, un refuge. Mais Valéri dégaine son pistolet et loge trois balles dans la tête de Gary Cooper. L'arbre saigne, tes rêves aussi. Il te regarde, à l'affût de ta réaction. Pas un mot. Et puis tu t'entends crier, comme il y a soixante-dix-sept ans :

— Tue-moi, tire ! Tout est si incroyablement beau, ici ! Je ne veux pas retourner dans une ville de pierres et de poussière, non, je ne veux pas ! Il vaut mieux mourir maintenant, au milieu de cette beauté. Tire, tire !

Tu serres tes poings sous la gorge, de grosses larmes roulent sur ton visage.

À l'époque, tu n'avais pas compris son silence étonné devant la violence des pleurs, ses bras ballants et ses mots de consolation qui ne disaient rien de ce que tu attendais, ses doutes sur la sincérité de ton chagrin, ce qu'il a voulu faire et qu'il n'a pas fait, vous séparant à jamais.

Mais, cette nuit, Valéri a réparé la blessure. Il s'est approché et ses mots, tu les chuchotes encore : « Lala, reste ici avec moi, pour toujours. »

D'un geste de la main, Valéri désigne votre éden coréen, et tous tes sens vibrent presque jusqu'à la rupture. Le clapotis de l'eau, les arbres grands et sages, le cri des mouettes, les verts, les bleus, le violet, l'odeur salée des peaux brunes, celle fumée du bois, les pierres brûlantes, le parfum entêtant des iris, et le ciel, immense, offert à vos têtes réunies.

Bientôt, tout se fond dans une lumière aveuglante, Valéri aussi. Tu ne distingues plus qu'une silhouette et la pression de sa main. La mort est comme un soleil, sa chaleur consume toutes les peines, et l'amour seul embrase l'âme, légère comme une mouette à l'heure de son envol. Valéri, comme ta mère pendant longtemps, est venu te dire quelque chose. La mort se tient là, tout près.

À l'heure silencieuse de l'aube,
Illuminée du soleil matinal,
Là où dorment les lagons azur
Sertis sur les monts bleus,
Comme des pierres un instant suspendues en l'air,
Les martinets se jettent de la falaise
Puis plongent dans l'espace.
Pas un mot, pas une méditation.
Comment dire ce bonheur ?
Est-il possible de penser
Au lieu où l'on va quand on est en plein vol ?
C'est peut-être une prière,
Peut-être une communion,
Pour que demeure dans le cœur le silence du matin.

Tu avances vers un Dieu inconnu

Yssingeaux, hiver 2019

OCCUPÉE À SONDER la mémoire du grenier, je n'ai pas remarqué la nuit déjà tombée et le froid, vif. Dans l'obscurité, les arbres chuchotent, et ces vers, encore, viennent chanter dans ma tête :

Je crois au silence et aux errances lointaines,
C'est pourquoi, dans le bleu de cette soirée-là,
Je suis sortie dans le jardin prier devant les arbres,
Pour me réconcilier avec moi-même.

Était-ce le bouquet de frênes devant la terrasse ? Ou bien le cèdre en contrebas ? Ou les tilleuls, plus loin à droite, sous lesquels tu enterrais tes animaux morts ?

Jean-Christophe propose gentiment de me raccompagner en voiture jusqu'à l'hôtel. Les dernières années de ta vie, me dit-il, vous avez vécu sous le même toit. Il s'est occupé de toi jusqu'au bout.

— Larissa est-elle morte chez elle ?

Je regarde la route, honteuse de poser cette question de but en blanc.

— Non, à l'hôpital. Quelques mois avant sa mort, elle a senti la fin arriver. Ses amies russes lui rendaient visite, mais Larissa ne parlait plus. J'ai essayé de la garder à la maison. Il a fallu l'installer dans un lit médicalisé pour faciliter les soins, mais elle ne supportait pas les barreaux. Elle criait qu'on la laisse sortir. Son médecin traitant a finalement décidé de l'hospitaliser.

Le silence s'étire, j'attends.

— Tamara est arrivée à ce moment-là, reprend-il. Son visa lui permettait de rester deux semaines, qu'elle a passées au chevet de Larissa, à lui relire ses poèmes, à lui parler en russe. Le jour de son départ, Tamara s'est agenouillée devant Larissa, lui a baisé les mains en lui promettant de revenir. Larissa l'a bénie, lui a fait signe de partir. Après, elle a cessé de s'alimenter et arrachait sa perfusion à la première occasion. Elle voulait mourir.

Nous sommes sur le parking de l'hôtel, Jean-Christophe laisse le moteur tourner.

— Le jour de sa mort, j'étais là, dans sa chambre, avec une amie.

Il s'éclaircit la voix, puis reprend :

— Une religieuse est entrée et a proposé de dire un Notre Père à son chevet. Après la prière, elle s'est penchée doucement et lui a dit : « Reposez en paix. » Dix minutes après son départ, Larissa a poussé plusieurs râles, et elle est morte.

« Je t'emmène dans la véritable église de Dieu, dans la forêt », disait la tante d'Ora à sa nièce. Ta foi aura eu raison de tous les orages, petite flamme qui s'embrase dans un amour divin infini, ce que les hommes n'auront jamais pu te procurer, ce que la nature t'aura fait goûter, par éclats fugitifs.

« Comme c'est bien que je sois allée à l'église ce matin. Dire un Notre Père – comme tout est clair et simple. Et combien inutile de s'inquiéter », écris-tu dans ton journal en janvier 1947.

Non, avoir peur ne sert à rien, à rien,
Puisque l'amour servira de bouclier.
Au travers de l'angoisse, du purgatoire, de l'enfer,
Tu entres dans une vaste friche.
La clarté de la lune blanchit la route,
Tu jettes le fardeau et c'est plus léger ainsi,
Tu avances vers un Dieu inconnu –
Comme on s'avance dans la rivière pour se baigner.

Tu aurais aimé mourir au bord de la mer.

Je me souviens de cette promenade au phare de Tokarev, lors de mon séjour à Vladivostok. Un soleil froid faisait scintiller l'eau, en partie prise par la glace. Au bout d'une bande de terre étroite, le phare se distinguait à peine, baigné dans une lumière blanche, irréelle. À droite, la mer à perte de vue ; à gauche, les contours de l'île Rousski et du port, dont se détache la silhouette du phare. Fouettée par le vent, les joues rougies de froid, je restais debout, grisée de me trouver au bout du monde. Au bout de la langue de terre, l'eau clapotait sur les galets, dans un bruit ouaté par la glace.

> […] *Je m'en vais d'ici à jamais,*
> *Sans laisser de traces derrière moi,*
> *Ni sur la terre patrie… ni nulle part,*
> *Seulement des ronds dans l'eau.*

Il faut aimer

Shanghai, 4 septembre 2020

Pauline, après quinze jours de quarantaine ici, je m'envole pour Shanghai. Retrouvons-nous le 4 septembre au soir, je t'enverrai une adresse.

LE LONG DE Henan South Road, les piétons s'écartent à mon approche. Cheveux dénoués, joues rouges, à bout de souffle, je cours à m'en faire éclater le cœur sur les dalles irrégulières du trottoir. Je cours dans l'effroi d'arriver trop tard, je voudrais hurler son nom, lancer ma voix à l'assaut des rues, lui dire de m'attendre. La chaleur de la journée stagne dans une brume humide, les grandes ombres des immeubles pèsent sur moi de tous leurs destins contrariés, les bruits de la rue restent suspendus en l'air un moment avant de s'évanouir dans l'obscurité. Je cours, encouragée par la voix d'une petite fille qui ne craint rien ni personne, dont la voix claire a muselé les raisonnements peureux qui tourbillonnaient dans ma tête.

Ce matin, j'ai accepté l'invitation lancée à la cantonade d'aller fêter la rentrée avec quelques collègues. N'était-ce pas un signe, ce dîner à l'opposé du Bund, à l'opposé de lui ? Devant le restaurant, un collègue et sa petite amie russe m'ont saluée. Le regard tourné vers le buste de Pouchkine, qui surplombe la petite place de l'autre côté du trottoir, à peine visible sous l'ombre des platanes, la jeune femme se met à réciter :

« И сердце вновь горит и любит –
Оттого,
Что не любить оно не может »

L'immortel Pouchkine, le poète que tout Russe, aujourd'hui encore, connaît et aime. Je me suis figée, comme foudroyée.

— Qu'est-ce que ça veut dire ? a demandé mon collègue.

— Quelque chose comme : « Et le cœur brûle et aime à nouveau parce qu'il ne peut pas ne pas aimer. »

« Il faut aimer, sinon vivre est horrible, et mourir est horrible », avais-tu noté dans ton journal en décembre 1948. N'est-ce pas ce que tu as tenté de me dire ces derniers mois, n'est-ce pas là ta devise ?

J'ai fouillé mon sac à la recherche de mon portable, retrouvé l'adresse du rendez-vous. Dans ma tête, des mots épars jaillissaient et s'évanouissaient. Impossible de prendre une décision.

Parti. Où ? Trop tard. Comment ? Il faut.

La jeune Russe me tend un mouchoir, je ne m'étais pas rendu compte que je pleurais. Vérifiée par mon collègue, l'adresse correspond au Glam, ce bar dans lequel j'avais fait ta connaissance. Moi qui attendais un signe, voilà que le ciel en faisait pleuvoir par brassées sur ma tête d'incrédule. À cette heure-ci, un vendredi soir, les voitures avancent au pas sur toutes les artères autour du Bund. Mieux vaut prendre le métro et marcher. Dans ma course vers la station Shanghai Library, je t'apostrophe. Ta voix me répond, comme elle avait résonné à l'oreille du poète Evtouchenko, lors de cette soirée à Tahiti en 1968 : « Vous savez, Génia, ce que je regrette aujourd'hui ? C'est de ne pas toujours avoir osé faire ce qui, dans la vie, n'arrive qu'une fois… »

En sortant de la station Yuyuan Garden, je me remets à courir. Bousculés, des grappes de touristes m'accrochent dans le dos rires et exclamations. Sur ma gauche défilent les bâtiments historiques aux façades gothiques, Art déco, néoclassiques ; sur ma droite scintille Pudong, tours à l'assaut du ciel, vertiges de verre et d'écrans géants. Au milieu, le Huangpu coule, imperturbable. Du choc entre les deux rives ruissellent des milliers d'éclats rouges, verts, bleus, jaunes, blancs qui se posent sur l'eau puis, doucement, coulent vers le fond. Les écailles du fleuve étincellent dans la nuit. Dans ses profondeurs dorment des peaux mortes, liens, conventions, ce qui n'a pas tenu lors du choc provoqué par Shanghai. Je la sens derrière moi, à côté de moi, la caresse chaude du Huangpu, son ombre aqueuse sur l'asphalte. À l'instant où je lâche prise, ses eaux me portent. Peurs, doutes, des pans entiers se détachent, glissent, bientôt dissous dans les alluvions du fleuve.

Le long de cette frontière entre passé et futur, entre yin et yang, l'instant pèse enfin sur moi, et la nuit m'écrase de tous ses possibles. J'ai le cœur au bord des lèvres, comme la petite fille sur sa balançoire, et je cours au-devant de ma vie, comme ces milliers d'étrangers, débarqués autrefois sur ce même quai, vers ces rêves-étoiles, vers l'amour qui, peut-être m'attend encore, vers cette seconde chance qu'offre parfois le destin.

Quand j'arrive au bas de l'immeuble, une quinte de toux m'empêche de répondre aux questions des gardes, mais la couleur verte de mon code QR libère le passage. Un coup d'œil jeté sur l'horloge au-dessus des ascenseurs : quarante-cinq minutes de retard, comment pourrait-il être encore là ? Septième étage, les portes de l'ascenseur s'ouvrent, le sourire de l'hôtesse d'accueil, les verres tintent au bar dans le brouhaha des conversations, mon regard plonge en direction des fenêtres. Cette silhouette seule à une table, le visage tourné vers les lumières du fleuve, est-ce lui ?

Épilogue

Shanghai, mai 2022

DANS LA BRUME humide de cette fin juin 1956, tu es seule sur le pont. Au loin, le coude que forme le fleuve empêche ton regard d'embrasser une dernière fois le Bund, l'ancien Shanghai Club, le bâtiment des Douanes, les imposantes façades des banques, le dôme vert du Cathay. Le paquebot remonte lentement le Huangpu, et les silhouettes s'amenuisent puis disparaissent, avec mouchoirs et baisers, avec vingt-trois années de ta vie.

À ce moment précis, je t'ai longtemps imaginée heureuse, jeune mariée au bras de ton époux, dans l'excitation du départ, de l'inconnu, cette France que tu vas découvrir. Aujourd'hui, dans la voiture qui m'emmène à l'aéroport, le cœur étreint par l'émotion et le chagrin, je comprends mieux ce qu'il en coûte de quitter un lieu aimé pour toujours, de dire adieu à une époque de sa vie qui a compté.

Dissimulé par sa combinaison Hazmat, ses mains gantées sur le volant, le chauffeur du taxi porte une visière sur le visage. Cela fait un mois que Shanghai a été confinée.

Plus rien ne bouge. La ville retient son souffle, sillonnée par des hommes en combinaison blanche. Tout est suspendu, à l'arrêt. Les rues défilent, silencieuses, par-delà ma vitre baissée. Le feuillage des platanes bruisse comme une forêt. Des bandes de rubalise, tendues sur les trottoirs, ceinturent leurs troncs. Avant de quitter mon appartement, j'ai signé une attestation, déclarant sur l'honneur que je quittais définitivement la Chine.

Des feuillets, découverts dans ton grenier, me sont soudain revenus en tête. Ils détaillaient les effets personnels répartis dans vos caisses. Maurice les signe quelques jours avant votre départ et certifie que vous quittez la Chine, vous aussi, sans retour possible. L'histoire, comme une grande roue tournant sur elle-même, nous lie encore une fois, à près de soixante-dix ans d'écart, dans un même départ, imposé, définitif.

Des panneaux indiquent l'aéroport de Pudong, la voiture s'arrête au dépose-minute. « Prête ? », me dit-il. Il n'a pas parlé de tout le trajet, les yeux cernés, un masque sur la bouche, ému comme moi de quitter cette ville où nous nous sommes retrouvés.

Il ouvre grand la portière pour laisser le passage à mon ventre rond, m'aide à descendre. Face à une armée en blanc, nous montrons codes QR verts, tests Covid négatifs, signons d'autres attestations. Un dernier regard à ce ciel, paré ce matin d'un bleu délicat, frais comme une promesse, puis les portes automatiques de l'aéroport se referment derrière nos valises, le grand hall est désert.

Shanghai donne, Shanghai reprend, avec cette générosité et cette brutalité qui m'ont tant marquée. Aujourd'hui, elle se dérobe, mais dans mon ventre remue la promesse d'un recommencement. C'est à toi que je le dois, Larissa, et à cette ville qui nous a liées.

Je le sais, ton histoire et la mienne glisseront lentement dans les alluvions du fleuve. Dissoutes, il n'en restera rien qu'un limon en suspension dans l'eau jaune, mêlé à d'autres sédimentations, qui fertiliseront d'autres histoires, qui sait ? Et Shanghai demeure, renouvelée et semblable, comme l'eau qui l'a vue naître.

Remerciements

Un livre ne s'écrit pas seul, qu'il me soit permis ici de remercier tous ceux et celles qui m'ont renseignée, inspirée, accueillie, encouragée :

Ma mère, qui a réussi, à force de ténacité et de passion, à transmettre son amour de la Russie à la collégienne bornée que j'étais.

Tamara Kaliberova pour son accueil à Vladivostok, sa générosité à partager ses souvenirs, sa grande aide et sa confiance en l'aboutissement de ce livre.

Mes deux fées, Christiane Rancé et Caroline Boidé, pour la beauté et la folie d'écrire.

Katya Knyazeva, Léa, Mikhaïl Drozdov, les « fous du vieux Shanghai », pour leur générosité à partager leurs connaissances sur la Chine, Shanghai et la diaspora russe dans le Pacifique.

Florian Muller qui m'a permis un « coin à moi » en me laissant écrire dans son appartement shanghaïen.

Jean-Christophe Ballet pour sa bonté et son accueil à Yssingeaux.

Toutes ces femmes qui rayonnent autour de moi, fidèles à leur désir et dont la bienveillance m'a aidée, d'une façon ou d'une autre, à naître à moi-même en accouchant de ce livre.

Paul French qui, sans le savoir, m'a permis de découvrir Larissa lors de la présentation de son livre à Shanghai.

Aurélie Charron et Isabelle Parent pour avoir cru en ce livre, m'avoir guidée et avoir accepté de continuer la chaîne des passeuses ayant à cœur de faire connaître Larissa.

Tous, amis, famille, pour vos encouragements constants et fidèles.

Larissa, parce que moi non plus, comme Tamara, je ne crois pas au hasard.

Table des matières

Dans la même collection

Jean-Christophe Rufin, *Immortelle randonnée, 2013*
Sylvain Tesson, *Berezina, 2015*
Bimal Dey, *La dernière fois que j'ai vu le Tibet, 2015*
Dominique Fabre, *En passant (vite fait) par la montagne, 2015*
Yann Queffélec, *L'homme de ma vie, 2015*
Miguel Bonnefoy, *Jungle, 2016*
Olivier Weber, *Frontières, 2016*
Marie-Magdeleine Lessana, *En suivant la mer, 2016*
Julien Blanc-Gras, *Briser la glace, 2016*
Roger-Pol Droit, *Comment marchent les philosophes, 2016*
Olivier Rolin, *Baïkal-Amour, 2017*
Cédric Gras, *La mer des Cosmonautes, 2017*
Mark Haskell Smith, *Au pays des nudistes, 2017*
Caryl Férey, *Norilsk, 2017*
Antoine Choplin, *À contre-courant, 2018*
Guillaume Jan, *Samouraïs dans la brousse, 2018*
Richard Gaitet, *Tête en l'air, 2018*
Laurent Joffrin, *Dans le sillage de l'Invincible Armada, 2018*

Richard Gaitet, *Rimbaud Warriors, 2019*
Irène Frain, *Je te suivrai en Sibérie, 2019*
Jacky Schwartzmann, *Pyongyang 1071, 2019*
Marc Fernandez, *Le nouveau western, 2020*
Bernard Chambaz, *Hourra l'Oural encore, 2020*
Catherine Faye et Marine Sanclemente, *L'Année des deux dames, 2020*
Thierry Dussard, *Fantaisie vagabonde en Bretagne avec Flaubert, 2021*
Sonja Delzongle, *Sur l'île noire, 2021*
Antoine de Baecque, *Ma forteresse, 2022*

Achevé d'imprimer par Ermes Graphics
à Turin (Italie) en mai 2023
Dépôt légal : juin
ISBN : 978-2-37502-199-6